UN MAL NECESARIO

Daniel Borrachero Tamame

UN MAL NECESARIO

EDITORIAL
LETRA MINÚSCULA

Primera edición: marzo de 2024
ISBN: 978-84-10245-95-2
No DEPÓSITO LEGAL: MU 966-2024

Editado por Editorial Letra Minúscula
www.letraminuscula.com
contacto@letraminuscula.com

CAPÍTULO I

A Harry le habían dicho que en su nueva ciudad no llovía nunca. Que un paraguas allí sería un objeto decorativo más, como una planta, un jarrón, o un cenicero en una casa de no fumadores. Como Harry no era de esas personas que se fiase de la gente en general por costumbre, lo había buscado en Google y, resultó que sí, Google le había confirmado esas afirmaciones. Sí que a veces podía llover incluso con cierta intensidad, pero no era lo normal. En los dos meses que llevaba en su nueva ciudad, muchos autóctonos se referían a ella como a un desierto. «Esto es un desierto, llevamos el año más seco que se recuerda», le solían decir. Todo ello le hizo a Harry reflexionar: «¿Y si me fío de la gente por una vez?». Al fin y al cabo, la gente confía en otra gente y ahí siguen. Si la gente dice que no llueve, a lo mejor es verdad. «Si es como un desierto, será como Las Vegas, que es un desierto de verdad y apenas llueve», se repetía en el avión antes de llegar a su nuevo hogar. En el momento en el que el tren lo dejó en su nueva ciudad, previo aterrizaje del avión en Madrid, todo parecía cuadrar, climatológicamente hablando, con lo que le habían contado. Desde luego no llovía, era un 14 de marzo a las seis de la tarde, y el termómetro de su móvil marcaba 87 °F[1]. El calor era sofocante para esa época del año, tal y como le habían dicho ya (afirmación que Harry, por supuesto, había contrastado a su vez con Google), pero con su testarudez, Harry no se acababa de fiar y había tomado

---

1 °F: Grados Farenheit. 87 °F equivale a 30,5 °C.

esas afirmaciones sobre el calor con ciertas reservas. Mientras iba andando a su nueva casa, se dio cuenta de que quizás su sudadera de los Knicks de Nueva York y sus pantalones vaqueros largos con sus zapatillas Adidas eran un poco excesivos para ese tiempo. En los diez minutos escasos que tardó hasta su casa (Google Maps le marcaba once, pero Harry tenía prisa por llegar y tratar de que no le diese un golpe de calor), fue fijándose y mucha gente ya llevaba puesta la ropa de verano, o por lo menos la que a Harry le parecía de verano. Muchos, con bermudas, camisetas de manga corta y, algunos, incluso con chanclas o sandalias. Lo que parecía claro es que, llover, no parecía que lloviese mucho en su nuevo hogar. Por lo menos eso pensó Harry en ese momento.

Hoy, 12 de mayo, mientras buscaba la llave del portal de su piso, calado de los pies a la cabeza, y escuchaba los truenos, recordaba con resignación ese primer día soleado que vivió en su nueva ciudad. Si fuese creyente, pensaría que, de alguna manera, Dios lo estaba castigando o que se estaba riendo de él. Pero como no lo era y tampoco creía en el destino, simplemente maldecía en su fuero interno mientras seguía buscando la llave. Por fin la encontró y logró abrir la pesada puerta de hierro y cristal del portal de su edificio. Se volvió para mirar a la calle ya estando a cubierto, pero apenas se veía nada de la cantidad de agua que estaba cayendo. «*Fuck me*»[2], pensó para sus adentros mientras siguió andando hacia el ascensor.

Esto le reforzaba más su idea de que no podía uno fiarse de la gente, al menos al ciento por ciento. Sobre todo, de la gente que realiza afirmaciones de forma categórica. ¿Cómo que nunca llueve? Tiene que llover sí o sí cincuenta veces al año, veinte veces, cinco veces, una vez. Lloverá más o menos, pero ¿qué es eso de nunca?, ¿es que estamos en Venus o qué pasa? Esa gente, por definición, mentía. Y a Harry no le gustaban los mentirosos. Google, sin embargo, le daba datos, no afirmaciones rotundas. Decía, por ejemplo, que la

2 Expresión en inglés que podría traducirse como «no me jodas».

media de precipitaciones había sido de diez litros por metro cuadrado al mes. Eso es muy poco (ni medio litro al día) por lo que ya se podía deducir que en ese sitio llovía poco. Pero no que no llovía nunca. Google 1, la gente 0.

Harry no era ningún antisocial, ni mucho menos. Le gustaba estar con gente, reírse con ella, charlar... A veces, necesitaba contarle cosas a alguien, no le bastaba con decírselas a su Alexa o a su mascota (cuando había tenido), o buscarlas en Internet. Le gustaba el contacto humano. Pero la vida y su trabajo, en gran parte, le habían enseñado que debes tomarte todo lo que te dicen sin creértelo al ciento por ciento. Sobre todo, lo que te afirman que es así sí o sí la totalidad de las veces y que no hay otra posibilidad.

Mientras esperaba el ascensor para subir a su piso, un vecino bajaba por las escaleras. Harry lo había visto tres o cuatro veces en esos dos meses.

—Buenas —le dijo el vecino mientras pasaba por su lado.

—Hasta luego —lo saludó Harry.

Esas eran todas las palabras que habían cruzado durante los dos meses, las cuatro o cinco veces que se habían visto en el portal o en el ascensor. Harry no sabía ni cómo se llamaba el chico, que tendría unos veinticinco años, ni en qué piso vivía. Una vez, lo había visto entrando al portal, mientras Harry salía, e iba acompañado de otro chico de unos treinta, pero no sabía si vivía con él o era una visita, no lo había vuelto a ver. A decir verdad, tampoco le interesaba demasiado. Harry pensaba que no era obligatorio hacerse amigo de todos los vecinos. Los vecinos, en principio, son solamente eso: vecinos. Son útiles para darte sal si no tienes, para aguantarte la puerta del ascensor, llamar a los bomberos si huele a quemado en tu piso, y para ese tipo de cosas. Y no pasaba nada por tener reciprocidad con esas cosas, faltaría más. Esa era la función en la vida de un buen vecino. Al menos eso pensaba Harry antes de llegar a su nueva ciudad.

Ese nuevo hogar se llamaba Murcia, una bonita población del sudeste español. Harry Fernández, que así se llamaba, era hijo de padre español y madre estadounidense, ambos ya fallecidos. Durante toda su vida, había vivido en Estados Unidos. Su padre le había hablado siempre en español, por lo que para él era una lengua de sobra conocida que no tenía ninguna dificultad en hablar y entender, aunque su lengua materna era el inglés. Cuando le surgió una oportunidad de trabajo al otro lado del charco, a sus treinta y seis años, soltero y sin compromiso, no se lo pensó y aceptó. Además, le proporcionaban casa, el salario no era ningún problema, y el trabajo era el mismo que en ese momento le apasionaba y que venía ya realizando en Estados Unidos. También, según se había informado, en España no tenía que preocuparse por facturas médicas y ese tipo de cosas. Aunque Harry no estaba enfermo, el no tener esa preocupación le parecía un punto a favor. Así que allí estaba, en Murcia y, tras un par de meses, se podía decir que ya se sentía como en casa.

Harry pulsó en el ascensor el botón del 3 a pesar de que él vivía en el 4. Cuando el ascensor se detuvo, Harry salió y llamó al timbre de la puerta con la letra A que tenía un felpudo de Homer Simpson en la puerta. A los pocos segundos, abrió la puerta su vecino y amigo Alfonso.

—Pero, Harry, tío, si tienes el pelo que pareces una fregona —dijo Alfonso mientras se contenía la risa.

—Que te den por culo, cabronazo, sácame una toalla y una cerveza, anda —le espetó Harry sonriendo y entrando a casa de Alfonso sin esperar invitación.

No la necesitaba. Desde que conoció a Alfonso, el segundo día después de haberse mudado, ya empezaron a ser inseparables. Y es que ese día Harry llamó a su puerta y se presentó:

—Hola, soy el nuevo vecino del 4.º C, me llamo Harry.

—Hola, Harry, me llamo Alfonso, bienvenido a Murcia, no eres de por aquí, ¿verdad? ¿Qué necesitas?

—Pues quería saber cómo funciona el tema de Internet por aquí, cuál es la mejor oferta que hay, y ya informarme un poco del barrio.

—Claro, me pillas ahora un poco liado. ¿Te parece que nos veamos en una hora en el bar de justo abajo, el que se llama Bar Chema, y ya te cuento todo?

—Perfecto, son las siete y media; a las ocho y media, nos vemos abajo. Pues gracias, Alfonso.

Harry bajó al Bar Chema, que estaba justo en el portal de al lado de su edificio, a las ocho y veinte, y se pidió una cerveza mientras esperaba. Era un bar muy diferente a un típico bar americano. Tampoco parecía un *diner*[3]. Tenía una barra de tamaño mediano, cuatro mesas dentro, y una terraza con unas ocho o diez mesas más. En las paredes, había cuadros de lo que parecía la ciudad hacía años y, detrás de la barra, había botellas de bebidas alcohólicas que, muchas de ellas, Harry no había visto nunca. Además, la propia barra tenía una vitrina de cristal con bandejas de comida. Como si fuese un autoservicio, pero no podías acceder a ella, se abrían por el lado de dentro de la barra. Había una tortilla muy gruesa, unos cacahuetes y un par de cosas más que no sabía qué eran. Decidió que ya iría preguntando y averiguando cosas de la gastronomía local, pero quizás ese no era el día. No obstante, como tenía hambre, pidió también unas patatas fritas. Pensó que le iban a poner unas *fries*[4], pero le pusieron unas papas chips en un plato con un trozo de limón al lado y un bote de pimienta. «Están locos estos murcianos», pensó. No obstante, como Harry es un tipo a quien le gusta probar cosas nuevas, con una mente abierta, le echó limón y pimienta a las patatas, y la verdad es que le gustó la idea[5].

A las nueve menos veinticinco, apareció Alfonso por la puerta y fue hacia donde estaba Harry y le estrechó la mano:

—Disculpa lo de antes, pero me has pillado ocupado —le dijo.

---

3 Típico restaurante-cafetería americano.

4 Patatas fritas en freidora o sartén.

5 En Murcia, mucha gente toma las patatas fritas de bolsa con un chorreón de limón y un poco de pimienta.

Harry lo disculpó, como no podía ser de otra manera, ya que había sido él quien había llamado a su timbre para molestarlo y ya empezó a preguntarle por el barrio, la ciudad, los proveedores de Internet y por esa manera de comerse las patatas fritas con limón. Desde ese día, Alfonso y Harry se hicieron bastante amigos. A menudo, Alfonso subía al piso de Harry a ver fútbol con él, ya que Harry, a pesar de ser americano, era un acérrimo seguidor del fútbol europeo, o quedaban en el bar de abajo para tomar una cerveza alguna tarde o iban juntos de vez en cuando al supermercado. Alfonso tenía treinta y siete años y estaba soltero. No tenía ninguna relación formal, pero eso no quiere decir que no tuviera éxito con las mujeres, sino más bien todo lo contrario. De hecho, en una ocasión, Alfonso no apareció cuando Harry había quedado con él en el bar de abajo y, al día siguiente, lo llamó y resulta que, según sus propias palabras, «le había surgido una oportunidad que no podía desaprovechar» y lo sentía mucho. Harry no se molestó, pero, aun así, Alfonso lo invitó a las cervezas del día siguiente para disculparse formalmente. Salvo esa vez, Alfonso siempre había estado ahí. Además, era un tío divertido y siempre dispuesto a hacerte un favor. Si estuvieran en Estados Unidos, Alfonso sería el típico vecino que te da la bienvenida y te trae una tarta de manzana de presentación.

Mientras Alfonso le daba una toalla a Harry para que se secara la cabeza, Harry se dio cuenta de que, en la cocina, Alfonso tenía los platos y los vasos de la comida sin fregar. Había por lo menos cinco platos y cinco vasos, a pesar de que Alfonso vivía solo y de que a veces no comía en casa.

—Disculpa el desorden, la verdad es que llevo varios días liados y ni he fregado los platos —dijo Alfonso mientras le daba la toalla y dejaba un tercio de cerveza recién abierto en la mesa.

A Harry le resultó un poco raro. Alfonso trabajaba como funcionario del Ayuntamiento de Murcia, de ocho a tres de lunes a viernes. No sabía muy bien qué hacía, pero era un trabajo que no requería de ninguna hora extra ni del que fuesen a despedirlo por bajo rendimiento. Por tanto, Harry descartó que Alfonso estuviera ocupado con asuntos de trabajo. Por otro lado, Alfonso no tenía familia. Era hijo único, y sus padres habían muerto en un accidente de tráfico hacía cuatro años. Tenía algún primo, pero no tenía ninguna relación. Por tanto, no parecía probable que fuese algún tema familiar. Por lo que conocía a Alfonso, y aplicando el razonamiento de la navaja de Okham, tenía que ser algún tema de chicas. Quizás llevase a dos en danza. O a tres. Y se le mezclasen planes, quién sabe. Harry, de momento, solo quería hacerle a su amigo una propuesta.

—Y qué, ¿no me vas a preguntar por qué he estado tan liado? —gritó Alfonso desde la cocina mientras cogía un tercio para él.

—No sé si me atrevo —le respondió Harry.

—Venga, Harry, pregúntame, pijo[6].

—Está bien, ¿por qué has estado tan liado que no has fregado los platos de varios días, Alfonso?

Alfonso se rio y le señaló a Harry el sofá para que se sentase mientras él hacía lo mismo en su sillón. Harry le dio un trago a su tercio de cerveza y se sentó. Alfonso comenzó a hablar:

—¿Recuerdas a Bárbara, la morena de la que te he hablado alguna vez, que trabaja en el supermercado de la calle de aquí atrás?

Por supuesto que Harry la recordaba. Había ido varias veces a ese supermercado y siempre se había quedado prendado de una de las cajeras. Era guapísima. Bárbara se llamaba, según la placa con el nombre que llevaban los trabajadores del supermercado. Era una chica de unos veintitantos, morena, pelo corto y buena figura, a Harry desde luego le parecía muy atractiva. Luego resulta que era un ligue de Alfonso y esa era una línea que Harry no iba a cruzar nunca. Nunca iba a entrometerse en una relación de un amigo con alguna chica, por muy guapa que a Harry le pareciese ella. Después de que Alfonso se lo contara a Harry, alguna vez los dos habían ido al supermercado juntos a hacer la compra, y Harry notaba cómo se

---

6 Interjección utilizada en Murcia.

saludaban con cierta complicidad, por lo que la relación, fuese del tipo que fuese, más o menos formal, parecía que iba bien.

—Sí, la recuerdo. ¿Qué pasa con ella?

—Pues me presentó a su hermana pequeña y...

—¿Y qué, Alfonso?

—Que me la estoy tirando.

—¿Cómo dices? ¿Pero cómo de pequeña?

—Dos años más pequeña que ella, joder, tiene veintisiete, ¿por quién me tomas, Harry?

—Ah, vale. —Harry ya se temía que se había echado un amigo poco menos que pederasta.

A continuación, preguntó:

—¿Y eso cómo ha pasado?

—Pues un día, en el supermercado, allí estaba, y Bárbara me la presentó. La saludé y me fui con las bolsas de la compra a casa. Al abrir la puerta de nuestro portal, apareció ella de repente y me preguntó si necesitaba ayuda con las bolsas. Le dije que no hacía falta, que gracias y, ¿sabes lo que me dijo?

—¿Qué te dijo, Alfonso?

—Que, si necesitaba ayuda con alguna otra cosa en ese mismo momento, ella estaba para ayudar...

—Y, claro, te pareció buena idea decirle que toda ayuda era bienvenida. No te pareció razonable pararte a pensar un segundo que te estabas liando con su hermana y que ella ni lo sabía.

—Así es.

—Y eso te ha tenido liado estos días, ¿verdad?

—Joder, no veas, está con ganas y la tengo aquí todas las noches y me deja sin fuerzas.

—Claro, si es que ya no eres un chaval. —Harry bebió otro trago de cerveza y casi se la había acabado ya. Sintió que iba a necesitar otra en breves instantes.

—Buff, tío, pero, entonces, ¿qué hago yo ahora? No puedo estar con dos hermanas a la vez.

Una vez más la navaja de Okham había resultado vencedora. Harry no sabía muy bien qué decirle a su amigo. Se había metido en una situación problemática él solito, situación que (esta vez sí se podía decir) al ciento por ciento de posibilidades no iba a acabar bien. Y cuanto menos le salpicase a él, mejor, que no tenía ninguna intención de verse obligado a dejar de ir a comprar al supermercado.

—Tienes que dejar a una de las dos antes de que se entere de que también sales con su hermana. —Menudo consejo estándar de mierda le acababa de dar Harry a su amigo, pero no se le ocurría ninguna otra cosa.

—Vaya consejo de mierda que me das, ¿no?

—¿Qué quieres hacer si no, capullo?

—Ya, tienes razón. Pero es que no es salir, lo nuestro es solo follar.

—¿Con Bárbara o con su hermana?

—Con las dos. No es que me vaya a pillar una yendo al cine con la otra.

—Pues nada, Alfonso, haz lo que quieras, yo qué quieres que te diga, tío.

Harry le pegó un último trago a su cerveza y se levantó para irse. Había decidido que ya no tenía ganas de hablar con su amigo lo que había ido a contarle. Bastante lío tenía Alfonso como para meterle en la cabeza otras cosas. Mejor esperaría a que su amigo solucionase sus asuntos para contárselo. O por lo menos esperaría al día siguiente. Ahora mismo estaba agotado mental y físicamente de todo el día.

—Gracias por la cerveza, Alfonso, pero me voy a casa, estoy cansado hoy. Además, seguro que tienes lío ahora, así que te dejo descansar un poco —dijo Harry dirigiéndose a la puerta.

—¿Te vas ya? Vale, como quieras. Pensaré en lo que has dicho, quizás tengas razón. Hay un refrán aquí en España que dice «quién mucho abarca, poco aprieta», y a lo mejor me lo tengo que aplicar. Gracias, Harry.

Harry salió de la casa de Alfonso pensando que no había entendido lo último que le había dicho. Comprendía a la perfección el español, pero los refranes todavía le resultaban complicados. Aunque en este caso le daba igual, estaba cansado y solo quería irse a casa, no le importaba nada el refrán. Iba a subir por la escalera porque era solo un piso, pero justo se abrió el ascensor y aparecieron Bárbara y otra chica, que se parecía mucho a ella, aunque con el pelo más oscuro y algo menor de estatura. Harry dedujo que era la hermana protagonista de la historia que acababa de oír.

—¿Está tu amigo en casa, Harry? —preguntó Bárbara. Como no tenía ningún sentido mentir, Harry dijo que sí.

—Gracias, ahora vete, por favor. —Por la cara de Bárbara, Harry dedujo que era muy buena idea seguir esa orden, así que cogió, subió las escaleras hacia su piso, abrió la puerta, miró el paraguas seco que tenía en el paragüero y pensó: «Aquí estabas bien. Por lo menos, ahora no tengo que ponerte a secar».

Acto seguido, se cogió una cerveza y se sentó en el sofá bastante cansado. Eran ya las nueve de la noche. En Estados Unidos casi estaría durmiendo, pero ya se había acostumbrado al horario español. Encendió la tele y puso el canal donde daban *CSI*, su programa favorito en Estados Unidos, para relajarse un poco mientras pensaba en Alfonso. Menuda situación debía tener montada solo unos metros debajo de él. A las diez, se levantó del sofá y sacó del frigorífico un plato preparado de magra con tomate y se lo calentó en el microondas para cenar. Era un plato de trozos de carne de cerdo con una especie de salsa de tomate y pimientos, frito todo junto. En Murcia, estaba en todos los bares como pequeño plato, lo llamaban tapa en España. Harry la probó un día en el bar de abajo y le gustó. Como vio que en el supermercado la vendían ya hecha, y Harry no tenía tiempo ni ganas de cocinar, la compraba alguna que otra vez sobre todo para cenar. Cuando el microondas hizo su característico sonido de que ya había terminado, oyó un portazo en el piso de abajo. «Ya debe haber acabado la discusión. Habrán mandado a Alfonso a la mierda y se van». Se asomó por la ventana de su salón, que daba a la calle, pero seguía lloviendo una barbaridad y no se veía nada, con lo que no acertó a distinguir a nadie saliendo del portal. «Bueno, ya me contará Alfonso».

Se sentó en su sofá con la magra con tomate y se la comió en un par de minutos. A continuación, cogió un libro y se fue a la cama dispuesto a leer un poco antes de dormir. Era una novela de espías que tenía a la mitad, una de Agatha Christie. Le gustaban las novelas de intriga, espías, misterio; le parecían curiosas. Hasta se reía con ellas. A las once menos cuarto, su móvil sonó. Era un wasap de una chica que había conocido hacía un par de semanas en un bar por la noche. La cosa había acabado bien esa noche y luego habían quedado un par de veces para tomar un café, pero de momento nada serio. No obstante, a Harry le gustaba la chica y estaba a gusto, por lo que tenía la impresión de que pronto podría convertirse en su novia formal.

Se llamaba Sofía y era una profesora italiana de cuarenta años que daba clases en la Escuela Oficial de Idiomas de Murcia desde hacía dos años, aunque ya llevaba varios más viviendo allí. Otra forastera como él, pero que había acabado haciendo de Murcia su hogar.

—¿Qué haces?, ¿estás durmiendo ya? —escribía Sofía en WhatsApp.

—No, estaba leyendo, pero iba a dejarlo ya.

—Lo pasé muy bien el miércoles, ¿sabes?

—Sí, y yo también, estuvo bien. ¿Te llamo mañana cuando acabe de trabajar y nos vemos?

—Sí, estupendo, lo estoy deseando J.

—Perfecto, *buona notte*, *bambina*[7].

—*Good night*, *handsome*[8].

Harry dejó a continuación el libro en la mesilla y fue a ducharse. Le gustaba ducharse antes de dormir y así levantarse diez minutos después de lo que tendría que hacerlo si se duchase por las mañanas.

---

7 «Buenas noches, nena», en italiano.

8 «Buenas noches, guapo», en inglés.

Además, si estaba estresado, como casi siempre, se masturbaba en la ducha y eso ya lo dejaba relajado para acostarse. Ese día no iba a ser una excepción.

A las once y media, Harry se metió en la cama a dormir. Había sido un día duro, pero ya llegaba a su fin. Harry se quedó dormido en menos de cinco minutos con el ruido de la lluvia murciana de fondo.

CAPÍTULO II

El despertador del móvil le sonó a Harry a las siete de la mañana, como todos los días. Y, como solía hacer, lo apagó al instante sin demorarse, se desperezó en la cama y se levantó. A las siete y diez estaba ya en la cocina batiendo un par de huevos. Todas las mañanas, Harry desayunaba un café con leche bien cargado, unos huevos revueltos con bacón, y un zumo de naranja natural. Su parte americana era fuerte en algunos aspectos, y el desayuno era uno de ellos. Siempre desayunaba eso, no lo habían convencido todavía de desayunar pan tostado con alguna cosa como hacía casi todo el mundo que conocía en Murcia.

Mientras desayunaba, le preguntó a Alexa por las noticias del día y el altavoz empezó a contárselas: *El índice Nasdaq cerró ayer con la mayor subida de la semana... Los talibanes ejecutan a cuatro mujeres acusadas de bailar en la calle en Kabul... La selección española de fútbol afronta esta noche un partido decisivo para la clasificación de la fase final del próximo mundial...*

A las ocho menos diez, Harry estaba listo para salir de casa en dirección al trabajo. Hacía un sol espléndido, por lo que no era necesario el paraguas. Mejor, odiaba pasear el paraguas cuando no llovía, era cargar con un trasto inútil. Salió de su edificio hacia la izquierda en dirección al puente que cruzaba el río y que llegaba hasta la explanada donde estaba el ayuntamiento. Su edificio estaba en una bonita plaza llamada Plaza Camachos, que estaba apenas a tres minutos andando del ayuntamiento y del centro de la ciudad, cosa que a Harry le parecía muy bien. Esa ubicación le permitía ir andando al trabajo y a la zona del centro a tomarse una cerveza en cualquier momento. En muchas zonas de Estados Unidos había que utilizar el coche para todo y Harry eso lo odiaba, ya que, aunque le gustaba conducir, no quería tener que depender del coche para absolutamente todo, le gustaba poder caminar. Cruzó por detrás del ayuntamiento hacia la plaza donde se encontraba la catedral de la ciudad con su majestuosa torre. Todavía no había tenido ocasión de visitarla por dentro y de subir a la torre, pero lo haría. Cinco minutos después de ir callejeando, llegó a su destino. A Harry le parecía un barrio precioso, desde luego diferente a su Arkansas natal.

Ahí estaba, sin llamar demasiado la atención, en un pequeño portal de un edificio de tres plantas cerca del teatro Romea, el más grande de la ciudad, una placa de color negro y letras blancas que ponía Fernández Anticuarios Internacionales, FAI. Ahí se dirigía. Llamó al timbre, y un portero le abrió la puerta del edificio.

—Buenos días, Harry —lo saludó de forma cordial.

—Buenos días, Pepe —le contestó Harry—. ¿Hay algo para mí? —Pepe, el portero, recogía el correo.

—No, pero alguien te está esperando arriba.

Harry lo suponía, después del día anterior que había tenido en el trabajo. Subió hasta el primer piso y abrió la puerta donde había otra placa como la del portal, pero más pequeña.

—Buenos días —saludó a Piotr y a Ángela, sus compañeros de trabajo, que ya se encontraban allí.

Al entrar, el local era diáfano, con dos escritorios: uno para Piotr y otro para Ángela. Además, había un pequeño sofá a la entrada y una máquina de agua. Al fondo, estaban el despacho de Harry y un pequeño cuarto de aseo. Luego, había otra habitación que en ese mismo momento tenía la puerta cerrada y un cartel colgado de «No pasar». Piotr y Ángela lo miraron, pero no dijeron nada, y Ángela le señaló con el dedo hacia su despacho. Al parecer, la visita estaba ya dentro. Eso solo podía significar que era una persona. La única persona a la que ni Piotr ni Ángela se atreverían a decirle que debía esperar en el sofá de fuera. Abrió la puerta, y efectivamente allí estaba.

—Martha, qué sorpresa tan agradable —dijo mientras cerraba la puerta tras de sí y se dirigía hacia su mesa.

—Harry, no mientas, que tú no eres el único al que no le gustan los mentirosos.

«*Touché*», pensó Harry.

—¿Qué puedo hacer por ti?, ¿has quedado satisfecha con el último trabajo y vienes a darme las gracias en persona? —Harry se sentía valiente esa mañana.

Martha era una mujer de unos cuarenta y largos, de raza negra y de estatura media. Tenía ojos color púrpura, y a Harry le parecía bastante atractiva. Hablaba perfectamente español además de inglés, francés, chino-mandarín y alemán. A simple vista, no parecía una persona de apariencia intimidante. Pero Harry ya la conocía desde hacía varios años y, aunque creía poder manejar las conversaciones con ella, sabía que era una mujer que sin muchas dificultades podía aterrorizar a cualquiera por su carácter.

Martha sacó un cigarrillo, junto con su Zippo, y se lo encendió con una mueca de ironía. Le dio la primera calada y echó el humo hacia un lado.

—¿No tienes nada que decirme, Harry?

Harry, a su vez, sacó un cigarrillo de los suyos y también lo encendió.

—El trabajo que encargaste está realizado y lo que querías se ha hecho. Eso es lo importante, ¿no crees?

A continuación, Martha arrojó el portátil que había encima de la mesa hacia un lado con violencia, y gritó:

—¡Déjate de mierdas conmigo, Harry! —Y acto seguido, añadió más sosegada—: Cuéntame qué pasó ayer desde las diez de la mañana hasta que te fuiste a casa al terminar la jornada. No tengas prisa y no omitas detalle, no nos vamos de aquí hoy hasta que acabes.

Harry pensó en qué largo se le iba a hacer el día y en qué ganas de ver a Sofía tenía. Pero obedeció y comenzó a contarle a Martha cómo había ido el día anterior lo más detalladamente que pudo, sin poder quitarse de la cabeza las ganas que tenía de acabar la jornada, y no había hecho más que comenzar.

El día anterior, a las diez, Harry estaba sentado en su escritorio con su portátil sin hacer nada en realidad, cuando su teléfono móvil comenzó a sonar con la melodía de la marcha imperial de *Star Wars*. Esa melodía la tenía asignada como tono de llamada a una persona en particular.

—Sí, Martha, dime, buenos días, ¿qué puedo hacer por ti? ¿Necesitas que me ocupe de alguna antigüedad?

En ese momento, Piotr estaba en el despacho de Harry buscando unos documentos en la estantería y se percató del rostro serio de Harry, con una expresión bien diferente a la que tenía un minuto antes de coger la llamada. Cuando Harry colgó, Piotr le espetó:

—¿Tenemos trabajo, jefe?

A lo cual, Harry le contestó:

—Ángela y tú, en tres minutos, al piso de arriba conmigo.

En el segundo piso del edificio de Fernández Anticuarios Internacionales (FAI, como le gustaba a Harry abreviar) había una sala que no tenía nada que ver con el piso de abajo. Estaba cerrada con llave, inaccesible al público, solo los tres empleados de FAI podían acceder. Ni siquiera Pepe tenía llave. Se trataba de una sala con un proyector grande para videollamadas y una mesa alargada redondeada con seis sillas. A las diez y cinco, Harry, Piotr y Ángela estaban sentados a la mesa. Ángela era una chica natural de la propia Murcia que no llegaría a treinta años, de complexión fuerte y con el pelo corto. Era una joven ambiciosa y que apuntaba a poder hacer grandes cosas en ese trabajo. Por su parte, Piotr era un polaco afincado en Murcia ya desde hacía varios años, divorciado, de unos cuarenta y algunos. Su físico lo delataba, no podía esconder sus orígenes de la Europa del

Este. Ambos habían recibido a Harry estupendamente, a pesar de llegar como jefe, y él les había cogido cariño, por qué no admitirlo.

Harry encendió el proyector y pulsó un botón que había debajo de la mesa. Entonces, esta se abrió y de ella subieron tres *tablets* en los sitios donde estaban los tres sentados. Martha apareció en la imagen proyectada y comenzó a contarles en qué consistía el trabajo que tenía para ellos. Se trataba de un trabajo rápido, que tenía que quedar terminado ese mismo día y que les iba a reportar una buena suma de dinero. Era un trabajo que se apartaba del encargo normal a unos anticuarios. Pero FAI, en realidad, no se trataba de una empresa de verdaderos anticuarios.

Martha les explicó que ese día en Murcia se iba a producir una transacción importante y que ellos iban a impedirla. Según les había dicho el cliente (ni Harry ni sus compañeros sabían nunca quién los contrataba, podían ser gobiernos, magnates, famosos, empresas...), exactamente a las cuatro y media de la tarde de ese mismo día, un traficante de arte le iba a entregar una pieza muy valiosa, que había sido robada unos meses antes al British Museum de Londres, a un intermediario, posiblemente de algún coleccionista privado del mercado negro, a cambio de un maletín con dinero. Se trataba del Juego Real de Ur, una pieza de madera del año 2600 a. C., que se creía que era de los primeros juegos de mesa de la humanidad. Se había encontrado en la antigua Mesopotamia y, aunque había sido sustraída hacía meses, la noticia no había trascendido a la opinión pública. Su lugar en el museo estuvo una semana con un cartel que decía que estaba siendo sometida a una pequeña restauración y, a la semana, volvió a su lugar en apariencia ya restaurada. En realidad, fue una réplica desarrollada en secreto en tiempo récord por orden del gobierno británico. Y, de momento, allí seguía, en el museo, sin que nadie se percatara de que no era la auténtica. Quizás por orgullo británico o quizás por evitar una mala imagen de cara a la opinión pública del museo y de toda la ciudad de Londres, con todo lo que ello pudiese conllevar políticamente, eso no importaba.

El lugar elegido para la transacción era el auditorio principal de Murcia. El edificio se utilizaba para todo tipo de eventos, desde conciertos, conferencias, congresos... En concreto, ese día, a esa hora, se estaría celebrando en el salón principal del lugar un encuentro de las empresas del metal de todo el levante español. Para ser exactos, a las cuatro y media de la tarde llevaría media hora ya la videoconferencia de la presidenta de la Asociación del metal de Madrid y le quedaría otra media hora. Según el soplo, el traficante se encontraría con el comprador en el servicio, y allí se produciría el intercambio de maletines. El trabajo era infiltrarse en el evento, conseguir la pieza y, después, llevarla a las oficinas de FAI a esperar instrucciones de Martha.

En las *tablets* les apareció al instante a Harry, a Piotr y a Ángela el archivo con los datos para el trabajo. No parecía difícil *a priori*. Quien iba a entregar la pieza era un traficante argentino llamado Amadeo Pérez. No había información de quién iba a entregar el dinero, pero eso no era relevante, lo importante era tener controlado a Pérez, que era quien tenía el objetivo. Según sus informantes, Pérez debía esperar en el servicio diez minutos hasta la llegada del comprador. Del archivo de Pérez, lo más destacado era que se trataba de un conocido traficante de arte; que, aunque había sido arrestado y acusado varias veces, siempre había acabado quedando en libertad por falta de pruebas. Trabajaba solo, y no era excesivamente fuerte, por lo que a Harry no le preocupaba en exceso el tema físico, lo podría doblegar con facilidad. Aunque Harry no había estado nunca dentro del edificio, tenía los planos del auditorio por dentro y no era un recinto muy complicado en el que se pudiera perder con facilidad. En teoría, el trabajo era pan comido. Pero había algo en la expresión de Martha que a Harry no le gustaba. La conocía bien y sabía que estaba ocultando algo. No era por el carácter desconfiado por naturaleza de Harry, esta vez lo sabía de verdad. Pero decidió callárselo para no poner nervioso al equipo. Eran buenos profesionales, pero no los conocía desde hacía demasiado tiempo y todavía no confiaba en ellos al ciento por ciento para estos trabajos, no sabía cómo podían reaccionar.

La sesión informativa acabó a las once y veinte de la mañana. Harry, Piotr y Ángela estuvieron mirando el archivo y comentando el plan hasta las doce más o menos. Estaba decidido, por una parte, Ángela iría con Harry en un coche y lo dejaría en el auditorio a las cuatro menos cuarto de la tarde. Piotr, por su parte, estaría de azafato del acto, ya en el edificio desde las dos de la tarde, que era cuando se serviría un almuerzo previo a la conferencia de las cuatro. A la hora de la conferencia, Piotr se colocaría con el resto del personal de protocolo arriba (la sala del auditorio estaba en cuesta hacia el escenario principal, que estaba abajo, por lo que el acceso estaba en un piso superior) y tendría localizado a Pérez. En todo momento, estaría comunicado con Harry y le avisaría cuando se levantase cerca de las cuatro y media y saliese de la sala en dirección al servicio. Justo diez minutos después, Piotr se excusaría un momento y saldría del auditorio por la puerta principal exactamente a las cinco menos cuarto. Ángela lo estaría esperando en otro coche diferente. Saldrían y darían la vuelta hasta la puerta trasera del auditorio, donde deberían recoger a Harry a las cinco menos diez con el Juego Real de Ur.

Harry, por su parte, iría como asistente al encuentro empresarial. A las cuatro y veinticinco, simularía una llamada de teléfono y saldría de la sala con esa excusa. Se iría a los servicios y se escondería en uno. Esperaría el aviso de Piotr de que Pérez iba hacia allí y se pondría detrás de la puerta. Cuando apareciese Pérez, lo drogaría con el método del «jeringuillazo» con un somnífero de fuera del mercado que FAI tenía, y que lo dejaría inconsciente al instante, lo metería en un cuarto de aseo y se llevaría el maletín. Tiempo requerido: apenas dos minutos. Tiempo suficiente para no cruzarse al comprador. Saldría por la puerta de atrás, se montaría en el coche con sus compañeros y asunto finiquitado. Ese era el plan. A las doce y cinco, cada uno fue a prepararse. Piotr simuló una llamada a uno de los azafatos diciéndole que era de la empresa de trabajo temporal subcontratada para el evento y que había ocurrido un problema, que no era necesario que acudiese al evento. Para evitar que ese azafato se quejase o llamase a la empresa de verdad, le dijo que se le hacía una transferencia en ese mismo momento del doble de lo que hubiera ganado ese día trabajando *por las molestias ocasionadas*. Luego, simuló otra llamada al auditorio diciendo que habían cambiado un miembro del personal del evento porque había caído enfermo, y les dio los datos del sustituto.

Harry y Ángela subieron al tercer y último piso del edificio, también cerrado con llave e inaccesible al público. Únicamente los tres miembros del personal de FAI podían entrar. La cerradura de triple seguridad simulaba una puerta normal desde fuera. Parecía una puerta blindada de seguridad, pero nada extraordinario. Sin embargo, al abrir la cerradura se activaba un mecanismo por el cual tenías que sacar la llave de la cerradura y poner la huella dactilar del meñique derecho en ella. Solamente si eras Harry, Ángela o Piotr, la puerta entonces se abría. En caso contrario, se activaba una alarma silenciosa al teléfono de los tres y de la puerta salían unos grilletes automáticos a la mano de quien estuviese intentando entrar. Tanta seguridad estaba justificada, ya que la puerta daba acceso a lo que ellos conocían como «el almacén». Y es que ahí estaba todo lo necesario para llevar a cabo sus misiones. El almacén tendría una superficie de unos cien metros cuadrados y contaba con varias habitaciones. Al entrar, a la izquierda, un vestidor ocupaba un tercio de la habitación, con ropa y calzado de hombre y de mujer. A continuación, una enorme caja fuerte, donde había dinero en efectivo, pasaportes falsos de los tres, y algunas armas. En España, las armas de fuego para los civiles están prohibidas. La policía sí tiene pistolas, pero salvo casos excepcionales no suelen hacer uso de ellas. Luego, las unidades especiales antiterroristas de policía sí tienen armas tipo ametralladoras y fusiles para operaciones de asalto. En FAI sí tenían una pistola Glock automática para cada uno, además de munición y unas pistolas táser para inmovilizar, pero rara vez hacían uso de ellas. Y, desde luego, si no estaban en ninguna misión, las armas quedaban en la caja fuerte. En el otro lado del almacén, había una pequeña nevera junto a un armario chico. En la nevera se guardaban distintos tipos de sueros (somníferos, suero de la verdad, adrenalina), muchos de ellos no disponibles en el mercado; en el armario, utensilios, como jeringuillas, además de lo normal en un botiquín estándar. El resto del almacén tenía una mesa, un par de sillas, y otro pequeño armario colgado en la pared. En ese armario estaban las llaves de los vehículos que FAI tenía disponibles. En cualquier momento, FAI tenía diez vehículos disponibles en toda la ciudad. El armario de las llaves de los vehículos tenía un pequeño compartimento con una pantalla donde aparecía la localización GPS del vehículo correspondiente. Cada semana llegaba a FAI un paquete cerrado con el logo de Amazon para no levantar sospechas. Pepe lo recogía y se lo entregaba a Harry o a cualquiera de sus compañeros. En el paquete había diez llaves nuevas de otros vehículos. Entonces, ellos tenían que coger las diez llaves que tenían, guardarlas en un paquete, cerrarlo y dejárselo a Pepe. Esa misma tarde pasaba una persona vestida de mensajero a recogerlo. Y así todas las semanas. Eso no quiere decir que fuesen diez vehículos nuevos cada semana, sino que se iban repitiendo, pero de vez en cuando un coche que era verde aparecía azul, otro que era blanco aparecía con rayas negras... y, por supuesto, con matrículas diferentes.

Cogieron dos juegos de llaves de dos vehículos distintos, uno para la ida y otro para la recogida de la misión, prepararon una jeringuilla con somnífero y cogieron la ropa que se iban a poner. Tomaron la de Piotr también, mientras él hacía sus gestiones.

Sobre la una menos cuarto, bajaron a la oficina y encargaron comida china en su restaurante favorito, que estaba abierto los siete días de la semana. A la una en punto, Harry mantuvo la siguiente conversación con Martha a través de la aplicación de mensajería de FAI (encriptada y secreta, ilocalizable):

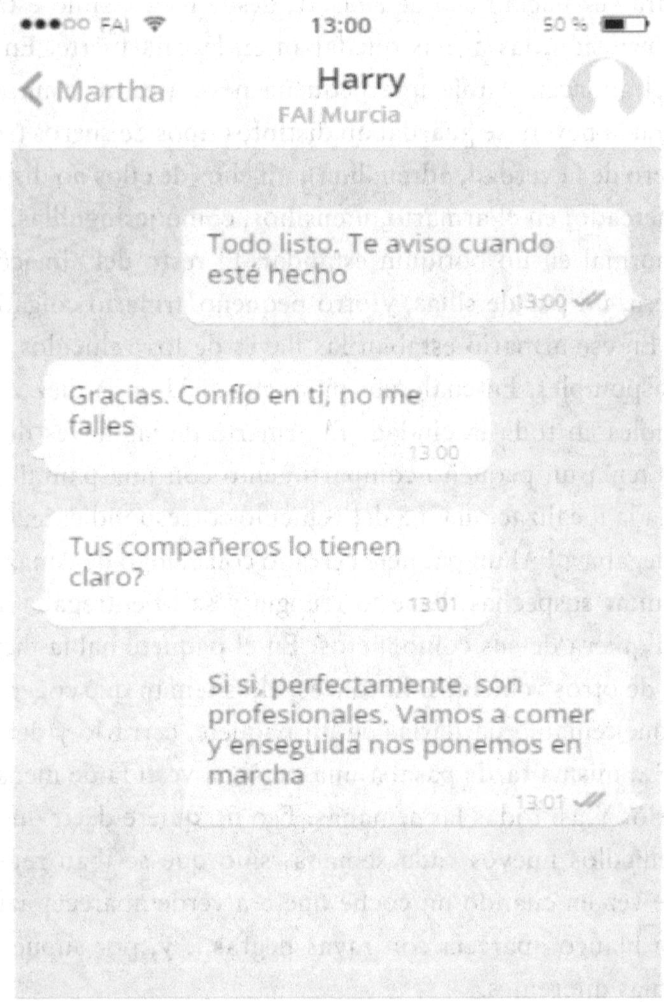

A la una y diez, Pepe subió la comida y cada uno comió en su sitio, como de costumbre, cada uno con su ritual previo a un encargo. Ángela se ponía sus auriculares con música *heavy metal* al volumen máximo que le daba su móvil. Piotr, simplemente, comía mirando al frente, en silencio. Harry pensaba que sería parte de su herencia polaca, la frialdad, la concentración, la disciplina. En cualquier caso, Harry respetaba a sus dos compañeros, y lo que quisieran hacer antes de un trabajo bien estaba. Apenas llevaba trabajando con ellos dos meses en Murcia, pero de momento habían respondido muy bien a todo. Por tanto, lo que funciona es mejor no tocarlo. Harry, por su parte, veía un capítulo antiguo de *Los Simpson* en su portátil mientras comía. Los había visto todos infinidad de veces, pero le seguían haciendo gracia.

A la una y media, Piotr se cambió de ropa y, a las dos menos veinticinco, salió por la puerta. Iría andando, le gustaba andar, y la lluvia que estaba empezando a caer a esa hora no era un problema para él. Era un paseo de unos veinte minutos, así que llegaría a la hora prevista.

Ángela y Harry siguieron en sus sitios hasta alrededor de las dos de la tarde. Harry se levantó a lavar los platos (le tocaba una vez a cada uno) en el fregadero que había en el cuarto de baño. Mientras tanto, Ángela se fue y abrió la puerta de la habitación del cartel de «no pasar», donde había tres sofás, una mesa, un pequeño frigorífico y una cafetera grande como la de una cafetería. Harry se unió a ella en cuanto fregó los platos, y los dos se tomaron un café y se tumbaron un rato cada uno en un sofá a descansar antes del trabajo. Sobre las tres de la tarde, se levantaron. Piotr había escrito un mensaje en el grupo de la aplicación FAI de mensajería: «Pérez ya está aquí, lo tengo localizado. Todo en orden. *Żegnajcie przyjaciele* [9]». Harry se enfundó un traje negro con camisa azul claro, cogió un maletín, la jeringuilla cargada con somníferos y, sobre las tres y cuarto, salieron Ángela y él del edificio. Se dirigieron al coche que Martha les había asignado para la llegada al auditorio, que se encontraba en un garaje en la plaza del teatro, a dos minutos andando. Se trataba de un Audi A4 negro, matrícula de Madrid, y automático. A Harry le gustaba el cambio de marchas manual, pero como era Ángela quien iba a conducir, no le importó. Se montaron en el coche y, a las cuatro menos veinte, Ángela paró en la puerta principal del auditorio para que Harry se bajase, y salió de allí ignorando al *gorrilla* que se

9 «Adiós, amigos», en polaco.

estaba acercando al coche a pedir dinero. Harry se dirigió a la puerta del auditorio, donde un controlador de acceso le pidió el nombre y le preguntó de qué empresa era. Harry se lo dijo: «Javier Martín, de Embalajes metálicos de Europa SL». El controlador, tras comprobar que estaba en la lista, le entregó una acreditación y lo dejó pasar sin mayor problema. Martha le había comentado, al contarle el trabajo, que el problema del acceso estaba solucionado, y Harry sabía que si Martha lo decía, era verdad. Era una de las pocas personas que Harry estaba seguro de que no mentía. Podría tener muchos defectos, pero Harry pensaba que el ser una mentirosa no era uno de ellos.

Harry entró a un espacio grande que hacía las veces de recibidor y donde había varias mesas altas con bandejas y platos de comida y bebida, y gente alrededor charlando. Enseguida localizó a Piotr con la mirada, de pie a un lado del recibidor, justo al lado de unas escaleras que daban acceso al salón principal del auditorio, que se encontraba en la planta de arriba. Sin tener tiempo de nada más, una de las azafatas de protocolo comenzó a avisar de que fuesen pasando al salón principal, que la conferencia de las cuatro de la tarde iba a empezar enseguida. Acto seguido, la gente comenzó a subir las escaleras donde estaba situado Piotr, que como buen azafato iba saludando e indicando que subiesen, y el acceso estaría justo a mano izquierda. Harry subió como un asistente más, pero no le había dado tiempo a localizar a Pérez. De todas formas, confiaba en que Piotr sí lo tuviera localizado, al fin y al cabo, ese era su cometido. Harry subió y entró a la sala. Bajó cuatro o cinco filas y se sentó en un hueco libre. Había bastante gente. Esta era la sala principal del auditorio, con capacidad para más de mil setecientas personas y una acústica inmejorable. Harry pensó que le gustaría acudir alguna vez al auditorio a ver algún concierto o algo así, tenía que estar bien. Se lo diría a Sofía un día de estos.

La lista de asistentes confirmada era de más de mil, inaudito para un evento de esas características. Antes de sentarse y procurando que no lo viese nadie, miró y ya tenía el mensaje de Piotr: «Localizado».

Así que perfecto, todo iba según el plan. A las cuatro y veinticinco, le sonó el móvil como había programado y salió de la sala haciendo como que cogía la llamada. Se dirigió a los únicos servicios de hombres que estaban abiertos en esa planta para el evento (era política del auditorio no abrir más de una sala de servicios de hombres y otra de mujeres por planta, a no ser que hubiera más de una sala llena, y ese día solo estaba ese evento). En el servicio había cinco urinarios y cinco puertas con tazas de váter. Comprobó que no había nadie más y se puso detrás de la puerta. A las cuatro y media, recibió el mensaje de Piotr: «Sale», por lo que sacó la jeringuilla con el somnífero y se preparó. Alrededor de un minuto después, la puerta de los servicios se abrió, pero no fue Pérez quien apareció. Harry se dio cuenta en el mismo momento en el que le clavó la aguja con el somnífero. A los dos segundos, cayó a sus pies, en un profundo estado de inconsciencia provocado por el somnífero, una mujer.

—Espera un momento, Harry —interrumpió Martha—. ¿Quieres decir que una mujer desconocida entró en el servicio de caballeros justo cuando tenía que entrar Pérez y le clavaste la jeringuilla?

—Sí, así fue, Martha. Por favor, no me interrumpas. Cuando acabe, me preguntas todo lo que quieras, ¿vale? —Martha hizo el gesto con los dedos de cerrarse la boca como si fuese una cremallera, y Harry prosiguió con la historia.

CAPÍTULO III

Harry depositó con delicadeza a la mujer en el suelo y, justo en ese momento, la puerta de los servicios se abrió de nuevo. Esta vez sí era Pérez, con un maletín en la mano. Cuando Pérez vio la escena, quiso salir corriendo, pero Harry le pudo poner la zancadilla desde donde estaba, y Pérez cayó al suelo, golpeándose antes la cabeza contra la pared mientras la puerta se cerraba. Harry se levantó al momento y se fue hacia Pérez, pero él le propinó una patada que le dio a Harry en sus partes íntimas. Harry se dobló de dolor, mientras Pérez todavía seguía un poco aturdido y no podía levantarse. Harry, mucho más corpulento y fuerte que Pérez, se recuperó antes, ya que, por suerte, aunque le habían dado en un sitio delicado, fue solo de refilón; cogió el maletín y, con el mismo, lo golpeó en la cabeza para dejarlo inconsciente. La mala suerte fue que Pérez se golpeó la cabeza contra uno de los urinarios y cayó al suelo desplomado mientras la sangre salía de su cabeza. Lo había matado. Tras intentar tomarle el pulso, se dio cuenta de que así era. Harry lo había matado.

Evidentemente, eso ya no tenía remedio. La mujer, que estaba durmiendo en el suelo, no había visto a Harry, por lo que no había ningún testigo. Pero los asistentes al evento tenían nombres y apellidos, y la policía, cuando investigase, no tardaría en dar con un Javier Martín que nadie conocía y que además venía de parte de una empresa de la que, aparte de una web creada *ad hoc* para parecer una empresa de verdad, no había nada más.

Así que Harry sabía que solo podía hacer una cosa. Escribió a Martha un mensaje, simple y claro, una única palabra. Al leer el mensaje, Martha activaría el protocolo de FAI para estos casos. Y eso hizo. Tras esconder el cuerpo de Pérez en uno de los urinarios y el de la mujer dormida en otro, a las cinco menos doce minutos, cogió el maletín de Pérez y salió andando hacia la puerta trasera del auditorio. Nadie lo vio, estaba todo el personal en la sala principal, y la puerta solo se podía abrir desde dentro por lo que no había ningún controlador de acceso en ella. Salió a las cinco menos diez, y allí estaban Ángela y Piotr con un Renault Megane de 2015, azul oscuro. Le abrieron la puerta trasera, Harry entró, y salieron de allí.

—¿Qué cojones ha pasado?, ¿quién era esa tía? —gritó Harry una vez que estaba ya dentro del coche.

—¿Qué tía?, ¿qué ha pasado, Harry? —preguntó Piotr con voz de incredulidad.

Harry se lo contó, y Piotr juró y perjuró que nadie más había salido de la sala desde que Pérez lo había hecho. Aunque pensó unos segundos y sí, antes de eso, había salido una chica hablando por teléfono, pero Piotr, en ese momento, no le dio importancia. Bueno, ya se ocuparían del asunto más tarde. Ángela paró el coche en la puerta de FAI (no se podía aparcar, no había garajes, solo acceso para cargar y descargar). Se bajaron Harry y Piotr con el maletín, y ella se fue a dejar el coche al punto indicado, que en este caso era un *parking* de un hipermercado de la ciudad.

Harry y Piotr subieron al primer piso y abrieron la cerradura del maletín forzándola con un cuchillo. Y ahí estaba el Juego Real de Ur. La verdad es que era bonito. Era un tablero con unas fichas, todo de madera y, por supuesto, se notaba que estaba hecho de manera artesanal. El tablero tenía veinte casillas, cada una pintada con dibujos diferentes y algunos se repetían. No se sabía a ciencia cierta las reglas del juego en sí, pero parecía una especie del juego de la oca en versión primitiva. Por lo menos, a Harry le daba esa sensación. Estaba envuelto en papel de burbujas dentro del maletín, pero no parecía que se fuese a romper fácilmente por algún golpe o de manera accidental. Eran ya las seis y media de la tarde. A esa hora llovía a cántaros. Pepe subió a despedirse como todos los días, terminaba su jornada. Le dieron las gracias y se despidieron de él hasta el día siguiente. A las siete menos diecisiete minutos de la tarde, Martha escribió: «Dejad maletín con mercancía en la caja fuerte y marchaos a casa después». Y eso hicieron. Harry emprendió el camino a casa bajo la lluvia torrencial, y lo mismo hicieron Piotr y Ángela en la otra dirección.

—Vale, estupendo, Harry, ¿has terminado?

—Sí, Martha, en lo que respecta al día de ayer en el trabajo, he terminado.

—¿Quieres que te cuente que hice yo ayer a partir de las cinco menos veinticinco, Harry?

—En realidad no, Martha, pero sospecho que me lo vas a contar igual, ¿a que sí?

—Así es. Y me vas a escuchar atentamente desde la primera puta palabra que diga hasta la última, ¿*capisci*[10]?

Harry asintió mientras se encendía otro cigarrillo y escuchaba a Martha.

A las cinco menos veinticinco del día anterior, Martha recibió un mensaje de Harry en la aplicación de FAI. El mensaje constaba nada más que de una palabra, pero era demoledor. «*Rocket*». Martha, que se encontraba en el reservado de un lujoso restaurante de Murcia comiendo con unos posibles clientes, se excusó un momento: «Voy a hacer una llamada, caballeros, denme, por favor, cinco minutos».

Martha llamó a su contacto en la comandancia de la guardia civil de Murcia a través de una línea secreta y le explicó que necesitaban un *rocket* en ese momento en el auditorio y que le pasaba los datos

10 «¿Entiendes?», en italiano.

necesarios, incluyendo la localización dentro del edificio. El mensaje *rocket* siempre llevaba asignadas las coordenadas exactas.

—Harry, ¿tú sabes lo que implica que yo tuviera que hacer esa llamada porque te pensases que trabajas para la puta CIA y que puedes ir por ahí eliminando gente? —interrumpió Martha su relato del día anterior.

Claro que lo sabía. Harry llevaba trabajando en FAI dos meses, pero para sus jefes (que poseían FAI y trece sucursales como FAI más en todo el mundo) llevaba trabajando más de cinco años. Este conjunto de agencias de mercenarios era conocido como El Conglomerado, y sus diversos protocolos de actuaciones eran los mismos en todas las delegaciones de todos los países donde se encontraban, en líneas generales. En lo que respecta al protocolo referente al *rocket*, un *rocket* significaba que había una baja no deseada en un trabajo y que necesitaban que fuera un equipo de apoyo más rápido que un cohete. En otras palabras, unos solucionadores de problemas. Un *señor lobo*, como en la película *Pulp Fiction*. En cada país y en cada zona donde el Conglomerado hacía trabajos a través de alguna de sus delegaciones contaban con asociados secretos subcontratados como equipos de apoyo en caso de *rocket*. Si no lo tenían, no actuaban, salvo algún caso muy excepcional. Estos equipos no eran baratos precisamente. Tenían que ser profesionales de élite que borrasen todo rastro de que por la escena de la misión habían pasado miembros del Conglomerado, y que estuviesen disponibles a las horas acordadas por si acaso. Si además de estar disponibles tenían que actuar, el extra de sus honorarios podía dispararse dependiendo de cada caso. Y el Conglomerado no trabajaba gratis, por lo que cualquier merma de sus ingresos repercutía directamente en ciertas decisiones, como en cualquier empresa o negocio. Una actuación de un equipo de apoyo podía provocar que una misión se realizase a pérdidas, dependiendo de la gravedad.

—¿Quién era esa mujer, Martha, porque no estaba en la información que me diste de la misión? No fue fallo nuestro, nadie tenía que entrar en el servicio a esa hora salvo Pérez y nadie salió de la sala, Piotr lo confirma y yo le creo. No era la compradora porque no era la hora. ¿O es que tus informantes te informaron mal?

—Harry, estoy preguntando yo, ¿tú sabes lo que implica que yo tuviera que hacer esa llamada? —Harry se dio por vencido de momento y le siguió la conversación.

—¿Perdimos la mitad de la recompensa en honorarios por el *rocket*?

—Voy a ser transparente contigo, Harry. Creo que, a pesar de tu cagada, eres un tío muy válido para el Conglomerado y haces mucha falta como director de FAI. —Martha parecía sincera, Harry lo notaba—. Así que tienes que ser consciente de verdad de todo el negocio, incluyendo la parte económica y qué ocurre cuando alguien la caga. El equipo de apoyo de FAI lo comanda un alto cargo de la guardia civil de Murcia, que tiene a su cargo a dos policías científicos apartados del cuerpo por corrupción y a un detective privado.

«*Menudo equipazo*», pensó Harry, aunque no dijo nada.

—Son los mejores —prosiguió Martha como si le estuviera leyendo la mente a Harry—. Obviamente, no puedo darte sus nombres, yo misma solo sé el de mi contacto, me hablan del resto como Athos, Porthos y Aramis. Pues bien, mientras mi contacto llamaba al auditorio para dar la orden de que habían recibido un aviso de bomba y que, aunque lo más normal era que se tratase de un bromista, desalojaran siguiendo el protocolo de seguridad, Athos, Porthos y Aramis se disfrazaron de artificieros y se dirigieron hacia allí. Mi contacto, a quien podemos llamar D´Artagnan, para seguir un poco la temática, también fue para allá con guardia civil auténtica. Una vez allí, ordenó que los «artificieros» entrasen al interior a echar un vistazo con los detectores de explosivos que llevaban, mientras la guardia civil acordonaba la zona sin llamar demasiado la atención, ya que probablemente era una falsa alarma. Una hora después, los artificieros salieron diciendo que el edificio estaba limpio y que había sido una falsa alarma. Y, mira por dónde, ya no había cadáver en el aseo ni chica drogada inconsciente. Y todo quedó en una anécdota en una esquina de los diarios locales de hoy y un puñado de mensajes en redes sociales contando la experiencia de un desalojo del auditorio por falsa alarma.

Desde luego, tal y como lo había contado Martha, a Harry le pareció un trabajo impecable y muy profesional, aun no conociendo los detalles. Y sabía que eso no era barato.

—Esa actuación, Harry, le ha salido a FAI por sesenta mil euros —añadió Martha—. Los honorarios acordados por el trabajo de recuperación de la pieza eran de cien mil euros, de los que el Conglomerado se quedaba con el cincuenta por ciento, como en todos los trabajos, y FAI, como división local encargada de llevarlo a cabo, se quedaría con el otro cincuenta por ciento. Si a esos cincuenta mil euros, le quitamos los sesenta mil del equipo de apoyo en el *rocket*, ¿cuánto nos queda, Harry? Porque, por si no lo sabes, los equipos de apoyo van a cargo de cada delegación.

Harry no sabía cifras concretas, pero se las podía imaginar antes de que Martha le dijese nada. En su época en la que trabajaba en la delegación de El Paso, Texas, hizo amistad con el jefe del equipo de apoyo, que era un ex espía del Mossad retirado afincado allí, y las cifras de las que hablaban eran similares en porcentaje sobre cada trabajo. Pero a Harry tampoco le parecía para tanto, al fin y al cabo, lo normal era que el equipo de apoyo tuviese que actuar en uno de cada doce o trece trabajos a realizar, más o menos, por lo que compensaba. ¿Por qué diablos estaba Martha tan alterada? «Joder esta tía. ¿Por qué no saldrá más? Se toma este trabajo demasiado a pecho», pensó Harry. Martha era la responsable de la zona europea del Conglomerado, que contaba con FAI y un par de delegaciones más, una en Cork (Irlanda) y otra en Corleone (Italia). Se tomaba su trabajo en serio y eso a Harry le parecía normal y lo respetaba mucho, pero la conocía y algo no encajaba.

Harry se levantó de su mesa, abrió la puerta del despacho y dijo: «Chicos, día libre. Iros de aquí ya y mañana nos vemos», dirigiéndose a Piotr y a Ángela. Acto seguido, cerró la puerta de su despacho mientras Martha se encendía un cigarrillo y miraba a Harry con una mueca que a Harry le pareció del tipo «cabronazo, cómo me conoces». Harry se quedó de pie mirando a través del cristal de la ventana, donde se veía la calle peatonal tan bonita que daba a la parte de atrás de la fachada del edificio, en silencio. Al minuto siguiente, cuando oyó cómo la puerta de la oficina se cerraba y ya estaban solos, se volvió a sentar.

—Martha, la hemos cagado y te pido disculpas. Pero tú sabes tan bien como yo que en este oficio estas cosas pasan. Y eso es lo que te diría en cualquier otra circunstancia, pero es que, además, sé que no me estás diciendo toda la verdad. Algo me ocultas. A mí me cuesta confiar en las personas al ciento por ciento, pero en ti sí que lo hago. Te pido que tengas la misma cortesía conmigo. Entiendo que no puedas decírmelo todo porque no estamos al mismo nivel de cadena de mando, pero aquí quienes nos manchamos las manos somos mis compañeros y yo y merecemos un respeto.

—¿Guardas *whisky* en la oficina, Harry?

—Martha, son las diez de la mañana.

—¿Por qué no contestas a mis putas preguntas?

Harry abrió el cajón de su escritorio y sacó una botella de Jack Daniels que iba por la mitad y dos vasos. Echó dos copas sin hielo y le pasó una a Martha. No iba a hacer de padrino de Martha con el alcohol ni mucho menos. Ya era mayorcita para saber lo que hacía.

—Me caes bien, Harry, de verdad que sí. Y si no estuviera casada, te tiraría los trastos, para qué mentirte. Voy a contarte hasta donde puedo, y no me pidas que te cuente más porque no lo haré, ¿entendido?

Resulta que la mujer del servicio era la «putita» de Pérez, en palabras de Martha. Sabía desde el principio que, aunque asistiría al evento, no se iba a hacer notar como pareja de Pérez, ya que él tenía que hacerse pasar por empresario asistente. Por eso, Piotr no se percató de nada. Y, cuando María (así se llamaba la chica) salió de la sala del auditorio unos minutos antes que Pérez, no le dio importancia porque en teoría era una asistente al evento que no iba a interrumpir en el baño de hombres.

Como Pérez tenía que esperar al comprador diez minutos, al parecer, María había decidido esperarlo en el servicio para darle una alegría en forma de felación pretrabajo. Sabía que eso le gustaría a Pérez, y quizás podría rascarle algunos euros. Lo que no contaba era con encontrarse a Harry. El resto ya se sabe. Cuando los artificieros entraron, la despertaron con una droga que llevaban y la dejaron salir por la puerta trasera del edificio. Sabían que no era ningún peligro; ya que era una cómplice de un traficante, no iba precisamente a denunciar su muerte a las autoridades. Le dieron algo de dinero para terminar de persuadirla de que se olvidara del asunto y ya.

—¿Por qué no se nos dijo que Pérez iba a ir acompañado, aunque no fuese de manera oficial, para poder haber previsto cualquier contingencia? —preguntó Harry.

—Porque me ordenaron que no lo dijera. Querían poneros a prueba.

—Pues diles de mi parte que se vayan a tomar porculo —dijo Harry, bebiéndose lo que quedaba de *whisky* en su vaso de un trago.

—Querían ver cómo reaccionabais ante un acontecimiento imprevisto. Sois un equipo nuevo y querían una prueba real. Me supo mal, pero no lo vi ninguna locura tampoco, Harry. Bueno, me jode perder pasta, pero te entiendo y, como al final no me dejaron daros toda la información del caso, lo dejaré pasar e incluso les diré que sería razonable compartir el coste del *rocket*. Tómate el día libre tú también, y mañana hablaremos —concluyó Martha, que ya parecía más calmada.

Por fin una buena noticia. Se levantó de su mesa y, sin mirar a Martha a la cara, le dijo: «Cierra tú al salir, hasta mañana». Y salió por la puerta. Eran las diez y media de la mañana de un jueves y la tenía libre. Desde luego, lo necesitaba. No le había gustado en absoluto que desde arriba y con la colaboración de Martha lo hubiesen puesto a prueba, a él y a su equipo. Pero entendía a Martha, al fin y al cabo, ella cumplía órdenes y sobre la «actuación» que acababa de hacer, suponía que había decidido hacer de poli mala para ver cómo Harry respondía y ya estaba, nada más. Asunto zanjado, no había que darle más vueltas.

Le apetecía mucho ver a Sofía, pero ella hasta las siete de la tarde no salía de trabajar. Cogió su móvil mientras iba andando por el centro de Murcia y vio dos llamadas perdidas de Alfonso. Supuso que querría contarle cómo había acabado la escena de la noche anterior con las dos hermanas. Para ser sinceros, Harry sentía curiosidad de verdad, y además tenía una conversación pendiente con él que no había podido tener, por lo que le devolvió la llamada, pero le saltó el buzón de voz. «Raro», pensó sin darle más importancia. Bueno, luego hablarían seguro. De momento, se iba para casa a hacer el vago un poco, se lo había ganado. Después del día anterior, quería descansar, sobre todo mentalmente. Y es que ese día, 12 de mayo, cuando salió de la oficina después de la misión, desde las siete menos diecisiete de la tarde hasta que llegó a casa de Alfonso sobre las ocho y cuarto de la noche, a Harry le ocurrió lo más impresionante o lo más inesperado del día hasta ese momento (sin contar la historia de Alfonso y las hermanas que vino después), a pesar de lo alto que estaba el listón.

CAPÍTULO IV

12 de mayo a las siete menos dieciséis de la tarde. Harry llevaba un minuto bajo la lluvia y se dio cuenta de que no era ninguna broma lo que estaba cayendo y que, como continuara andando sin paraguas, se iba a mojar bastante. Estaba por el centro de Murcia con todo lleno de tascas y bares, así que decidió meterse en uno. Observó y vio cómo había más personas que habían pensado lo mismo, lo notaba en sus expresiones, en sus caras. En concreto, en sus caras de decir «quiero irme a mi casa, pero está lloviendo mucho y, como soy de Murcia, no me he traído paraguas». Harry se sentía cada vez más murciano, sin duda.

Se sentó en la barra y pidió una cerveza y una tapa de salchicha seca con almendras. Era otra de las tapas que le encantaban de la gastronomía de la zona, que bien venían para acompañar una cerveza a esas horas. Le daría a la lluvia un rato a ver si paraba. No descartaba darle más rato en forma de otra cerveza, pero ya iría viendo sobre la marcha, sin agobios.

El local no era muy grande y no había demasiada gente, quizás estaría a mitad del aforo. Pero el estruendo de la barra era considerable, y Harry decidió sentarse en una mesa a tomarse su cerveza y su tapa. No tenía necesidad de estar escuchando tan cerca al camarero diciéndole a gritos a un hombre, que parecía parroquiano habitual, que si ladrones los del gobierno, que así no se podía vivir y que ojalá ahorcasen a todos los políticos en la plaza de la Catedral a la vista de todos o los tirasen desde el campanario de la torre.

Harry vio cómo un muchacho de unos treinta años iba hacia su mesa. Era muy alto y llevaba unos vaqueros, y una camiseta que tenía dibujado un bebé con un parche en el ojo y una pata de palo y que ponía *Baby pirate*.

—Perdone, ¿puedo sentarme un momento? Creo que tengo algo que podría interesarle —le preguntó a Harry.

Harry dudó por un segundo. Él solo quería tomarse tranquilo su cerveza e irse a casa cuando dejase de llover. No quería aguantar pelmazos que le contasen que si conocía la Biblia en profundidad, que si había pensado en invertir en criptomonedas o que si quería ser su propio jefe. Pero evidentemente a alguien con una camiseta de un *baby pirate* no podía decirle que no, así que le hizo un gesto con la mano para que se sentase.

—Gracias —dijo el chico—, me llamo Carlos. —Le tendió la mano, a lo que Harry respondió dándole la suya.

—¿En qué te puedo ayudar, Carlos?

Carlos empezó a hablar, pero a media palabra, Harry lo interrumpió.

—Si quieres que te escuche, pide otra cerveza para mí, invitas tú.

Carlos levantó la mano y le dijo al camarero que dos cervezas más, una para Harry y otra para él. Con eso, Harry descubrió que, fuese quien fuese, tenía verdadero interés en contarle lo que fuera o no lo invitaría con una cerveza. Por lo menos él, en su situación, no lo haría así; eso despertó su interés en cierta medida.

Carlos empezó a hablar. Resulta que, al parecer, era el productor de una película que iban a empezar a rodar en Murcia. Se trataba de una película tipo *Star Wars*: naves, alienígenas, peleas..., ese tipo de cosas. Al parecer, Carlos estaba asociado con gente del mundo del cine para la producción, pero la idea era suya. El guion estaba escrito ya por un guionista del País Vasco e iban a comenzar el *casting* a falta de la confirmación por parte del director, que, por supuesto, no quería decirle quién iba a ser, pero sí le dijo que era famoso a nivel internacional y que iba a ser un bombazo. No quiso entrar en muchos detalles de la película, pero dijo que nada más ver a Harry sabía que tenía un papel para él. No podía explicárselo porque eso era algo que se sabía o no se sabía, como una especie de flechazo. Pero sin duda se había enamorado artísticamente de Harry nada más verlo. Harry se quedó un poco patidifuso. Ese día había matado a un hombre y había robado (robado a un ladrón, pero robado, al fin y al cabo) una obra de arte de gran valor. Pero desde luego no se esperaba que quisieran ficharlo para una película del tipo *Star Wars* en un bar de Murcia donde se refugiaba de la lluvia.

—¿Me estás vacilando? —inquirió Harry.

—Para nada... Antes no me has dicho tu nombre.

—Harry.

—¿Me estás vacilando tú a mí?

Los dos comenzaron a reír, y Harry hizo un gesto para que trajesen dos cervezas más. Carlos, no obstante, le dijo que no, que se tenía que ir, pero que le dejaba su tarjeta con sus datos. Tenía que esperar a que el director confirmase que se incorporaba al proyecto para hablarle del papel, del *casting*... Que lo llamase en una semana y le diría algo.

—Ah, y una última cosa, Harry. ¿Conoces más gente que quisiera salir en una película de este tipo?

Claro que conocía. A Alfonso le encantaba *Star Wars*. Era lo que más le gustaba en el mundo después de las mujeres. O antes incluso, dependía del día. A Harry le gustaba también, pero ni mucho menos al nivel de Alfonso. Si le decía a Alfonso si quería salir actuando en una película tipo *Star Wars*, sabía que le diría que sí.

—Sí, sí, conozco, pero no sé cómo actuaría, ni para qué papel...

—No te preocupes por eso, Harry, tienes algo que me dice que me tengo que fiar de ti. Además, haríamos antes una prueba artística, no vamos a contratar a nadie a ciegas. Pero queremos gente a la que le apasionen esas cosas, ese universo. —Carlos sonrió—. Coméntale a esa persona si le interesaría salir de extra o en algún papel secundario.

Harry le dijo que de acuerdo, que en una semana lo llamaría. Acto seguido, Carlos fue al camarero, y Harry vio cómo le daba un billete de cincuenta euros y le señalaba la mesa. Se fue sin coger las vueltas que le trajo el camarero.

Harry se quedó pensando un momento en lo que acababa de pasar. Por supuesto, pensó que debía haber gato encerrado. ¿Una producción de esas características, con un director famoso y que quiere como actor a alguien que no ha actuado nunca ni se ha formado en el tema? ¿Quién invitaba a un extraño a una cuenta de quince, veinte euros, y pagaba cincuenta sin querer el cambio? ¿Se lo había encontrado de casualidad? Sin duda, él quería creer en el fondo que todo era real. Claro que le apetecía ser actor, aunque ello implicase dejar de ser un espía mercenario, cosa que le gustaba y se le daba bien. Pero también sabía que esa vida no era para siempre y ya tenía dinero de sobra para retirarse de ella. Y joder, para qué engañarse, ¿actor que pudiera hacerse famoso en ese tipo de películas? Claro que sonaba bien.

De momento, tenía ganas de contárselo a Alfonso, a ver qué opinaba de la historia y a ver si quería participar. Así que, a las ocho de la noche, decidió emprender la marcha. Seguía lloviendo, pero eso ya no le importaba. Lo que pasó al llegar a casa de Alfonso se sabe.

CAPÍTULO V

Harry llegó a casa el 13 de mayo alrededor de las once y media, previo paso por el supermercado. Aprovechando que tenía el día libre, pasó a comprar suministros que le hacían falta antes de ir a casa. No vio a Bárbara, supuso que ese día trabajaría en el turno de tarde o lo tendría libre. Tras ordenar la compra, se tumbó en su sofá y cogió el libro que estaba leyendo la noche anterior. Antes de abrirlo, consultó su móvil y vio que Alfonso no le había devuelto la llamada y en su WhatsApp salía su última conexión a las nueve y media, justo antes de que lo hubiera llamado dos veces. Estaría trabajando y tendría lío, por lo que Harry le escribió diciéndole que luego por la tarde hablaban, que tenía el día libre. También tenía unos wasaps de Sofía en los que le decía cuánto le apetecía salir ya de trabajar para verlo. Harry le contestó en ese momento: «A mí también, tengo el día libre; si te escapas antes, me dices». Y abrió el libro por donde se había quedado la noche anterior para leer un rato. Disfrutó de una hora de lectura y, como le dio hambre, lo dejó y se dispuso a ir al bar de abajo a comer, como hacía a veces. Tenían un menú del día con primer y segundo plato más postre o café a buen precio. Era comida casera, sana y, lo más importante de todo para él, se la hacían. Se pagaba aparte la bebida, pero un mercenario como él no tenía problemas de dinero. Harry, al igual que Piotr y Ángela, cobraban una nómina todos los meses como anticuarios: de tres mil euros brutos él, y de dos mil quinientos sus compañeros. Pero luego, aparte, tenían sobres en efectivo cada mes en función de los trabajos que habían realizado. El mes que el sobre era más pequeño eran cinco mil euros para Harry como director de FAI; el de sus compañeros, alrededor de la mitad. Y, cuando estaba en El Paso, Harry había llegado a conseguir una vez un sobre de trescientos mil dólares. Harry tenía el piso lleno de cajas de dinero en efectivo, y en cuentas en bancos del extranjero y en cajas fuertes, pero debía aparentar un ritmo de vida acorde a su nómina. Cuando salía a comer o cenar o a tomar algo, solía pagar en efectivo para intentar no acumular tanto. Mientras bajaba por la escalera hacia la calle, Sofía lo llamó:

—Hola, ¿tienes el día libre, dices? —preguntó Sofía.

—Sí, así es, como ayer fue un trabajo duro y el cliente quedó satisfecho, les he dicho a los chicos que hoy libre; nos vemos luego, ¿no?

—Por eso te llamo, ¿y si digo que tengo que hacer unas cosas y que no puedo dar clase esta tarde? ¿Te apetece venir a dormir la siesta a mi piso? Loretta no está.

—*Bambina*, te dije el otro día que yo no solía dormir la siesta.

—Ya lo sé. —A continuación, se hizo un silencio de unos tres segundos.

—Estaré allí en una hora y media más o menos.

—Acuérdate, segundo B, *ciao*.

Bueno, pues Harry ya tenía plan para la tarde. Loretta era la compañera de piso de Sofía. Harry no la conocía y, en realidad, no le importaba en absoluto que hubiera estado, ya eran todos adultos y no había por qué disimular nada. Pero, si no estaba, tenían toda la casa para ellos, eso era cierto. Sabía perfectamente lo que significaba «dormir la siesta» y le pareció un plan fantástico. Mientras se comía su ensalada de primero y sus lentejas de segundo (fabulosas según la opinión de Harry), miraba la tele del bar, estaban dando el telediario regional de Murcia. En el repaso a otras noticias del día, salieron imágenes del auditorio por fuera y unos veinte segundos de noticia, que decían que hubo una falsa alarma de bomba durante la celebración de un encuentro empresarial del metal y que no había que lamentar ningún herido. Harry no pudo evitar soltar una carcajada, pero nadie en el bar se dio cuenta de que era por la noticia. No estaba bien matar gente, aunque tampoco lamentaba que un capullo como Pérez ya no estuviera entre nosotros.

Las reglas de FAI y de todo el Conglomerado impedían matar inocentes en los trabajos. Se permitía matar delincuentes en situaciones especiales, como accidentes. Y como eso era lo que había pasado, Harry no tenía que temer ninguna medida en su contra, como ser despedido. Aunque también era cierto que los conceptos de «delincuente» e «inocente», digamos que eran muy ambiguos y flexibles para el Conglomerado en función de la misión.

Harry acabó de comer, pagó dejando propina y se dirigió a su garaje a coger el coche para ir a casa de Sofía, que vivía en una urbanización a las afueras, a unos quince minutos en coche de donde estaba Harry. Su casa estaba bien. No era muy grande, pero tenía una piscina comunitaria y zonas ajardinadas comunes agradables para pasear. Sin embargo, el estar a las afueras era algo que a Harry no lo acababa de convencer. Pero, bueno, de momento, no se iba a casar con ella, así que esa posible discusión podía aplazarse, desde luego no era para ese mismo momento. Harry cogió su BMW serie 3 manual (se negaba al automático) de su plaza de garaje. Si por él fuese, tendría un Cadillac o un Mercedes Maybach, pero mientras fuese un mercenario tenía que guardar ciertas apariencias. Arrancó y se dirigió hacia casa de Sofía. No había atasco en la autovía por lo que llegó a los pocos minutos y le pareció que no infringió demasiado los límites de velocidad. Aparcó en la puerta y llamó al timbre, que le abrieron sin preguntar. Cogió el ascensor y, cuando salió, observó la puerta de Sofía, que estaba al fondo del pasillo, y vio que estaba entreabierta.

«Aquí pasa algo», pensó mientras avanzaba con sigilo y se echaba la mano al bolsillo de atrás del pantalón donde llevaba su navaja. Conforme se acercaba a la puerta, veía que no salía mucha luz de dentro de la casa, era evidente que las persianas (una de las cosas curiosas que había encontrado en Murcia, en Estados Unidos no existían) estaban a medio subir.

—¿Sofía? —preguntó mientras ponía la mano en la puerta entreabierta y la empujaba con suavidad. No recibió contestación. Harry entró y cerró la puerta tras de sí. No sabía lo que se iba a encontrar, pero, si había algún intruso y quería escapar, tendría que perder cinco segundos en abrir la puerta, lo que le daría a Harry más posibilidades de cogerlo. Siguió avanzando por el pasillo con la navaja en la mano y oyó un pequeño ruido en la habitación de Sofía. Hacia allí se dirigió. La puerta estaba abierta y se veía algo de luz, pero no mucha.

—¿Sofía? —volvió a preguntar antes de entrar.

—Aquí, Harry.

Harry entró sin saber muy bien lo que se iba a encontrar y vio a Sofía en la cama acostada de lado desnuda, como si fuese la modelo del cuadro *La Maja Desnuda*. Sofía sonreía y le hizo a Harry el gesto con el dedo para que se acercase. Harry respiró aliviado y de repente toda su libido se disparó, tiró la navaja al suelo y se lanzó a la cama.

Tuvieron sexo y se quedaron dormidos un rato. Harry se despertó antes, sobre las cinco de la tarde. Se quedó en la cama, sin hacer ruido para no despertar a Sofía, reflexionando. Su mentalidad de soldado (mercenario, soldado de fortuna, pero soldado, al fin y al cabo) lo había hecho pensar en una situación peligrosa cuando, en realidad, era todo lo contrario. Podía ser una tontería, pero ¿de verdad quería seguir viviendo de esa forma? ¿Sin fiarse de casi nadie al ciento por ciento?, ¿de ver el peligro acechando en cada esquina aun cuando no existía? Para ser soldado de fortuna había que ser así, era lo que te mantenía vivo. El trabajo se le daba bien, pero estaba claro que había vida más allá de eso. Quizás tendría que ir pensando seriamente en cómo ir dejando la profesión. Esto no era algo sencillo como que tú presentabas la carta de dimisión a tu jefe y lo mandabas al carajo, no era tan fácil. Para salir del Conglomerado se tardaba tiempo. Tú tenías su secreto, pero ellos también tenían el tuyo, así que lo mejor era plantearlo y llegar a un entendimiento. No es que te fuesen a dar una carta de recomendación, aunque una salida pacífica era lo deseable y, de hecho, se daba en muchos casos; poca gente aguantaba hasta la vejez. Quizás había llegado el momento. Mientras miraba a Sofía, pensaba en lo a gusto que estaba en ese momento. Había disfrutado de un rato de lectura, había comido muy bien y acababa de tener sexo salvaje, a la par que maravilloso, y de dormir la siesta con una mujer que le gustaba mucho. Teniendo en cuenta que el dinero no era un problema, ¿no podía tener eso todos los días? Se levantó al servicio y, cuando volvió, Sofía estaba despertándose. Se metió en la cama de nuevo y allí se quedaron abrazados sin decir nada un cuarto de hora más. Después tuvieron sexo otra vez y, más tarde, se ducharon juntos. El piso de Sofía tenía un plato de ducha doble suficiente para que cupiesen dos personas holgadamente (incluso cabrían tres). Salieron de la ducha, y Sofía empezó a secarse el pelo. Ya eran las siete y cuarto de la tarde, y el teléfono de Harry sonó. Era Alfonso.

—Hola, Alfonso, ¿qué tal?

—Buenas, Harry, pues bien, bien, oye, te he tocado el timbre. ¿Dónde estás?

—Estoy en casa de Sofía.

—Ah, vale, entonces, no te interrumpo, conquistador.

—No, no interrumpes, hombre. Oye, ¿qué tal anoche? Me crucé a Bárbara y a su hermana cuando iban a tu casa.

—¿Anoche? Pues supongo que pasó lo que tenía que pasar, lo que te imaginas.

—¿Te dijeron de todo y te mandaron a tomar porculo?

—Pues resumiendo, sí. Tenías razón, tengo que pensar un poco más antes de hacer algunas cosas.

—Oye, ¿quedamos mañana a cenar y hablamos? Tengo una proposición que hacerte que te va a encantar.

—Vale, sí, mañana viernes. Hablamos por la tarde y quedamos. Adiós, tío, que vaya bien.

—Adiós, Alfonso.

Harry no era de los del tipo «te lo dije», que cuando te pasa algo te lo reprochan y se jactan de que ellos ya sabían lo que iba a pasar en lugar de tener un poco de empatía. Pero, desde luego, si lo fuese, este habría sido el momento perfecto para decirlo.

Sofía salió del cuarto de baño ya lista. Decidieron ir a un centro comercial que no estaba lejos de la casa a dar una vuelta y cenar en alguna de sus múltiples franquicias para acabar el jueves. Fueron en el coche de Harry y llegaron en cinco minutos. Había bastante gente, pero eso era normal, en ese centro comercial siempre había gente. Harry pensó que, si alguien quería llevar a cabo algún atentado para matar la mayor cantidad de gente posible, ese era el lugar ideal. Nada más pensarlo se horrorizó. «Joder, Harry, tío, estás enfermo. Disfruta un poco», trató de decirse a sí mismo. Decidieron cenar en una hamburguesería-*pub* irlandesa que había y que ninguno de los dos conocía. Cuando estaban los dos con su pinta de Guinness esperando que les trajesen las hamburguesas, Harry decidió que tenía que seguir tratando de disfrutar.

—Esta tarde ha sido maravillosa, ¿no te parece, Sofía? Y no me refiero solo al sexo.

—¿No te ha gustado el sexo?

—Sí, sí, ha sido increíble, lo que quiero decir es...

—Ja, ja, ja. Ya lo sé, te estaba tomando el pelo, tonto. Sí, ha sido una tarde increíble. Me gustas, Harry, y creo que lo nuestro está yendo hacia adelante. Y me encanta.

—Y a mí.

Se echaron miradas de complicidad, y llegaron las hamburguesas. Harry había pedido una con queso *cheddar*, pepinillos y lechuga, algo sencillo. Sofía, por su parte, se había decantado por una de Angus con bacón, mayonesa, lechuga y tomate. Cada una llevaba sus correspondientes patatas fritas *deluxe*. Tenían hambre y querían reponer fuerzas.

Harry le preguntó si tenía planes para el fin de semana, y Sofía le dijo que venían sus padres a verla desde Italia e iba a enseñarles la ciudad. Llegarían el viernes y se irían el domingo. Que no le había dicho nada antes porque entendía que no era un plan para una pareja que se estaba conociendo, que era demasiado pronto. Harry no podía estar más de acuerdo y respiró aliviado de forma interna. Harry, por su parte, le dijo que de momento no tenía planes, que ya vería qué hacía. Que quizás cenaría con Alfonso por el barrio al día siguiente, y el sábado se levantaría temprano a hacer un poco de turismo, que todavía no había podido visitar muchos sitios de la ciudad como la catedral y su torre, que decían que estaban muy bien. Después de pasar el jueves juntos, no pasaba nada por estar separados el fin de semana. Había que ir poco a poco y así lo entendían ambos. Quedaron en llamarse el domingo por la tarde y sin obligaciones ni presiones a lo mejor podían quedar para cenar. Se acabaron las hamburguesas, y Harry llevó a Sofía a su casa. Se dieron un beso de despedida, y Harry se fue. La conducción de vuelta no tuvo mayores sobresaltos, a esa hora no había mucha gente en ese tramo pequeño de autovía. Eran las diez y media de la noche, y Harry no estaba demasiado cansado. Bajó a casa de Alfonso y le tocó el timbre. Le abrió la puerta en pijama y con una de sus batas de estar por casa.

—Coño, Harry, ¿qué pijo haces aquí?

—¿Cuánto tardas en vestirte? Vamos a tomar una copa por ahí que estoy contento.

—Di que sí, joder, dame cinco minutos, y vamos a algún sitio, que es jueves y hay ambiente seguro.

Así que se fueron andando hacia el centro de la ciudad y entraron a un local con música, que estaba bastante lleno. Había una zona de mesas altas y tuvieron suerte y encontraron una libre. Alfonso le contó lo de la noche anterior con más detalle. Tanto Bárbara como su hermana le dijeron que quién se creía que era para estar acostándose con dos hermanas a la vez, que había hecho que se sintieran totalmente humilladas.

Alfonso, entonces, se disculpó, dijo que se había dejado llevar por la situación nada más, pero que las entendía y que se merecía todos los insultos que quisieran decirle. Aunque también insistió en que no tenía ninguna relación formal con ninguna de las dos ni la había tenido y que al ser solo sexo no debía fidelidad a ninguna. Ellas le dieron la razón, pero le insistieron en que eran hermanas, él lo sabía, y eso no se hacía. Alfonso les reiteró sus disculpas y les dijo que, si se iban a sentir mejor, que le pegasen. En contra de lo que Alfonso pensaba que iba a pasar, cada una le dio una bofetada.

—¿Qué dices, tío?, ¿te pegaron?

—Sí, acho[11], van las tías y me pegan. Yo que pensaba que eso es lo típico que lo dices, quedas bien, pero luego no pasa. Como cuando se dice aquí lo de «te llamo un día y quedamos» que, mientras lo dices, sabes de sobra que no va a ser así.

Harry no pudo evitar reírse a carcajadas. La verdad es que era su amigo, pero se lo tenía merecido. Alfonso fue a la barra a por dos *gin tonics* más mientras Harry guardaba la mesa.

—Bueno, y tú, ¿qué querías decirme? ¿Qué tal con tu profesora?

—Bien, muy bien. Pero no era de eso de lo que quería hablarte. —Harry le contó lo de Carlos y su abordaje y cómo había quedado en llamarlo la semana siguiente y que si quería salir en una película tipo *Star Wars*. Alfonso pegó un grito:

—Joder, Harry, pues claro que sí, tío, yo allí el primero. —Harry ya lo suponía.

—Pero, Alfonso, ¿no te parece muy rara la situación?

—Hombre, no es algo que pase todos los días, pero las casualidades sí que existen, así que esta podría ser una de ellas. De todas formas, la semana que viene cuando llames, sabremos más. De momento, yo elijo creer que es verdad que tú vas a ser el próximo Luke Skywalker. Y yo, el próximo músico que toca la guitarra en la cantina de Mos Eisley[12].

---

11 Interjección utilizada en Murcia.

12 Referencias a la película *Star Wars: Episodio IV - Una nueva esperanza*.

Estuvieron riendo un rato más y decidieron tomarse la última. Ya era casi la una de la madrugada y había que trabajar al día siguiente. Esta vez, Harry se levantó a la barra a pedir la última ronda. Estaba la barra atestada de gente, y tardó unos minutos en lograr pedir. Cuando lo consiguió, miró a la mesa y vio a Alfonso hablando con una chica y riéndose. «Joder con el tío, no pierde el tiempo», pensó Harry. Harry se situó en un trozo de barra con las dos copas a observar a ver si se acercaba o no. Mientras le pegaba un trago al *gin tonic*, la chica cogió a Alfonso de la mano y se fueron. Alfonso giró la cabeza y le guiñó el ojo a Harry. Parece que a Harry le había tocado pagar dos copas y quedarse solo. No le apetecía nada beber solo, pero esperó unos minutos. A veces, podías encontrarte a algún grupo o a alguien conocido y con suerte engancharte a ellos para seguir más la fiesta. Pero no parecía ser lo que iba a pasar esa noche, así que dejó su copa a medias, la de Alfonso entera en la barra y se fue al aseo, ya que no se veía con fuerzas de aguantar hasta casa. Suerte que en el aseo no parecía haber cola, ni en el de hombres ni en el de mujeres. Así que hizo pis mientras pensaba en qué agradable sorpresa lo poco sucios que estaban los aseos del local, aunque salió del cuarto de baño sin tocar nada por si acaso, que la higiene no es solamente lo que se ve. Para llegar a la puerta sí que había que atravesar una marabunta de gente, así que se armó de paciencia y comenzó a andar hacia la puerta. Lo separarían diez metros de la puerta cuando, mirando hacia un lado, vio a dos chicas enrollándose cerca suyo. Algo le llamó la atención de una de ellas y en un segundo se dio cuenta de qué. «Joder, pero si es Sofía».

CAPÍTULO VI

Harry se acercó y separó a Sofía de la otra chica, que lo increpó: «¿Qué coño haces, imbécil?». Harry la ignoró por completo y miró a Sofía sin decir nada. Ella agachó la cabeza avergonzada y tampoco dijo nada. Acto seguido, Harry emprendió la marcha fuera del local con paso decidido. Cuando salió y empezó a andar, notó una mano en el hombro.

—Harry, espera, detente, por favor —le rogaba Sofía—. Si me dejas, por favor, te lo explico todo.

—No sé qué tienes que explicarme, Sofía, lo que he visto me lo ha dejado todo bastante claro. Solo dime una cosa: ¿Por qué me has mentido esta tarde entonces? —dijo Harry parándose y dándose la vuelta.

—No te he mentido, Harry, todo lo que hemos hablado es cierto. Ella es Loretta. No solo es mi compañera de piso, sino que también fue mi novia hasta hace unos meses. —Harry miró a Loretta, que se mantenía unos metros separada de ellos dos en la calle. Sofía prosiguió su relato.

—Esta noche al llegar a casa, le he contado que lo nuestro iba en serio, que estaba muy contenta, y ella me ha dicho que se alegraba un montón por mí, que me lo merecía y que me invitaba a una copa para celebrarlo por los viejos tiempos.

—Pues, por lo que veo, no parece que hayas olvidado esos viejos tiempos —contestó Harry con tono enfadado.

Loretta se acercó en ese momento y habló: «Ha sido culpa mía, Harry, ella no quería, pero con la emoción del momento, yo la he presionado, le he dicho que una última vez no haría daño a nadie y al final pues ha pasado lo que has visto, pero ya está. Lo siento, y lo siento, Sofía, de verdad».

Harry seguía furioso, pero trataba de entender la situación. Sin embargo, en ese momento, no tenía ningún sentido para él.

—Mira, Sofía, me voy a casa. Necesito pensar, no sé qué va a pasar ahora. Disfruta de la noche. —A continuación, Harry comenzó a alejarse.

—No, Harry, por favor, no me dejes así, lo siento de verdad, me gustas mucho y... —Harry no escuchó más porque siguió andando sin detenerse. Por el camino, unos adolescentes lo pararon para pedirle tabaco, pero con la mirada que les echó consiguió que desistieran. Llegó a casa y al mirar su móvil vio un mensaje de FAI con una única palabra: LUGGAGE. Eso era el código para que al día siguiente llevasen al trabajo una maleta para irse unos días fuera, indicaba una misión fuera de la región. «Bien —pensó Harry—, así me distraigo un poco y puedo evadirme». Qué iluso había sido. Pensar que alguien quisiera intentar conocerlo mejor, intentar establecer una relación más allá de la sexual.

—Que se vaya a tomar porculo la zorra esa. No la necesito —dijo Harry en voz alta a pesar de que estaba solo en casa. Era ya la una y media de la madrugada, pero decidió hacerse la maleta, ducharse (esta vez sin masturbarse, no estaba de humor) e irse a la oficina ya a esperar al día siguiente. Cogió tres pares de calzoncillos y de calcetines, dos camisas, una camiseta de manga corta, dos pares de pantalones y unos zapatos tipo mocasines. A las dos y media, estaba en la oficina. Se tumbó en un sofá y lloró hasta quedarse dormido.

A las ocho de la mañana, Ángela entró y despertó a Harry.

—Buenos días, jefe. ¿Qué haces aquí ya? ¿Quieres un café?

Harry se incorporó poco a poco del sofá.

—Buenos días, Ángela. Sí, un poco de café, por favor —le contestó a su compañera, ignorando su primera pregunta, mientras se levantaba y se dirigía al servicio.

Cuando salió del aseo, entró Piotr por la puerta y en ese mismo momento los tres recibieron un mensaje que decía que la reunión explicativa empezaría en diez minutos. Los tres, café en mano, subieron al piso de arriba a la sala de reuniones. Se sentaron, y enseguida apareció Martha en la pantalla de la sala.

—Buenos días a todos. Espero que hayáis descansado esta noche y que estéis listos para un trabajo que puede ser el trabajo del año para FAI. A las doce del mediodía, nos vamos a Almería en misión de desplazados.

La misión de desplazados era la misión que implicaba el código Luggage, es decir, que conllevaba un desplazamiento de varios días. Martha prosiguió su explicación.

—Antes de nada, quiero que entendáis que por esta misión los clientes van a pagar cinco millones de dólares y se convierte, por tanto, en la misión de mayor recompensa de los últimos años contando todas las delegaciones. Esas son las buenas noticias.

Eran muy buenas noticias. Harry nunca había hecho una misión por tanta recompensa. Dos millones y medio de dólares para FAI era lo que podían cobrar en varios meses de misiones comunes. Con su parte correspondiente, Harry tenía aún más motivos para abandonar el oficio después de la misión y poder dedicarse básicamente a lo que quisiera, con Sofía o sin ella. Pero con esa recompensa por la misión, ya imaginaba que las malas noticias, que sería lo que Martha iba a decir a continuación, iban a hacer honor al adjetivo «malas» con creces.

—En cuanto a las malas noticias, se trata de una misión sin equipo de apoyo.

El Conglomerado o cualquiera de sus divisiones nunca actuaba en misiones sin equipo de apoyo, salvo algún caso excepcional. Este se había catalogado como caso excepcional. Eso sucedía en teoría (Harry nunca había realizado una misión sin equipo de apoyo) porque el encargo era tan peligroso que era materialmente imposible encontrar a nadie lo bastante loco como para ser equipo de apoyo en caso de necesidad, pero a su vez era una misión irrechazable para el Conglomerado. O también porque tuviese el máximo nivel de secretismo posible. Todo eso multiplicaba el precio, así que una misión de cinco millones de dólares tenía opciones *a priori* de ser sin equipo de apoyo.

El equipo reaccionó de forma distinta cuando Martha reveló las malas noticias. Piotr resopló en su sitio, y su cara reflejó cierta preocupación. Cierto grado de preocupación no es malo, ya que te hace ser precavido y, como decía uno de esos refranes en español que a Harry le costaba entender, *hombre precavido vale por dos*. En una misión podía ser la diferencia entre el éxito y el fracaso, por lo que a Harry no le molestaba en absoluto apreciar preocupación en su compañero por la misión. Ángela, por su parte, sonrió levemente. Era una chica muy valiente. Quizás su juventud la hacía ser atrevida, y eso tampoco le molestaba a Harry. Cierto grado de atrevimiento, siempre con sentido común, también podía ser la diferencia entre el éxito y el fracaso en una misión. Debería aprender a gestionar mejor ese atrevimiento y combinarlo con el sentido común, pero, como joven que era, Ángela tenía margen para ello, Harry no tenía duda. Harry por su parte, no mostró reacción alguna. No le importaba la misión que fuese. El haber escuchado la recompensa le había hecho plantearse la retirada con más fuerza y no pensaba en nada más. «Con todo lo que tengo más esta recompensa, nos vamos Sofía y yo a dar la vuelta al mundo y a disfrutar», pensaba Harry. El caso es que estaba echando de menos a Sofía ya, y eso que podría decirse que acababa de maldecirla. «La verdad es que tampoco es que fuésemos novios oficiales todavía, solo dijimos que queríamos intentarlo, nada más. ¿O estoy tratando de autoconvencerme de que lo que me hizo no es tan malo?». En ese mismo instante, estaba hecho un lío. Pero la echaba de menos, eso era evidente y no tenía sentido negarlo ni negárselo a sí mismo.

—Harry, ¿tienes algún problema con que la misión sea sin equipo de apoyo? —le interrumpió sus pensamientos Martha.

Harry dijo que ningún problema y pidió disculpas por estar distraído.

—Fenomenal, entonces, puedo seguir. Bien, equipo FAI, hemos localizado nada más y nada menos que a Abdul Akhbar viviendo en Almería. El objetivo de nuestra misión es asesinarlo y que parezca un suicidio o un accidente. Parto de la base de que todos sabéis quién es.

Y tanto que sabían quién era. Se trataba del líder absoluto de la célula islamista más peligrosa del momento. Bajo su mando, se habían llevado a cabo miles de asesinatos de inocentes en nombre del islam, y estaba a la cabeza de la lista de terroristas más buscados por la Interpol y por la mayoría de los servicios de inteligencia del mundo. Educado en Suiza, conocía perfectamente el mundo occidental. Hablaba además de su idioma natal, inglés y español. Pretendía instaurar las leyes islámicas radicales contra mujeres y homosexuales en todo el mundo y acabar con los llamados infieles. Hacía algo menos de un año, se le había perdido la pista en las montañas del Karakórum, en la zona de la India, mientras era perseguido por el ejército estadounidense y las fuerzas locales.

El cliente que estaba pagando por la misión probablemente fuese un gobierno occidental. Quizás Estados Unidos o cualquier otro o varios juntos. O la CIA incluso. Era posible que Abdul Akhbar tuviese informaciones de actuaciones reprochables para la opinión pública de servicios de inteligencia que, en caso de salir a la luz, podían poner en aprietos por parte de la opinión pública al país que fuese. E incluso iniciar un conflicto diplomático si esas actuaciones se hubiesen dado en suelo extranjero. Y, ahora que estaba localizado, no podían arriesgarse a que, la policía española en este caso, lo arrestase, y a Abdul de repente le apeteciese cantar como un canario.

Por otro lado, cometer este asesinato con personal propio en concreto en suelo extranjero era algo arriesgado. Por eso, a veces consideraban que mejor encargarlo, por parte del gobierno que fuese, a mercenarios profesionales con los que en caso de fallo no habría prueba ninguna de su relación con el pagador. Ahí es donde entraba

FAI en este caso. Y el dinero, en este punto, tampoco era un problema. Unos pocos millones de dólares no eran nada para los presupuestos militares de algunos países, y se podían ocultar sin muchos problemas en fondos reservados o entre otros proyectos «legítimos».

—Ha sido localizado en un chalet en medio de las montañas del paraje natural de Sierra Alhamilla, en una parcela particular de cien mil metros cuadrados que pertenece a una empresa cuyo socio principal es otra empresa de Pakistán. Las imágenes del satélite que nos han facilitado muestran una piscina, muchos árboles grandes que tapan la parte de fuera en su mayoría, y el edificio del chalet que parece tener dos plantas. Toda la información os la paso a las *tablets* para vuestro estudio hasta que nos vayamos. Yo os acompañaré sobre el terreno esta vez, pero será Harry el coordinador y director de la misión, que está más rodado que yo. Estaremos el tiempo que haga falta hasta completar la misión, nuestras informaciones indican que Abdul no tiene intención de moverse de ahí de momento. Bien, por ahora, eso es todo. En el coche me pondréis al día. A las doce, os quiero a todos en la puerta de la oficina. Adiós, equipo.

Vaya, así que Martha se venía a la misión como una participante más. Harry se alegraba de ello. Sabía que no le iba a causar ningún problema en la cadena de mando, era una auténtica profesional. Antes de llegar al puesto de ahora, donde su labor no implicaba trabajo de campo, había estado un par de años en el puesto de Harry en FAI y varios años más en la delegación de Camboya, además de en El Paso, donde conoció a Harry. Y Harry sabía que había tenido grandes actuaciones, era una especie de leyenda en la organización. Pero un día se cansó del riesgo y pensó en dejarlo. Al final, el Conglomerado la convenció de seguir en un puesto menos peligroso, pero, de vez en cuando, ella misma pedía implicarse en alguna misión de una forma más cercana y participativa sobre el terreno.

—Bueno, chicos, ¿qué os parece? Asesinato sin que lo parezca, la jefa se viene a recibir órdenes sobre el terreno, un hijo de puta menos en el mundo que vamos a dejar, y encima cinco kilos, vamos que nos vamos —dijo Ángela emocionada haciendo una especie de baile de celebración.

Harry compartía en cierto sentido el entusiasmo de Ángela, aunque quizás por no ser tan joven, no a tanto nivel. Sabía que no iba a ser pan comido. Aunque se estudiasen a conciencia el archivo de Abdul Akhbar, hasta que no llegasen al lugar de su escondite, no podrían preparar nada demasiado concreto.

—Bueno, chicos, quedan un par de horas. Vamos a estudiar un poco y a descansar, que presiento que tendremos unos días de bastante ajetreo —les comentó Harry.

Por lo que ponía en el archivo, al parecer, Abdul Akhbar llevaba una vida discreta en el chalet de Almería, por lo menos discreta de cara al exterior. Tampoco eso era raro, ya que la clave para que no lo ubicasen era precisamente esa. Lo habían encontrado como casi siempre en estos casos; siguiendo la pista del dinero. Una sociedad de Pakistán que constituía una sociedad en un país occidental haría saltar las alarmas, y la agencia de inteligencia de algún país, con alguna comprobación sobre el terreno, confirmaría de manera visual que se trataba de Abdul. Lo normal era que no estuviese demasiado tiempo en el mismo sitio, por lo que, si llevaba en Almería desde la última vez que se tuvieron noticias de él, quizás no tenían mucho tiempo para completar la misión. La información de la propiedad era que estaba vallada por una alambrada común y carteles de «Prohibido el paso, propiedad privada». No daba demasiada sensación de seguridad aparente, para no llamar la atención de los vecinos y senderistas de la zona. Era lo justo para que nadie pasara por error a la parcela. Un muro en medio de la montaña de dos metros de alto o una valla electrificada hubiera llamado la atención. Dentro ya sería otra historia, Harry estaba convencido de ello.

Las fotos del satélite parecían indicar la presencia de cámaras en el tejado del chalet y rodeando la piscina, pero más allá de eso, estaban a ciegas. Eso era lo peor que podía pasar, iniciar un asalto a una propiedad sin saber qué podrían encontrarse. O averiguaban algo más o habría que replantearse la misión de otra forma. Eran ya las once y media, y Harry le escribió a Alfonso diciéndole que tenía que irse unos días fuera por trabajo, que le avisaría al volver. Dudó en escribirle a Sofía. La verdad es que la echaba de menos, pero no tenía claro qué iba a pasar entre ellos y, sobre todo, qué era lo que quería él que pasara. Lo mismo, ella decidía volver con su exnovia después de lo de la noche anterior, quién podía saberlo. Diez minutos antes de las doce, se decidió. Harry era de los que pensaban que mejor meter la pata por hacer algo que arrepentirte después por no haberlo hecho. Le escribió un mensaje en el que le decía que se iba fuera de la ciudad unos días por trabajo y que estaba hecho un lío, pero que esperaba que a su vuelta pudieran hablar. Mandó el mensaje, y junto a Piotr y Ángela bajaron las escaleras del edificio directos al coche. Martha estaba ya esperando impaciente en la puerta.

CAPÍTULO VII

En el momento en que Harry la descubrió liándose con Loretta, a Sofía le dio un vuelco el corazón. No se le había ocurrido pensarlo hasta entonces, pero en ese momento, su cabeza se llenó con la idea de qué posibilidades había de que Harry la descubriese cuando se suponía que se iba a casa a dormir. De todas formas, medio segundo después, esos pensamientos fueron sustituidos por otros de arrepentimiento. Estaba muy avergonzada porque empezó a darse cuenta de la situación real. Intentó explicárselo a Harry en la calle, la propia Loretta se disculpó y admitió que era culpa suya, que ella la había incitado, pero no sirvió de nada. Harry se fue enfadado y, para ser justos, Sofía no podía culparlo. Si bien se estaban conociendo y no se podía decir que fuese una relación formal del todo, sí que ambos esa misma tarde habían hablado de intentarlo y eso debería contar para algo. La había jodido.

«Disfruta de la noche», le había dicho Harry al irse. No sabía si era el alcohol o no, pero si lo pensaba en frío, no había razón objetiva para no hacerlo. Intentaría arreglarlo con Harry, ante todo, pero ahora mismo él estaba demasiado enfadado, por lo que debía dejarle tiempo y espacio. Y mientras tanto tampoco podía estar lamentándose. Ya había metido la pata, lo había asumido y se había disculpado.

—Joder, Sofía, lo siento de verdad. Es todo culpa mía, ¿puedo hacer algo para que me perdones? —le instó Loretta en la puerta del local de copas. Sofía iba bastante borracha en ese momento y se rio.

—¿Qué tal si me invitas a otra copa? No ha sido tu culpa, quien ha metido la pata he sido yo. Y lo arreglaré, pero ahora mismo no puedo hacer nada. Así que creo que debería hacerle caso a Harry y disfrutar de la noche, ¿me acompañas?

Loretta asintió un poco incrédula, pero se dirigió hacia el bar de nuevo. La verdad es que había buen ambiente en el sitio y la música que sonaba era de los 80, la favorita de Sofía. Así que dejó que Loretta la invitase a otra copa y allí se quedaron un rato más. Paradójicamente, Loretta parecía de peor ánimo que Sofía.

—No te preocupes, que ya todos somos adultos y conscientes de nuestros actos. Bueno, con las copas un poco menos conscientes, pero conscientes, al fin y al cabo —le dijo Sofía entre risas.

Loretta le contestó que sí, pero que no podía evitar sentirse culpable. Entonces, Sofía la besó y le susurró al oído «vámonos a casa y me lo compensas» mientras metía su mano con disimulo por debajo de su vestido. Loretta la miró y por fin sonrió. Ambas salieron del bar, cogieron un taxi y se fueron a casa. Tuvieron sexo y se quedaron dormidas en la cama de Sofía.

A las ocho de la mañana, sonó el despertador, y Loretta se levantó, se duchó, y se fue a trabajar con una resaca considerable, sospechaba Sofía, que apenas se movió de la cama. A las doce y media del mediodía, se levantó. Ese día tenía que ir al trabajo al turno de tarde, de cuatro a siete, por lo que tenía tiempo. Sus padres vendrían directamente del aeropuerto y llegarían a su hotel sobre las nueve de la noche, donde Sofía había quedado con ellos para cenar en un restaurante cercano. No sabía cómo sería la resaca de Loretta, pero la suya era bestial, por lo que se tomó una pastilla para el dolor de cabeza junto con el café con leche. Mientras le daba vueltas en la mesa al café con una cucharilla, le daba vueltas también en sentido figurado al día anterior. Fue un día bastante intenso con su noche correspondiente.

Con Loretta, se lo pasó muy bien, y el sexo había sido como acostumbraba a serlo cuando estaban juntas, fantástico. Pero con

Harry es verdad que parecía que había una química especial. Sería una pena echar a perder esa buena oportunidad por un rato de sexo con otra persona, porque solamente había sido eso. Y es que sabía que Loretta y ella era un tema pasado y que no funcionaría. Eran demasiado distintas y no congeniaban bien como para estar juntas. Al final de su noviazgo eran peleas continuas y decidieron acabar con la relación de pareja para intentar salvar una relación de amistad, cosa que hasta entonces habían conseguido. En ese momento, miró el móvil y vio un mensaje de Harry de hacía un rato. Decía que se iba de Murcia unos días por trabajo y que esperaba que pudieran hablar a su vuelta, que estaba hecho un lío.

Lo de que se fuera por trabajo unos días no era raro, así que no le sonó a excusa para no hablar. Según le había comentado, era un anticuario reconocido y de cierto prestigio, y tenía que desplazarse a veces a ver *in situ* objetos raros y saber si le interesaban para restaurarlos, venderlos o para nada. Ya lo había hecho varias veces lo de irse unos días, por lo que asumió que era cierto y que no tenía nada que ver con el suceso de la noche anterior, no tendría sentido que le mintiera en eso. «Vale, te estaré esperando, yo también quiero que hablemos. Un beso», le contestó Sofía.

Sofía sonrió. Parecía que Harry podría perdonarla, que era lo que ella quería. Seguro que cuando volviera de su viaje con alguna cornucopia o alguna cantimplora de la guerra civil hablarían y lo arreglarían, porque su arrepentimiento era sincero y estaba segura de que Harry sabría verlo. Hasta entonces, solo cabía esperar y ya está.

Ya podía centrarse en el *a priori* duro fin de semana familiar que le esperaba. Y es que sabía que sus padres venían con una maleta llena de quejas como equipaje. Que si por qué estás tan lejos, que si ya no vienes por Italia, que si cuándo tienes pensado sentar cabeza y tener hijos... Eran sus padres y los quería, pero ya les había contestado muchas veces a esas preguntas y estaba cansada de seguir haciéndolo. «Bueno, para una vez que vienen, haré de tripas corazón», pensó.

Sofía se duchó y se preparó unos filetes de ternera con un huevo frito para recuperar fuerzas. Entre eso y la pastilla que se había tomado antes, ahora se encontraba bien. No quería ni pensar en la pobre Loretta, que se había levantado temprano y estaría trabajando en la tienda de ropa del centro comercial donde estaba contratada. Se acostó en el sofá a descansar media hora antes de ir hacia la escuela de idiomas para dar su clase y se quedó dormida, menos mal que tenía la alarma puesta. Eran ya las tres de la tarde cuando salió de casa. No empezaba hasta las cuatro, pero antes tenía que pasar por un sitio. Cogió el coche y se dirigió hacia un parque cercano. Aparcó en uno de los laterales del parque que daba a un descampado. No había nadie, salvo unos adolescentes sentados en un banco. Miraron hacia el coche de Sofía, y uno de ellos se acercó. Sofía bajó la ventanilla y sacó un sobre.

—Hola, Pedro —le dijo Sofía.

—Buenas, Ana —le contestó el adolescente.

Sofía le entregó el sobre, y Pedro le dio a cambio una bolsa pequeña, cerrada, de basura. Sofía subió la ventanilla y, antes de arrancar el coche para irse, le sonó el móvil. «Sofía, no puedo dejar de pensar en ti, lo de anoche fue una revelación, por favor, llámame cuando acabes de trabajar, yo te quiero». Era Loretta.

CAPÍTULO VIII

Harry, Piotr y Ángela se montaron en una furgoneta Renault Grand Espace de 7 plazas que conducía Martha.

—Pepe, nos vamos de viaje, tenemos un encargo muy importante que tenemos que comprobar *in situ*. No sabemos cuándo volveremos, así que disfruta sin nosotros unos días. Riega las macetas la semana que viene si no hemos vuelto, por favor —le dijo Harry al portero antes de montarse, a lo cual Pepe asintió con la cabeza con una sonrisa.

—Descuida, Harry, así lo haré. Buen viaje.

—Buenos días a todos. En una hora y media, llegaremos a nuestro destino. Allí dejaremos el equipaje, comeremos y trazaremos el plan. —Martha arrancó y se pusieron en camino.

Harry se sentó de copiloto, mientras Piotr y Ángela iban en la primera fila a continuación, dejando la última fila de asientos vacía. Martha les comentó que se dirigían a una casa rural por la zona, que habían alquilado con la coartada de dos parejas de amigos que iban a estar dos semanas de vacaciones para desconectar de sus ajetreadas vidas en la ciudad. La casa estaba a unos dos kilómetros del pueblo más cercano, donde apenas había un supermercado-bar y unas pocas casas, por lo que era una situación que les proporcionaba la intimidad necesaria para llevar a cabo el plan. Habían abonado una cantidad extra para que les hiciesen una primera compra y tuviesen el frigorífico lleno al llegar, con lo que había en la lista que Martha les había dado a los dueños de la casa rural:

-Cerveza (al menos 30 l)
-*Whisky* (5 botellas)
-1 cartón de tabaco
-3 kg de espaguetis
-5 botes de tomate frito
-4 hamburguesas de ternera
-4 panecillos
-Un paquete de lonchas de queso *cheddar*
-8 paquetes de atún
-4 paquetes de café
-4 cartones de leche
-3 bolsas de patatas congeladas
-1 garrafa de aceite
-10 *pizzas* congeladas

Mientras iban de camino, comentaron y pusieron en común la información que tenían.

En el archivo que habían visto de Abdul figuraba que las informaciones eran que Abdul se encontraba en el chalet con su esposa Isabelle. Isabelle era francesa, cristiana, y se había convertido al islam al enamorarse de Abdul mientras estudiaba economía y finanzas en la misma universidad en Suiza que él. Ambos tenían cuarenta y cuatro años y, aunque Abdul defendía un islamismo radical para el mundo, paradójicamente, con su familia practicaba todo lo contrario. Isabelle, más allá de llevar un hiyab que le cubría el pelo, vestía a la forma occidental y actuaba de esa manera. Se podría decir que formaba equipo con Abdul, no era la esposa dominada ni sometida en absoluto, por lo menos, esa era la información que tenían en el archivo del caso. Para sus seguidores, la pareja poseía un poder cuasi divino derivado del gran carisma y capacidad de convencimiento que tenían, por lo que no discutían ninguna decisión suya. Si Abdul decía que las mujeres debían cubrirse todo el cuerpo con su vestimenta y estar sometidas a la voluntad de los hombres, así debía ser. Pero Isabelle quedaba fuera de esas obligaciones. Y no es que nadie lo pusiera en entredicho, es que nadie osaba siquiera plantearse por qué debería o si había alguna contradicción entre la orden y sus supuestos ideales.

Su discurso había calado en diversas regiones de Pakistán y Afganistán y, desde hace varios años, sus seguidores habían llevado a cabo atentados contra intereses occidentales en la zona, además de gobernar con puño de hierro varios territorios. Por esa razón, estaba en busca y captura.

En el chalet, había al menos otras dos personas, seguidores simpatizantes de Abdul, aunque era posible que hubiera más. Al parecer, de vez en cuando, salía de la propiedad un vehículo y volvía al cabo de un rato. La explicación más lógica era que uno de sus seguidores llevaba provisiones, ya que ni Abdul ni Isabelle salían de la propiedad. No se sabía que traía la furgoneta, pero además de comida seguramente habría alcohol (Abdul no renegaba de él) o drogas (era conocida la adicción de Abdul a algunos opiáceos).

En el archivo de Abdul, había una sección de rumores de lo más estrambótica, algunos más creíbles que otros. Había uno que decía que a Abdul le gustaba ver a Isabelle mientras tenía sexo con otras mujeres. También había otro que decía que le gustaban los animales salvajes y que en una zona del chalet tenía un cocodrilo auténtico. Otros hablaban de gorilas. No eran más que rumores, así que, de momento, no podían tomarlo como algo a utilizar, salvo que comprobasen su veracidad.

Estaban ya a punto de llegar cuando Harry miró el móvil y vio que Sofía le había contestado. «Bien», pensó. Ya podía centrarse en la misión al ciento por ciento, estaba claro que cuando volviese había voluntad de arreglarlo por ambas partes. De momento, había que matar terroristas.

Llegaron a una casa de planta baja con un porche con cuatro sillas y una mesa de plástico, como las de los chiringuitos de playa.

Nada glamuroso, pero muy práctico. La verdad es que la zona era bastante bonita. No se oía apenas nada, salvo algunos pájaros y, aunque el clima de la zona era semidesértico, había algunos árboles alrededor con lo que la temperatura era agradable para esa época del año. Harry supuso que, un par de meses después, allí no se podría estar, pero en ese momento daba gusto. Martha metió el código numérico 5420 que le habían dado los dueños en un cajetín que había al lado de la puerta, y esta se abrió. Ante ellos había un gran salón con una mesa grande con seis sillas, aparte de un sofá enorme con *chaise longue*, y un par de sillones, con una televisión gigantesca colgada de la pared. Al fondo, había una cocina americana conectada de forma abierta con el salón y, al otro lado, una puerta. Tras ella, un pasillo donde se encontraban las dos habitaciones dobles con sus respectivos servicios. Estaba bien la casa. Harry y Piotr dejaron sus equipajes en una habitación, Martha y Ángela en otra, y se encontraron en el salón.

—Bueno, Harry, a partir de aquí, tomas el mando. La parcela vallada donde está el chalet está a unos seis kilómetros de aquí, al pasar la montaña de al lado. En la furgoneta hay armas y todo el equipo necesario para la misión, pero, si hiciese falta alguna cosa más, me lo dices y nos la traerán sin problemas. Tenemos un enlace directo del Conglomerado para la misión a nuestra disposición —dijo Martha.

—Perfecto, gracias, Martha. Pues lo primero que vamos a hacer es abrir una cerveza y preparar unas hamburguesas con patatas. —Harry era un jefe peculiar para lo que se podría considerar un jefe estándar, sobre todo en este tipo de trabajo. Creía en cierta disciplina, pero en una misión que podría ser tan larga, había que tratar de no estar en tensión todo el tiempo. Una hamburguesa y una cerveza sin duda ayudarían a relajarse a todo el mundo. Por lo menos, ese era su pensamiento y, al fin y al cabo, como era el jefe, pues al resto le tocaba obedecer—. Yo las voy haciendo y mientras, quiero un mapa visual del perímetro vallado con los puntos de entrada marcados, que en el archivo no había ninguno, creo recordar. Mirad a ver si, a partir de las fotos del satélite y de lo que sabemos, podéis montarlo y proyectarlo en la tele, aunque sea de forma esquemática. Venga, vamos, chicos —ordenó Harry dando un par de palmadas de ánimo.

Piotr abrió un litro de cerveza y echó cuatro vasos mientras Martha y Ángela encendían sus *tablets*. Piotr era quizás el más experto en ese tema. Era ingeniero en telecomunicaciones y licenciado en arquitectura a la vez por la Universidad de Varsovia con la máxima nota de su promoción, así que montar un mapa con unas fotos de un satélite y la información del archivo no debía ser demasiado problema para él, por lo menos eso pensaba Harry. Piotr, además, tenía la formación militar que le habían dado en el Conglomerado cuando lo contrataron. Ángela, por su parte, a pesar de su juventud, tenía formación en medicina y era doctora en psicología, en concreto, en ciencias del comportamiento. Al igual que a Piotr, le dieron la correspondiente formación militar cuando la contrataron, de hecho, fue ahí cuando conoció a Piotr. Mientras Piotr, Ángela y Martha estaban en la mesa tratando de montar el mapa, Harry puso en una sartén las cuatro hamburguesas y en otra unas patatas fritas congeladas a freírse. Abrió cuatro panecillos y les puso una loncha de queso a cada uno. Comida rápida, sencilla y rica, no se podía pedir más. Mientras le daba un trago a su cerveza, miraba a sus tres compañeros y pensaba que tenía suerte del equipo que tenía. El plus añadido de tener también a Martha a sus órdenes, que era un excelente activo sobre el terreno, era todo un lujo. Además, el hecho de echarse a un lado y dejar a Harry ser el jefe de la operación siendo consciente de que ella a lo mejor estaba un poco oxidada para dirigir una misión tan importante, decía mucho del tipo de líder y de persona que era. Hay cosas que se tienen o no se tienen, y la clase es una de esas cosas. Martha la tenía, así era imposible no respetarla.

Las hamburguesas olían bien. La carne parecía de bastante calidad, además de que Harry tenía experiencia en hacerlas en su punto exacto, como buen ciudadano americano que se precie.

—Venga, chicos, la comida está lista. Dejad la cerveza y pasad al agua. Es una orden —decía Harry mientras se dirigía a la mesa con las hamburguesas y las patatas. Tenían una misión que cumplir, no se trataba de un fin de semana de despedida de soltero, ya beberían después.

En la tele, ya estaba proyectado el mapa del perímetro de la propiedad. Al parecer, solo había una puerta de acceso, con un camino de tierra sin asfaltar que no parecía tener demasiados baches u hoyos. La propiedad tenía bastantes árboles dentro, pero el chalet en sí se distinguía al fondo de la parcela pegado a un cerro, también rodeado de alambrada por ese lado, como toda la parcela. De la puerta a la propiedad habría unos doscientos o doscientos cincuenta metros. La piscina daba a la parte de atrás del chalet y no se veía desde la puerta. Desde un lateral, se podía distinguir algo, aunque había árboles en medio del campo de visión.

—Vale, de momento, nos dedicaremos a observar tres o cuatro días las rutinas de la gente del chalet. Cuanto más averigüemos, mejor, la información lo es todo en este trabajo, ya lo sabéis —dijo Harry mientras engullía su hamburguesa, que le había quedado en su punto perfecto—. Ahora iremos cerca del chalet y estableceremos turnos. Pero así sin pensar mucho, ¿qué se os ocurre para matar a ese malnacido y que parezca un suicidio o un accidente?

—Yo creo que lo mejor es algún tipo de veneno que pueda esquivar análisis toxicológicos y que pueda simular una muerte natural por un infarto o algo así —propuso Ángela.

No era una mala idea, y a Harry no le sorprendió en absoluto esa respuesta. Había estadísticas que decían que las mujeres que asesinaban a alguien lo planificaban mucho más metódicamente que los hombres, y el envenenamiento era un método común para ellas. Los hombres siempre solían matar más por fuerza y de forma más impulsiva.

—Es buena idea, en la furgoneta tenemos un kit completo de sustancias mortales que desaparecen de la sangre en pocas horas y que simulan un infarto. Tenemos en pastillas, polvos y sustancias inyectables —apuntó Martha como si estuviera hablando de un catálogo de lavadoras.

—Otra idea es matarlo con un rifle francotirador a distancia —sugirió Piotr—. No parecería accidental ni suicidio, pero nadie averiguaría nunca que fuimos nosotros si lo hacemos bien. Ni huellas, ni ADN, ni imágenes... Además, podríamos utilizar un rifle y munición habitual de las milicias muyahidines para que la respuesta obvia fuese un ajuste de cuentas de alguna facción rebelde.

No estaba mal pensado tampoco, pero a Harry no le acababa de convencer esa opción. Era obvio que una muerte «natural» de Abdul Akhbar sería investigada a fondo en cuanto se identificase quién era, pero la investigación acabaría mucho antes sin culpables que una muerte por disparo. El trabajo consistía en levantar las menos sospechas posibles.

—Bueno, en cualquier caso, coged barritas energéticas y agua para pasar la noche fuera. Vamos sobre el terreno y estableceremos un par de días completos de vigilancia. Quiero patrones de comportamiento, quién entra, quién sale, cuántos hombres armados hay... Cualquier cosa se reportará inmediatamente por vuestro móvil a un archivo central de la misión para que quien no esté sobre el terreno pueda ir analizándolo. Venga, id a mear que nos vamos. Venga, daos prisa —ordenó Harry.

Dejaron la furgoneta escondida entre árboles a unos ochocientos metros de la entrada del chalet y fueron hacia ella esquivando el camino principal. Una vez que llegaron, Harry dio sus órdenes:

—Vale, perfecto. Piotr, tú te quedas aquí hasta la medianoche. Escóndete y vigila la puerta de entrada. Martha, bordea la propiedad sin que te vean y vigilarás la parte de atrás de la casa hasta la misma hora. Ángela, tú y yo vamos a dar una vuelta y volvemos a la casa. A medianoche, volveremos y daremos relevo. Aparcaremos la furgoneta en el mismo sitio e iremos hacia donde estéis. No os mováis hasta que lleguemos, ¿entendido? No quiero que el chalet se quede un solo minuto sin vigilar. Cuando os demos el relevo, cogéis la furgoneta y os vais a la casa. Haréis dos turnos, mientras uno duerme, el otro estará atento a las comunicaciones y analizará la información que haya recibido. Espero que esa información sea mucha y útil. Mañana a las doce del mediodía nos daréis el relevo, y así sucesivamente hasta el lunes al mediodía, donde volveremos todos al piso y veremos los siguientes pasos a seguir.

Todos asintieron. Pero asintieron con convencimiento, Harry lo veía en sus rostros. Confiaban en él como líder y lo seguirían hasta donde hiciese falta. Jamás cuestionarían sus decisiones, pero, a su vez, él quería que se sintieran libres para sugerir cosas en cualquier momento. No era tan poco listo como para pensar que era infalible, había momentos en que sus compañeros podrían tener muy buenas sugerencias y el buen líder debía saber cuándo escucharlos.

—¿Tenéis alguna sugerencia, equipo? Por favor, no os cortéis; todo lo que sea para mejorar, será bienvenido. —Todos negaron con la cabeza.

—Yo voy a coger un rastreador que pueda pegar a un vehículo por si sale alguno. Puede ser útil saber dónde va lo que sale del chalet —apuntó Piotr.

—Fenomenal, buena idea —aprobó Harry.

Era viernes a las cuatro menos diez de la tarde y hacía bastante calor. Piotr tomó posiciones en su ubicación, Martha emprendió camino hacia donde Harry le había ordenado, y Harry y Ángela fueron rodeando la propiedad por el otro lado.

Tanto la valla de fuera (era alambrada sin mucho reseñable, y cualquier persona con una cizalla podría entrar) como la puerta no parecían muy seguras. La puerta tenía un doble candado y se abría manualmente. Tenía un interfono a su lado, sin ninguna cámara. De todas formas, que la alambrada no pareciese gran cosa podría ser engañoso, ya que podría llevar una alarma silenciosa que alertase a la gente de dentro. Piotr sacó sus prismáticos y observó cómo en los árboles cercanos había algunas casetas de pájaro. Como se lo vio venir, mirando detenidamente, observó cómo había cámaras dentro que apuntaban hacia la puerta y cerca de ella. «Bingo», dijo Piotr para sí mientras mandaba las fotos al archivo central. Como se imaginaba, la seguridad suave lo era solo en apariencia. Ahora sólo le quedaba esperar unas horas y ver si ocurría algo interesante.

Martha, mientras tanto, llegó al cerro que daba a la parte de atrás del chalet y se escondió entre unos arbustos. Desde su posición, apreciaba unas cámaras de vigilancia que apuntaban cerca de ella, colocadas en el tejado del chalet. Estas no estaban tan disimuladas como las de la entrada. También veía un par de ventanas que en ese mismo instante tenían las persianas bajadas. Por un lateral, veía algo de la piscina, lo que le dejaba la vegetación. Con los prismáticos, veía agua moverse, quizás porque había alguien bañándose en la piscina en la parte que no veía. Hizo unas cuantas fotos y prosiguió con su vigilancia.

Mientras, Harry y Ángela iban andando medio agachados intentando camuflarse con la maleza. Se dirigían hacia el lado principal de la piscina con lo que se alejaron de ella conforme avanzaban para evitar ser vistos. Hasta entonces, se veían muchos árboles dentro de la parcela, que camuflaban bastante bien el chalet. Obviamente, se veía y se sabía que ahí había un caserón, pero los árboles impedían apreciar qué pasaba dentro de él y en su perímetro cercano. Ángela sacó sus prismáticos y miró a la piscina desde bastante lejos.

—Harry, hay un par de hombres dándose un remojón, pero ninguno de ellos parece Abdul.

Harry sacó fotos y, acto seguido, cogió el móvil que tenían en modo *walkie-talkie* en un canal seguro los cuatro miembros de FAI.

—Martha, ¿ves la piscina desde tu posición?

—Negativo, Harry, solo una pequeña parte.

—OK, deja tu posición y sigue rodeando el chalet hasta colocarte justo enfrente de tu posición actual, más o menos donde estamos nosotros ahora, te paso coordenadas exactas. Esta será tu nueva posición. Mantenla hasta el cambio de turno. Nosotros nos vamos a la casa a empezar a estudiar lo que estáis mandando.

—Entendido, Harry.

A Harry le parecía más útil vigilar esa parte de la parcela, ya que había *a priori* más posibilidades de que pasase algo. Volvieron hacia la furgoneta y emprendieron la vuelta a la casa. Una vez allí, comenzaron a examinar la documentación que estaban recibiendo mientras los cuatro hablaban por el *walkie-talkie*.

De momento, las cámaras de la entrada hacían inviable saltar e intentar avanzar hacia el chalet por esa zona, al igual que las cámaras de atrás. Y por el lado de la piscina, aunque no hubiese cámaras (que era probable que las hubiera y seguro que Martha las encontraría en su inspección visual), había mucho terreno abierto para entrar sin ser visto, serían descubiertos al segundo.

—En principio estamos jodidos —dijo Harry—. Pero nadie dijo que esto fuese a ser fácil. Piotr, ¿ves alguna opción de desactivar o inutilizar las cámaras?

—Harry, ¿es que no has visto las fotos que he mandado hace veinte minutos? Hay placas solares en la casa, además de un par de molinos aerogeneradores. Lo más probable es que tengan motores de gasolina también, así que no creo que podamos cortarles la luz desde fuera porque no estarán conectados a la red y su cuadro de luces estará dentro —interrumpió Martha.

—Sí, sí, me refería a, si con algún tipo de *chaff*[13], podríamos interferir en la transmisión o algo así en este caso —puntualizó Harry.

—Tsss, callad un momento —dijo bruscamente Piotr—, corto y cierro, vuelvo enseguida.

---

13 Especie de granada que tira nubes de aluminio para despistar sistemas de radar y similares.

CAPÍTULO IX

Un minuto después, con todos callados mirando el móvil con expectación, Piotr volvió a hablar:

—Acaba de salir de la propiedad un vehículo, Citroën C15 con cristales de atrás tintados, matrícula 56520-R. Le he lanzado transmisor.

—Recibido, buen trabajo. Ángela, ponte en marcha y síguelos con el GPS a ver dónde van. Echando leches, como soléis decir aquí —ordenó Harry.

Ángela se levantó de su silla, cogió las llaves de la furgoneta y salió de la casa. Harry se quedaría coordinando a todos. Eran ya las seis y media de la tarde, y la cosa se estaba animando. Se encendió un cigarrillo y conectó el transmisor de la señal GPS del rastreador que Piotr había lanzado a la televisión. Según veía, llevaba dirección al pueblo, lo cual no era nada raro si lo que iba era a por provisiones. Según veía en el GPS de la furgoneta de Ángela, esta iba hacia el pueblo por otro camino y llegaría antes que él, cerca de tres minutos. Lo justo para dejar la furgoneta aparcada discretamente y observar.

Ángela llegó y aparcó la furgoneta entre cuatro coches más que había aparcados en una acera, para no llamar la atención.

—Aparcada, dos minutos para llegada del sospechoso —informó.

El pueblo era tan pequeño que lo veía casi todo entero desde su posición con los prismáticos. A los dos minutos, llegó la C15 y aparcó en la puerta del supermercado. De ella se bajó un hombre de unos cuarenta, alto, y vestido con unas bermudas y una camisa hawaiana. No daba la imagen de un terrorista, más bien de un turista de vacaciones. Ángela mandó varias fotos al archivo central, pero no se encontró identidad. Sería un simpatizante anónimo de Abdul y su causa, estaría todavía sin fichar y sin antecedentes, entraba dentro de lo posible. El caso es que entró al establecimiento y salió a los diez minutos con un par de bolsas que, extrañamente, no metió en la parte de atrás de la C15, sino en el asiento del copiloto. Echó un par de viajes más adentro del supermercado para sacar más bolsas y todas las colocó en el asiento del copiloto.

—Hay alguien o algo que ocupa la parte de atrás de la C15, está claro. No quiere abrir esa parte ni para dejar la compra —dijo Ángela a sus compañeros—. Parece precavido, calculador. Voy a seguirlo hasta asegurarme de que vuelve al chalet.

La C15 arrancó, y Ángela arrancó veinte segundos después. No quería que la descubriera y, con tan poco tráfico, llamaba mucho la atención si un vehículo salía justo detrás de otro. Además, como llevaba el GPS del rastreador, no había peligro de que se le perdiese. Para su sorpresa, vio que no se dirigía por el camino que había hecho antes, que hubiese sido lo más lógico por ser el camino más corto de vuelta al chalet, sino que iba justamente en el otro sentido. A los cinco minutos, vio cómo el vehículo se detenía en una estación de servicio. «Bueno, es posible que se haya desviado para echar gasolina nada más», pensó Ángela. Pero, según las indicaciones del GPS, esa estación de servicio llevaba años abandonada. Ángela llegó y aparcó a una distancia prudencial para observar con sus prismáticos. El hombre, que había aparcado su vehículo en un lateral de la estación de servicio que, en efecto, estaba abandonada (había tres surtidores oxidados y un local cerrado a cal y canto con cadenas y lleno de grafitis), abrió la parte de atrás de la C15, y Ángela vio cómo de ahí bajaba una chica con las manos atadas y una venda en los ojos. El hombre le quitó la venda, le cortó las cuerdas de las manos, le dio algo que parecía dinero en efectivo y le señaló el camino con el brazo. La chica, que desde la posición de Ángela parecía una veinteañera, comenzó a andar hacia el camino que le había señalado el hombre.

—Atención, Harry, el hombre ha soltado a una chica que al parecer estaba en la parte de atrás de la C15 y se va andando. Pido permiso para seguirla e interrogarla, creo que nos puede dar mucha información —solicitó Ángela por el móvil.

—Sí, creo que es nuestra mejor opción. Hazlo, sé que puedes convencerla para que nos cuente lo que necesitamos. Piotr, atento a cuando el hombre vuelva, a ver si consigues ver algo que nos sea de utilidad. Ángela, ten cuidado, no sabemos quién es esa chica, mantén abiertas las comunicaciones —concluyó Harry.

Estaba de acuerdo con Ángela. Esta misión era como una maratón, una carrera de resistencia, y la información era poder. Lo cierto es que del interior del chalet y de los ocupantes que había, sabían más bien poco. Trazar un plan para asaltarlo sin saber casi nada era casi un suicidio y eso era algo que Harry no estaba dispuesto a hacer. Por la recompensa que había, merecía la pena gastar un poco de tiempo y dedicar unos días previos a estudiar la situación para asegurar el éxito de la misión. Llegado el momento de tomar la decisión, Harry pensaba que había más opciones de que Ángela consiguiese información de alguien que había estado dentro del chalet por su empatía y sus habilidades de lectura psicológica, que observando al hombre de la C15 a ver qué hacía en la gasolinera abandonada una vez que había dejado a la chica. «Posiblemente echaría una meada o un cigarrillo y volvería al chalet», le decía a Harry su instinto. Y eso les daría muy poca información y habrían dejado escapar a la chica, testigo directo de los sucesos que podían estar sucediendo en el chalet.

Ángela se paró con la furgoneta al lado de la chica, mientras ella estaba andando camino del pueblo por el camino de tierra que hacía de carretera, y bajó la ventanilla.

—Hace calor, ¿vas al pueblo? Te llevo si quieres, aquí hay aire acondicionado —preguntó Ángela sonriendo.

La chica la miró con una cara mezcla de asustada, aliviada y pensativa. Ahora que Ángela la veía de cerca se daba cuenta de que efectivamente tendría unos veinte o veintipocos años. Tenía rasgos faciales asiáticos y vestía una camiseta negra de tirantes y una minifalda vaquera.

—Vale, muchas gracias —respondió la chica con una media sonrisa y un acento que confirmaba su procedencia asiática. Abrió la puerta y subió a la furgoneta.

—¿Cómo te llamas? Yo soy Ángela —preguntó Ángela mientras arrancaba camino al pueblo.

—Melinda.

—Encantada, Melinda, ¿a qué parte del pueblo vas? Te puedo dejar donde quieras.

—A la entrada está bien, gracias.

—¿Seguro? De verdad que no me cuesta, ¿eres de por aquí? Es que no conozco mucho la zona, me vendría bien alguien que me pudiese ayudar con rutas senderistas y sitios que ver.

—Lo siento, no salgo mucho, no te puedo ayudar. De verdad, déjame a la entrada del pueblo y ya está.

Ángela se daba cuenta de que la chica estaba asustada, pero a la vez necesitada de ayuda. Se había subido a un coche de una desconocida, y apostaría cien euros a que se había subido, más que por el calor sofocante, por estar cerca de otra persona en aquel momento. Y Ángela notaba que, aunque el subconsciente de Melinda quería hacerla estar precavida, Ángela le transmitía confianza y buenas sensaciones. Melinda no daba señales de nerviosismo. No se comía las uñas, ni le temblaba alguna extremidad, ni se trababa al hablar ni rehusaba mirarla a los ojos. Ángela decidió que tenía bastantes datos como para confiar en su instinto y en su formación en análisis de conductas y perfiles psicológicos.

—Melinda, estás a salvo, puedes confiar en mí. Te he visto de donde bajabas y te puedo asegurar que estás a salvo, ¿dc acuerdo? —dijo Ángela con el tono de voz más tranquilizador que pudo—.

Mira, ¿qué te parece si te llevo a comer algo al bar del pueblo y charlamos un rato? Puedes irte cuando quieras, pero déjame intentar ayudarte.

Melinda asintió con la cabeza y comenzó a llorar. Ángela paró la furgoneta a un lado del camino porque sabía lo que Melinda necesitaba. La abrazó mientras la tranquilizaba diciéndole que estaba a salvo. Minutos después, cuando se tranquilizó, reanudaron la marcha hacia el pueblo, que estaba a pocos minutos de distancia ya.

—¿Eres poli? —quiso saber Melinda.

—No, no lo soy, pero puedo ayudarte. Mira, ya estamos aquí, me han dicho que hacen unos bocatas de los de llorar, pero de felicidad. —Ángela quiso poner un toque pseudohumorístico para rebajar la atmósfera dramática.

Aparcaron y entraron al bar. Era un bar que se podría calificar como viejo y que tenía la sección de tienda-supermercado para abastecer al pueblo. Nada glamuroso, pero hacía su función. Había unas mesas fuera y en una había cuatro ancianos jugando al dominó, dando golpes lo más fuerte posible en la mesa. Ángela y Melinda se sentaron a la mesa más alejada. Eran ya sobre las siete de la tarde, y Melinda se pidió un bocadillo de tortilla de patatas con mayonesa mientras que Ángela no quiso nada de comer. Pidieron también un litro de cerveza para las dos, que Ángela sabía que eso siempre ayudaba a soltarse a la hora de hablar y de entablar confianza. Melinda engulló casi literalmente su bocadillo, se notaba que tenía hambre. Sacó un paquete de tabaco del bolsillo y se encendió un cigarrillo, echando una bocanada de humo mezclada con un suspiro de alivio y de gusto.

—Estaba bueno; la verdad, no me tienes que invitar, ¿eh? Tengo dinero —dijo Melinda.

—Ya he visto que te han dado dinero, pero esto corre por mi cuenta, no te preocupes. ¿Cuántos años tienes, Melinda?

—Veintiuno.

—¿Vives aquí?, ¿vives con alguien?

—De momento, vivo en la pensión que está al final de la calle. Pero basta de hablar de mí, ¿quién eres tú y por qué crees que puedes ayudarme?

Cualquier otra persona hubiera quedado sorprendida con una pregunta tan directa por parte de una chica tan joven que acababa de recoger y que, intuía, no había pasado un rato muy agradable en el chalet. No así Ángela, que, con el perfil psicológico que había deducido por el camino que habían compartido, esperaba una reacción parecida.

—De acuerdo, Melinda. Te lo voy a contar para que veas que confío en ti, pero solo si me prometes que luego tú me vas a contar lo que te pida y me vas a dejar ayudarte. —Ángela había decidido jugarse el todo por el todo. Órdago, como dirían los jugadores de mus. *All-in*, como dirían los jugadores de póker. Iba a hacer algo que sabía que a Harry no le iba a gustar y que le supondría casi con toda seguridad una fuerte reprimenda en el mejor de los casos, pero creía que era lo correcto y sabía que Harry en el fondo lo iba a entender.

—Trabajo en una organización que tiene como objetivo asesinar a un peligroso terrorista que creemos que se aloja en el chalet de donde ha salido el vehículo del que has salido tú, que es este hombre. —Ángela le giró su móvil donde había una foto de Abdul Akhbar—. ¿Te suena?

Melinda no respondió. Se echó otro vaso de cerveza y siguió escuchando.

—Bueno, pues resulta que tú has estado en el chalet, y creemos que puedes ayudarnos a cumplir la misión.

—¿Y por qué iba a ayudaros?

—Ese hombre se llama Abdul y es un hijo de la gran puta. Si quieres, te puedo mostrar de lo que es capaz.

—No lo dudo, pero ¿por qué iba a ayudaros? Es decir, te agradezco que me hayas traído y eso, pero…

—¿A quién de tu familia tiene Abdul? —Ángela ya había visto esto varias veces y, además, Melinda estaba resultando ser un libro abierto para ella.

Melinda se quedó petrificada con cara de asombro. ¿Cómo era posible que esta desconocida supiese leer dentro de ella tan bien? Joder, parecía una serie de esas americanas de la tele.

—A mi padre. Lo tiene en nuestra casa de Manila. —Melinda se paró un momento y siguió hablando—. Recurrió a hombres peligrosos cuando su negocio de reparación de coches empezó a irle mal y ahora debe mucho dinero a gente que no debería. Amenazaron con asesinarlo para vender sus órganos en el mercado negro hasta que su deuda quedase saldada, y yo no podía dejar que eso pasase. Me ofrecí a hacer lo que fuese. Al día siguiente, me dijeron que cogiese mi pasaporte si no quería ver a mi padre descuartizado. No pude ni despedirme de él; a la media hora, estaba en un avión hacia España. Como saben que hablo español, me trajeron aquí y me dijeron que aquí trabajaría hasta saldar la deuda de mi padre. Y que, como supondrás, si me escapaba, mi padre sufriría las consecuencias. Pagaron el hostal para que me quedase varios meses. Cuando recibo un mensaje, sea la hora que sea, tengo que andar a esa gasolinera donde me has visto y ese hijo de puta me recoge y me lleva al chalet donde otro hijo de puta, que resulta que es el de la foto, y la hija de puta de la mujer que hay allí hacen lo que quieren conmigo. Se supone que eso va descontando de la deuda, y además me dan dinero para tenerme contenta. —Había mucha rabia en el rostro de Melinda mientras contaba todo.

—Si me das la dirección de tu padre, puedo hacer que un equipo de nuestra organización lo localice y lo vigile para asegurarse de que no le pasa nada. Y, en cuanto cumplamos la misión, lo reuniremos contigo. Antes no podemos, porque si no Abdul sospecharía, pero tu padre estaría a salvo. Te lo prometo —le aseguró Ángela.

—Si consigues que hable con él, te diré todo lo que quieras. Pero necesito hablar con él, saber que no vais de farol —dijo Melinda tendiéndole la mano a Ángela. Ángela se la tomó y dejaron sellado el trato. Pero Ángela sabía que antes tenía que hablar con Harry, así que se levantó y lo llamó por teléfono.

—Ángela, lo he oído todo. Le has contado lo que somos y la misión que tenemos. Sabes de sobra que eso va en contra de todas las normas del Conglomerado. No es el protocolo, no la conocemos y puede poner en peligro toda la misión —le dijo Harry en tono fuerte.

—Lo sé y lo siento, Harry, pero a la mierda el protocolo. La estaba leyendo entera por dentro y sabía que nos podía ser útil. Tenía que acabar de ganarme su confianza. Melinda odia a Abdul, hará todo lo posible para destruirlo siempre que la ayudemos con su padre, que sé perfectamente que con un par de llamadas podemos hacerlo. Además, déjame decirte que creo que debemos reclutarla. Es una superviviente y es muy fuerte. Con unos meses de entrenamiento, sería un activo importante para la organización —se justificó Ángela.

—Vale, de acuerdo, Ángela. Confío en ti y en tu juicio —le respondió Harry y, acto seguido, añadió— porque básicamente ahora ya no tengo otra opción. Si tomas una decisión como esta de nuevo, de manera unilateral, te vas a la puta calle, ¿entendido? —Harry colgó antes de obtener respuesta, se levantó y le pegó una patada a la silla donde estaba sentado mandándola a la otra punta del salón.

CAPÍTULO X

Melinda le contó a Ángela dónde vivía su padre, le dio una descripción, y su dirección en Manila. Ángela la dejó en la pensión, le dijo que viviera su vida normal, con el conocimiento de que lo normal era que hasta dentro de un par de días, o de tres, Abdul no la volviese a llamar. Quedó con ella al día siguiente, sábado, a las cinco de la tarde a la salida del pueblo lejos de ninguna mirada, para que pudiese hablar con su padre y viese que no iban de farol.

Volvió a la casa cuando eran ya casi las nueve de la noche. Allí estaba Harry delante de su portátil analizando información. La vio entrar a la casa y levantó la vista con cara de pocos amigos.

—Dime todo lo que te ha dicho esa chica de su padre. Ya tengo a un equipo en Manila esperando instrucciones —le dijo.

Ángela le comentó lo que habían hablado y le dijo que había quedado con ella al día siguiente a las cinco. Harry cogió el teléfono y comenzó a hablar en inglés con el equipo de Manila. Cuando colgó, se dirigió a Ángela.

—El padre de Melinda va a recibir protección veinticuatro horas al día desde que el equipo llegue a su casa, dentro de un par de horas. Mañana a las cinco, recibirás una llamada en tu móvil de ese equipo y pondrán a ese hombre al teléfono para que hable con su hija durante un par de minutos. En cuanto Melinda cuelgue el teléfono, te la traerás a casa y nos contará todo lo que queramos.

Ángela asintió mostrándose conforme con el plan y, a continuación, Harry cogió el móvil y comunicó al equipo que había cambio de planes. Irían a recogerlos al punto donde habían aparcado la furgoneta esa tarde, dentro de una hora, y volverían todos a la casa a descansar. Ya no tenía sentido tratar de observar para conseguir información de lo que pasaba dentro del chalet, la iban a tener toda al día siguiente. Todos dieron su conformidad a la orden de Harry.

—Ángela, voy a pegarme una ducha, quédate atenta a las comunicaciones con tus compañeros por si ocurre algo. Enseguida iremos a por ellos, ¿de acuerdo?

Ángela asintió y se sentó en la silla a mirar la información y la posición de sus compañeros. Harry se metió en su cuarto de baño. Estaba furioso, tenso. Pero en el fondo entendía lo que había hecho Ángela. Para qué autoengañarse, él de joven seguramente hubiera hecho lo mismo. En unos años, ella entendería que las reglas y los protocolos estaban para algo y que si se seguían era porque estaba demostrado que te ahorraban problemas en muchas situaciones. Pero ahora mismo se fiaba más de su instinto que de los protocolos, poseía ese punto de rebeldía contra las normas que tenían los jóvenes. Harry sabía que era una excelente agente y que tenía un futuro brillante dentro de la organización, tan solo quería que entendiese las reglas, no pretendía torpedearla ni muchísimo menos. Se masturbó mientras se duchaba y eso le alivió la tensión. Al salir, le escribió a Sofía un mensaje: «Te echo de menos, creo que vamos a volver a casa antes de lo previsto, así que enseguida hablaremos si tú quieres, ¿vale?».

Al instante, recibió una contestación con una imagen animada de una cara que sonreía y un «Ahora no puedo hablar, estoy con mis padres, cuando vengas, hablaremos».

Una contestación algo fría para Harry, pero la imagen de la cara sonriente dejaba claro que el tono no era malo, así que de momento con eso le bastaba. Ahora tocaba centrarse en la misión.

Harry salió del cuarto de baño y comprobó que no había surgido ninguna novedad en su ausencia, como era de esperar. La C15 había vuelto al chalet hacía ya mucho rato, al poco de Ángela dejar de vigilarla. Piotr no había apreciado nada reseñable a la vuelta del vehículo al chalet. Enseguida los habían recogido a todos y, sobre las diez de la noche, estaban los cuatro miembros de FAI en casa preparando unas *pizzas* en el horno.

—Bien, chicos —Harry tomó la palabra, —como sabéis, los planes han cambiado obligados por circunstancias que todos conocéis y que ya no vienen al caso. Con ayuda de las imágenes que habéis ido mandando, vamos a hacer una puesta en común de todo lo que sabemos hasta ahora si os parece. Piotr, comienza tú, por favor.

Piotr había elaborado una especie de mapa con las cámaras semiocultas que había en la parte de delante de la propiedad, cerca de la puerta. Al proyectar sus ángulos de visión, gracias al *software* especializado que tenían, comprobó que estaban colocadas todas para que no hubiese ángulos muertos y quedase cubierto todo el perímetro. No podía asegurarlo, pero seguramente tenían visión nocturna. Las cámaras no hacían sonar ninguna alarma con el movimiento, ya que Piotr había visto cómo varios pájaros se ponían delante de ellas o volaban a su lado y no sonaba nada. Eso quería decir que o bien había una alarma interna (cosa poco probable porque si no con los animales del monte estaría sonando varias veces cada hora) o bien había alguien vigilando el circuito cerrado de televisión (CCTV) de las cámaras y sabía cuándo lo que se movía era un intruso o una golondrina. Desde la puerta de la parcela hasta el edificio del chalet en sí, se podría tardar unos cuarenta o cuarenta y cinco segundos corriendo.

La alambrada no tenía señales de estar electrificada ni de llevar ningún sensor de movimiento. Desde luego, desde el punto de vista de un senderista que pasara por la zona, en apariencia era una propiedad de lo más normal.

—Si encontramos la forma de que las cámaras no nos vean, es posible acercarnos al chalet ocultándonos en los árboles que hay. El problema es ese, que las cámaras no nos vean —apuntó Piotr para concluir su exposición.

—De acuerdo. Martha, ¿qué nos puedes decir tú? ¿Qué has visto desde tu posición? —preguntó a continuación Harry justo cuando el horno avisó de que las *pizzas* ya estaban, y Ángela se levantó a por ellas.

Desde la posición de Martha, se podía apreciar la piscina, o por lo menos la parte de ella que la vegetación y los árboles que había en medio dejaban distinguir. En los árboles se veían cámaras camufladas en casetas de pájaro como las que Piotr había descrito en la entrada, apuntando hacia la alambrada que rodeaba la parcela. En la zona de la piscina, que era rectangular y de unos diez u once metros cuadrados, había unas tumbonas y un pequeño carrito con bebidas a modo de barra. Había una puerta también que daba acceso al interior del chalet. Todo parecía normal. Aunque no era fácil ver esa zona de la piscina, cualquiera que estuviese viendo el paisaje con sus prismáticos y por casualidad viese eso, no pensaría que ahí pasara nada raro, salvo que alguien estaba pasando unas vacaciones.

—En esta zona pasa lo mismo que ha dicho Piotr con la entrada. Está todo vigilado y cubierto por cámaras. Además, aquí está el añadido de que, aunque lográsemos que no nos viesen, no hay árboles de camino al chalet que nos puedan cubrir, están todos justo al lado de la piscina. Tendríamos varios metros de campo abierto —concluyó Martha.

—Interesante —dijo Harry mientras le daba un bocado a un trozo de *pizza*—. Joder, está buena, ¿eh? —añadió mientras tragaba.

—*Prosciutto e funghi*[14], no falla nunca, Harry, ya lo sabes —contestó Martha, mientras Ángela y Piotr se reían—. Sí que te encanta comer, todo te entusiasma.

—Que os jodan, cabrones —respondió Harry riéndose también. Hacían falta momentos así para quitarle tensión a la misión. Eso no quería decir que hubiese que tomarse la misión a risa ni muchísimo menos, pero Harry creía que estar de mal humor, concentrado y serio todo el rato en una misión de varios días, era contraproducente.

---

14 Jamón york y champiñones.

—Vale, ¿os dais cuenta de lo que habéis dicho ambos? Que hay cámaras que cubren todos los ángulos del perímetro, que si tal y cual. Vale. O sea, que todas las cámaras apuntan al perímetro externo, ¿correcto? Entonces, según he visto en vuestras fotos, ¿no habéis visto ninguna que apunte hacia el chalet?

Piotr y Martha negaron con la cabeza. Habían recorrido con prismáticos toda la propiedad desde su posición, centímetro a centímetro. Y todos los árboles. No había ninguna cámara que apuntase hacia otro lado que no fuese el perímetro.

—De acuerdo, pues ya sabemos que, si logramos de alguna manera esquivar las cámaras que apuntan a la alambrada, no habrá ninguna otra cámara de la que preocuparnos. Seguro que habrá que preocuparse de otras cosas, pero no de cámaras —finalizó Harry.

En cuanto a los habitantes del chalet, habían identificado tres hombres, más el conductor de la C15 y dos mujeres. No llevaban fusiles o metralletas, pero sí se intuían pistolas pequeñas en sus cinturas. Martha no pudo distinguir si eran pistolas táser o pistolas estándar. Todos iban vestidos con ropas occidentales. Con las fotos de Martha, habían podido identificar a un par de ellos y a una de las mujeres en la base de datos del Conglomerado, gracias al moderno sistema de reconocimiento facial. Se trataba de seguidores de la causa de Abdul de sobra conocidos por diferentes agencias de inteligencia, y todos destacaban por su fidelidad a la causa y por ser especialmente sanguinarios. Del resto no había ni rastro en la base de datos, pero no era raro que Abdul hubiese seguido sumando adeptos novatos. Isabelle y Abdul no se habían dejado ver y ni Martha ni Piotr habían podido sacar ninguna instantánea de ellos en el chalet.

Ya con las *pizzas* acabadas, Ángela tomó la palabra para hablarles del perfil psicológico de los sujetos:

—Abdul e Isabelle han demostrado ser personas poderosas. Su falta total y absoluta de empatía hacia otras personas quizás sea uno de sus rasgos psicológicos más destacados, pero también su increíble seguridad en ellos mismos. Tú puedes tener encerrado a alguien y sentirte poderoso por eso, pero su poder en este caso va más allá. Tienen a alguien como Melinda a su disposición y, en lugar de tenerla encerrada, la dejan libre porque saben que no se va a escapar. Eso indica mucho más poder sobre alguien que una mera barrera física. No lo hacen por piedad o porque ella tenga un poco de libertad, no tienen ninguna empatía. Lo hacen por sentirse poderosos. Creo que tenemos que tratar de volver eso contra ellos. Creo que son inteligentes, si no, no habrían estado escapando tanto tiempo, pero ese punto de arrogancia puede ser su punto débil —expuso.

Tras una breve pausa casi imperceptible, donde le dio tiempo a contrastar las caras de atención de su equipo, fue Harry quien tomó la palabra:

—Creo que es interesante todo lo que sabemos hasta ahora, pero lo que Melinda nos pueda decir mañana va a ser clave para trazar un plan definitivo y cumplir la misión. Bueno, os aconsejo que descanséis, mañana por la mañana veremos cómo va el tema de Manila y trazaremos un plan de interrogatorio para la tarde. Haced lo que os dé la gana a partir de ahora. A las ocho, en pie. Martha, ¿puedo hablar contigo, por favor? —dijo Harry—, trae el *whisky* y dos vasos con hielo. Te espero fuera —añadió al instante sin esperar respuesta.

Ángela y Piotr se metieron en sus respectivas habitaciones a leer, ver una película o lo que quisieran, mientras Harry abrió la puerta y salió al porche a fumarse un cigarrillo mientras esperaba a Martha. Se sentó en una de las sillas plegables del porche. Hacía una noche bastante buena, con un poco de fresco, pero agradable, y apenas se oía el sonido de los pájaros cantando (Harry no sabía cuáles eran los que cantaban por la noche, no entendía de pájaros ni lo pretendía). La luna brillaba en el cielo casi llena. Mientras echaba una bocanada de humo, Harry pensaba en Sofía. ¿Qué estaría haciendo? Por la hora, seguramente, ya habría dejado a sus padres en el hotel después de cenar y estaría en casa o dirigiéndose a ella. O quizás habría ido a tomar algo, Murcia era una ciudad que llamaba a ello por su gente y su ambiente. Bueno, había decidido dejarle un poco de espacio, así que eso haría. Cada vez tenía más claro que quería arreglarlo todo como fuese y esperaba que ella se sintiese de la misma manera. Martha salió al porche con una botella de *whisky* y dos vasos con hielo en las manos justo cuando Harry apagaba su cigarrillo.

—Gracias, Martha, vamos a sentarnos a disfrutar de la noche con esta maravilla.

—Tú mandas, jefe —contestó Martha mientras dejaba la botella y los vasos en la mesa y se sentaba. Ambos echaron sus sillas hacia atrás en la posición más reclinada posible, en un ángulo de unos ciento cuarenta o ciento cincuenta grados. Ahí se quedaron un rato disfrutando de su bebida y de la agradable noche que hacía.

—¿Crees que el cabrón de Abdul es capaz de disfrutar de estos pequeños placeres? Tomarse un *whisky* en el silencio, bajo la luz de la luna —preguntó Harry.

—Quizás es una pregunta para Ángela, pero yo creo que no. Ese tipo de personas no disfruta de nada. La falta de empatía y su sensación de poder y de que están por encima de todo se lo impide —contestó Martha mientras se encendía un cigarrillo y le ofrecía otro a Harry, quien lo cogió y le dio las gracias con un gesto con la cabeza.

—Pues que se joda ese hijo puta —exclamó Harry con una carcajada.

—¿Estás borracho ya, Harry?

—¿Tanto se me notan las cervezas de la cena?

—Sí.

Ambos se echaron a reír.

Le caía bien Martha. Era una jefa dura, pero sensata. Tenía su propia forma de hacer las cosas y había que respetarla, como en toda cadena de mando. Pero era una buena persona, honesta, razonable y, además, cuando estaba fuera del trabajo, era bastante agradable. Si no podía considerarla amiga, se quedaba cerca, desde luego.

—Martha, gracias por ponérmelo fácil en esta misión. Sé que a lo mejor no es fácil asumir que no eres la jefa y que tal vez lo normal era darme porculo al respecto —dijo Harry acabándose su *whisky*.

—Para nada, Harry, tiene que haber lealtad en una organización, faltaría más. Es una decisión acertada para la misión —contestó Martha acabándose a su vez su bebida.

—¿Has pensado en dejarlo alguna vez? —preguntó Harry mientras se echaba otro *whisky* y le echaba otro a Martha.

—Lo que he pensado es pedir volver al trabajo de campo, Harry. Es una mierda coordinar. Mucha reunión, mucho viaje..., nada de acción. Joder, nada más que vigilando la puta piscina he vuelto a sentirme viva —contestó Martha con un brillo de emoción en sus ojos.

«Oye, pues si yo lo dejase, tú podrías volver como jefa de FAI», pensó Harry, pero no dijo nada.

—Joder, Martha, pues mañana veremos, pero yo creo que vas a tener acción de sobra en esta misión. Brindemos por ello, coño —dijo Harry elevando un poco la voz. Martha le chocó el vaso y se rio.

—Harry, qué murciano te estás volviendo. —Y acto seguido, añadió—: Me tienes que dejar a esa zorra de Isabelle a mí, prométemelo.

Harry asintió con la cabeza y se encendió otro cigarrillo. Martha se acabó su *whisky* y decidió que ya estaba bien y se fue a su habitación.

Harry se quedó mirando las estrellas un par de minutos más mientras se acababa el cigarrillo y también decidió que ya era hora de irse a dormir. Mañana esperaba un día duro y tampoco era cuestión de tener demasiada resaca. Aunque desde luego este viernes había sido bastante intenso y no iba a ser fácil superarlo. Pero como le decía la madre de Harry cuando él era pequeño: *Never say never, son. Never say never*[15].

---

15 «Nunca digas nunca, hijo. Nunca digas nunca», en inglés.

CAPÍTULO XI

Sofía acabó de leer el mensaje declaratorio de amor de Loretta y en ese momento no supo cómo reaccionar. Estaba en su coche, un poco antes de entrar a trabajar y con su bolsita de marihuana recién pillada (no era ninguna adicta, pero le gustaba fumarse un porro de vez en cuando para relajarse) y se le planteaba una situación incómoda. Tenía claro que no quería a Loretta. Bueno, sí la quería, pero no de la manera que Loretta quería que la quisiera. Todo indicaba que Loretta había interpretado de manera errónea lo de la noche anterior. No quería hacerle daño, así que tendría que decírselo de una forma suave y, aunque le doliese al principio, esperaba que pudieran seguir siendo amigas. Decidió que la llamaría después de trabajar y quedaría con ella en persona lo antes posible. Le daba tiempo antes de ir a cenar con sus padres. Sí, así lo haría. Todo se aclararía, y la vida seguiría su curso. Por lo menos eso esperaba.

La tarde de clases transcurrió increíblemente despacio. Si ya era duro un viernes por la tarde (no sabía por qué hacía un par de años habían cambiado, y ahora la escuela de idiomas ofertaba clases los viernes por la tarde, antes no era así), con la situación que se le planteaba y también algún resquicio de resaca que todavía tenía, Sofía no veía el momento de acabar. Como por algo era la profesora mejor valorada por los alumnos, los dejó salir un cuarto de hora antes y llamó a Loretta.

—Hola, ¿estás ya en casa?

—Sí, aquí estoy.

—Voy para allá, y hablamos, ¿vale?

—Vale, aquí te espero.

Cogió su coche y de camino empezó a pensar cómo plantear la conversación y también a pensar en cómo se lo tomaría Loretta. Se le pasaron por la cabeza varios escenarios, algunos buenos y otros muy malos. Pero antes de que pudiera calentarse la cabeza más, estaba ya en casa. Abrió la puerta y se encontró a Loretta en el sofá viendo la tele. Sofía se sentó en el sillón de al lado y le dijo que lo sentía mucho si se lo había tomado de otra manera, pero que lo de la noche anterior había sido nada más que una noche de pasárselo bien y ya está. Y le pidió disculpas por si le había dado a entender otra cosa, pero que realmente le apetecía intentarlo con Harry en serio y que lo de ellas ya no había dado resultado antes y ahora nada hacía indicar que pudiese ser diferente. Le cogió la mano y añadió: «Pero quiero que sigamos siendo amigas, yo también te quiero, pero de otra manera».

Loretta la miró con cara compungida y le dijo que necesitaba tiempo para asimilar la situación y que, por favor, lo entendiese, a lo que Sofía accedió, como no podía ser de otra manera.

—Me voy a buscar un piso para mudarme, Sofía, no me siento con fuerzas para seguir viviendo contigo ahora mismo. ¿Lo entiendes?, ¿verdad? —añadió Loretta enseguida.

Claro que lo entendía. Podría haberle suplicado que no hacía falta, que, por favor, no se fuese, pero era absurdo. Era lo mejor para las dos.

—Como quieras, Loretta, pero no tengas prisa, tómate el tiempo que necesites.

—Mi amiga Bárbara tiene sitio de sobra en su casa, la llamaré mañana y hablaré con ella para ver si me puedo ir a vivir allí pronto y ya está. No te preocupes.

—Ah, Bárbara, la chica morena que me has dicho alguna vez, no la conozco, ¿no vivía con un tío?

—No, tenía un ligue y parecía que iba bien la cosa, pero al parecer ya no, me dijo que ya me contaría, que había pasado algo flipante. La llamaré a ver qué tal. ¿Has quedado con Harry este fin de semana?

—No, está fuera por trabajo. No sé qué antigüedad tenía que ir a ver si podía conseguir. Debe ser importante porque dijo que podrían ser varios días. Oye, Loretta, me tengo que ir enseguida, que voy a cenar con mis padres que han venido a verme. ¿Estamos bien, entonces, tú y yo? —quiso saber Sofía.

Loretta, con una lágrima brotándole por la mejilla, respondió:

—Dame tiempo, pero sí, estamos bien. —Se dieron un abrazo y un beso, y Sofía se fue a su habitación a cambiarse de ropa. Cuando salió dispuesta a irse al encuentro con sus padres, Loretta se había marchado. Pobrecilla. Le daba pena, no debía de ser una situación agradable para ella. Pero la conocía y sabía que era fuerte, lo superaría. Aunque, en ese momento, lo que no sabía era que no volvería a verla nunca.

Bueno, ya estaba todo dicho, así que tampoco ganaba nada dándole más vueltas al asunto. Llamó a un taxi para que la recogiera, iba al centro de la ciudad, era difícil aparcar, y no tenía ganas de dar muchas vueltas. Además, quería llevar a sus padres a algún sitio después de cenar a tomar un cóctel y no quería luego que la vieran coger el coche, aunque fuese en condiciones para ello. Tenían mesa a las nueve y media en un restaurante cerca del hotel, con comida típica murciana. Como solía ser habitual, los viernes por la noche, el centro de la ciudad estaba bastante concurrido de gente. Sofía les avisó a sus padres que estaba llegando y, justo cuando bajó del taxi en la puerta del hotel, ellos salían por la puerta y fueron a su encuentro.

Se alegraba de verlos, hacía ya tiempo desde su última vuelta a Italia. Los abrazó cariñosamente, y se fueron al restaurante. Los padres de Sofía se llamaban Francesco y Arianna y, desde hacía veinte años, poseían una empresa de venta de calzado italiano de tamaño considerable y que iba bastante bien, por lo que tenían suficiente dinero. Sofía ya sabía el tema que iba a salir en la cena y en efecto, con las marineras[16] del aperitivo, sus padres le dijeron que estaban pensando en jubilarse pronto y que por qué no volvía a Italia a tomar las riendas del negocio familiar. Entre medias, recibió un mensaje de Harry al móvil que contestó sin prestar mucha atención, ya que no era el momento. Sofía no tenía ninguna intención de seguir con el negocio familiar. Le gustaba ser profesora, le gustaba el trabajo donde estaba y le gustaba mucho España, y Murcia en concreto para vivir, al menos de momento. El dinero no era algo que le preocupase en exceso. Con su trabajo, tenía más que lo necesario para vivir con su estilo de vida actual e incluso no le supondría un problema tener hijos en el futuro, en este sentido, si es que decidía tenerlos. Por supuesto que todo lo que fuese tener más dinero estaba bien y no tenía nada en contra, pero no tenía ganas de renunciar a su vida actual. Por suerte y, aunque se notaba que no era lo que querían oír sus padres y que tenían cierto disgusto, al tiempo de acabar la cena, le dijeron a su hija que respetaban su decisión. Buscarían una persona para que fuera gerente y dirigiera el negocio, y Sofía mantendría sus acciones, con lo que tendría su derecho a recibir dividendos, pero sin involucrarse en la gestión diaria de la empresa, que quedaría en manos de profesionales. Esos dividendos, además, para ser justos, le permitían vivir bastante bien sin necesidad de involucrarse en la gestión del negocio.

«Bueno, pues otra cosa hecha y tampoco ha ido tan mal», pensó Sofía sabiendo que había salvado razonablemente bien la situación. La cena había estado muy bien, a sus padres les encantó la comida, pero comieron demasiado. Tanto fue así que dijeron que preferían irse a dormir sin tomarse nada, estaban cansados. Sofía se despidió de ellos y quedó en recogerlos al día siguiente para llevarlos al santuario de la Fuensanta, un lugar imprescindible para los visitantes de Murcia. Era temprano para irse a casa, y decidió darse una vuelta

---

16 Plato típico murciano consistente en una rosquilla con ensaladilla rusa y una anchoa por encima.

por un par de bares que había cerca, por si veía a alguien conocido con quien tomarse una copa antes de volver. Estaba ya dándose por vencida cuando alguien le tocó el hombro. Se dio la vuelta y allí estaba Alfonso, el amigo de Harry, al que reconoció a pesar de que sólo había visto alguna foto suya que le había enseñado Harry.

—Hola, tú eres Sofía, ¿verdad?

—Sí, ¿Alfonso?

—Sí, Harry me ha enseñado alguna foto tuya, y no estaba seguro de si eras tú.

—Sí, sí, igual me pasa a mí. Encantada.

—Oye, estoy esperando a un par de amigos, ¿estás con alguien o quieres una cerveza?

—Una cerveza es perfecto, sí.

Se fueron a una mesa alta con un par de cervezas. El local, que se llamaba El lobo marrón, estaba todavía medio vacío, ya que era pronto para lo que solía ser la hora de máxima afluencia de la gente de fiesta un viernes por la noche. De momento, había un grupo jugando al billar, un par de mesas bajas ocupadas y algunas personas en la barra, pero poco más.

—Vaya, así que tú eres por la que mi amigo está colado hasta las trancas, ¿eh? —preguntó Alfonso con una sonrisa.

—Pues no sé, dímelo tú, ¿lo está? —preguntó a su vez Sofía.

—Ja, ja, ja, hombre, yo apenas lo conozco hace unos meses si te soy sincero, pero sí, cuando habla de ti, es verdad que le cambia la cara y eso. Por cierto, ¿dónde pijo está?

—No lo sé, tenía un viaje de trabajo de unos días y no sabía cuándo volvería, pero no me ha dicho dónde. —Sofía no pretendía hablarle a Alfonso de la pelea que habían tenido justo antes de irse, no lo conocía y no era asunto suyo. Si Harry no le había contado nada, ella no iba a hacerlo. ¿Qué le iba a decir al mejor amigo de Harry? «Oye, nada, Alfonso, que como te acabo de conocer y no sé si lo sabes, que la última vez que vi a Harry discutimos porque me pilló esa noche liándome con mi exnovia. Pero todo bien».

—Vaya, un trabajo raro tiene el tío, ¿eh? Es como Indiana Jones, pero en aburrido —dijo Alfonso soltando una carcajada a la que se sumó Sofía—. Buscando artefactos y cosas antiguas, ¿has visto la web de la empresa? ¿Quién coño puede querer comprar esas cosas?

—Bueno, yo creo que tiene que ser emocionante encontrar el objeto, negociar con el dueño…, no sé, según él, siempre que viene de viaje, viene entusiasmado —apuntó Sofía y añadió al instante—: Aunque yo tampoco sé quién puede comprar la mayoría de esas cosas.

FAI en efecto tenía una página web. Si alguien entraba se encontraba con lo siguiente:

Imagen sin cambios realizados de https://commons.wikimedia.org/wiki/File:Antig%C3%BCedades_%2857043898%29.jpeg.

Y, desde ahí, se podía acceder a un menú con un catálogo dividido por categorías y por productos, donde había desde herramientas de diferentes culturas antiguas (de aztecas a celtas y romanos) pasando por muebles españoles de principios del siglo XX, e incluso antes, hasta relojes suizos de más de cien años de antigüedad.

Lo que ni Alfonso ni Sofía sabían era que, evidentemente, esos objetos en realidad no existían. De vez en cuando, algunos aparecían con el sello de vendidos y disponían nuevos cada cierto tiempo para dar apariencia de verdadero portal de comercio *online*. Además, se recibían transferencias de compradores ficticios creados por el Conglomerado para simular la actividad de cara a las autoridades fiscales. Y si alguien quería un objeto de los anunciados en la web, o se le daba largas o se le decía que ya estaba vendido o a veces se hacía una réplica perfecta y era eso lo que se le mandaba. El supuesto almacén de la mercancía se encontraba en Rotterdam por tener cerca el puerto para los envíos a todo el mundo. Ese almacén, por supuesto, tampoco existía, pero todo funcionaba con una apariencia perfecta de negocio legal y era una tapadera inmejorable.

—Bueno, ¿has quedado con alguien o estás sola dando una vuelta? —Se interesó Alfonso.

—Pues he quedado con mis padres para cenar que han venido de Italia y, como se han ido al hotel y era pronto, he decidido dar una vuelta a ver si encontraba a alguien. Y aquí estoy, a alguien he encontrado después de todo —dijo Sofía alzando su cerveza para que Alfonso brindase como así lo hizo.

—Genial, pues si quieres quedarte, eres bienvenida. He quedado con un par de colegas que son buena gente, te caerán bien —le dijo Alfonso.

—Muchas gracias, pero me voy a ir ya. Estoy cansada y mañana me toca ser guía turístico —dijo Sofía dándole un último trago a su cerveza y levantándose del taburete—, otra vez sí que me quedo.

—Vale, como quieras. —Se dieron dos besos para despedirse, y Sofía salió por la puerta del bar en dirección a la parada de taxis más cercana. No tardó mucho en poder coger uno.

El taxista arrancó y, cuando estaba ya cerca de la casa de Sofía, en una calle de doble sentido que llevaba a una rotonda próxima, se le cruzó un chaval en bicicleta que salió de repente de una casa y tuvo que frenar en seco. Dos segundos después, un coche que iba detrás impactó contra el taxi, y Sofía se dio contra el asiento de delante, el del copiloto. El taxista salió del coche como un poseso mientras el chaval de la bicicleta se alejaba a la carrera.

—Como te pille, te vas a llevar una ostia, imbécil, te parto la bici en las costillas, subnormal —le gritó el taxista mientras agitaba el puño y veía cómo se alejaba.

Sofía, mientras, se tocaba la frente, donde se había dado con el reposacabezas del asiento, pero no tenía nada. Se bajó del taxi, y el taxista, entonces, una vez ya se le pasó el ataque de ira, se interesó por ella.

—¿Está usted bien?, ¿necesita ir al hospital?

—Estoy bien, no es nada, solo quiero irme a casa.

—No se preocupe, mientras hago el parte del accidente con esta señora, llamo a un compañero para que la acerque, que estábamos ya aquí cerca.

—Vale, gracias —contestó Sofía.

La mujer del coche que había impactado contra el taxi se le acercó y le pidió perdón a Sofía, quien aceptó sus disculpas, puesto que había visto perfectamente que la culpa había sido del ciclista. Mientras, llegó otro taxi avisado por el taxista del accidente y acercó a Sofía a su casa. Menudo día, lo que le faltaba ya para rematarlo. Por suerte, no le había pasado nada, pero, si el coche de atrás hubiese ido más rápido o hubiera estado más cerca, quizás sí se habría llevado un buen golpe y habría tenido que ir al hospital. Sofía subió a su casa y, como el día lo merecía, se hizo un porro y se sentó en el pequeño balcón a fumárselo mientras reflexionaba sobre el día y esperaba a ver si Loretta venía, ya que no estaba. Menudo día. Resaca, lío amoroso, padres, futuro, una cerveza con el mejor amigo de Harry, un accidente... Desde luego, para un viernes no había estado mal. Se acabó el porro y decidió acostarse. Iba a esperar a Loretta, pero tampoco sabía dónde estaba ni lo que iba a tardar en llegar y decidió no preguntarle, no parecía el momento ideal. Se durmió enseguida y, a las ocho, cuando el despertador sonó, le dio la impresión de llevar durmiendo cuatro días seguidos. Se duchó, se vistió y llamó a su madre, que le dijo que ellos ya estaban listos.

Ella les dijo que perfecto, pero que ella no, que los vería en veinte minutos porque tenía que desayunar todavía. Se hizo un café con leche con la leche fría para poder tomárselo rápido y cogió una magdalena del aparador de la cocina. Había empezado el día intenso, ya estaba estresada. Mientras desayunaba, se dio cuenta de que Loretta no estaba y no había signos de que hubiera estado en casa en toda la noche.

«Qué raro», pensó. No era normal, pero era cierto que la situación actual de Loretta tampoco lo era, por lo que quizás había decidido quedarse con su amiga Bárbara esa noche y ya vendría a recoger sus cosas en otro momento. No obstante, le puso un mensaje al móvil: *«Loretta, solo quiero que me digas si estás bien, un beso»*, le escribió. Querría haberse explayado más, pero decidió que quizás no era la mejor situación para ello. «Bueno, seguro que está bien», se decía mientras cogía las llaves del coche y salía por la puerta.

Recogió a sus padres y los subió al santuario de Nuestra Señora de la Fuensanta, un lugar en la montaña desde donde había unas vistas inigualables de Murcia. Era un sitio de obligada visita para todo turista, así fuese religioso o no. Además del santuario, había muchas rutas senderistas por el monte que partían de la zona y era un lugar que, a Sofía, como amante de la naturaleza, le gustaba mucho. Hacía un día muy agradable. Decidió no contarles nada del casi accidente de la noche anterior, ya que no quería preocuparlos ni que pensasen mal de la zona donde vivía. Una mentira podía hacer feliz igual que una verdad, incluso más. Y ni siquiera hacía falta una mentira, una omisión de la verdad sería suficiente.

Mientras iban paseando por un sendero del monte, le hicieron la pregunta que en contra de todo pronóstico no le habían hecho la noche anterior, si tenía pareja. Sofía les contestó que sí, pero que en ese momento no estaba y que, además, llevaban poco tiempo juntos, así que no quería decir nada más de momento. Ahí se cerró la conversación sobre el tema. El resto del día transcurrió sin novedades reseñables. A Francesco y Arianna les encantó la zona del santuario de la Fuensanta y, como ellos sí eran religiosos, pues más todavía. Bajaron a Murcia, comieron en otro bar típico (esta vez un arroz con conejo espectacular que a los padres de Sofía les encantó, a pesar de sus reticencias iniciales) y, por la tarde, conocieron el centro histórico, incluyendo la catedral y su torre, así como el Casino de Murcia. Ya para la cena, Francesco y Arianna decidieron quedarse en su hotel, estaban cansados de todo el día. Sofía volvió a su casa y ya quedaron en que al día siguiente los llevaría al aeropuerto por la mañana para su vuelo de regreso.

Llegó a casa y ni rastro de Loretta y tampoco le había contestado al móvil. Sus cosas seguían en la habitación; su ropa, en el armario; su cepillo de dientes y su maquillaje, en el aseo... Esta vez, la llamó por teléfono, y salió apagado.

Ahora sí que estaba empezando a preocuparse de verdad. Esto no era algo normal. ¿Y si había hecho alguna tontería?, ¿y si le había pasado algo? Ella misma había tenido un pequeño accidente la noche anterior. Algo fortuito puede pasarle a cualquiera.

«A ver, Sofía, tranquilízate un momento», trató de decirse a sí misma. «Pasaste una noche con tu exnovia y, al día siguiente, fuiste rechazada por ella cuando le confesaste cómo te sentías de verdad, asume que no quiere verte ni en pintura y ya está». Eso debía ser. Como pasa tantas veces en la vida, la explicación más posible es probablemente la correcta. Tenía que respetarla y no atosigarla. Ya le había mandado un mensaje, ya estaba. Estaría con su amiga Bárbara maldiciéndola con un *gin tonic* en la mano, habría apagado el móvil o la habría bloqueado y la semana próxima iría a por sus cosas. Se sentó en el sofá a descansar un rato y echó un vistazo a sus redes sociales. Loretta no tenía nada desde el viernes por la tarde, con lo que también estaba desaparecida. «Bueno, ya está bien de Loretta»,

dijo Sofía en voz alta. Encendió la tele y entonces su móvil comenzó a sonar. Era un número largo, debía ser una centralita, ¿en serio iban a tratar de venderle algo un sábado por la noche? Normalmente, no cogía llamadas de números desconocidos, pero en esta ocasión, sin saber muy bien por qué, lo hizo.

—Sí, ¿diga? —preguntó dispuesta a colgar en cuanto le dijeran que eran de una compañía telefónica o algo así.

—Hola, ¿Sofía? —preguntó una voz masculina al otro lado.

—Sí, soy yo, ¿quién es?

—Hola, soy Pedro, compañero de trabajo de Loretta. Perdona que llame a estas horas de un sábado, pero es que no ha venido a trabajar y no ha llamado ni nada, ¿está bien?

Sofía no tenía respuesta a esa pregunta.

CAPÍTULO XII

Harry se despertó pronto, serían las siete y cinco más o menos. Y se despertó eufórico, con ganas. Muchas ganas de trazar el plan definitivo ese mismo día, llevar a cabo la misión al día siguiente, y volver a casa al otro y ver si podía arreglarse con Sofía. Pero, sobre todo, con ganas de matar a Abdul y a Isabelle. Le gustaban especialmente las misiones cuyo cumplimiento implicaba que el mundo fuese un lugar mejor, y esta era una de ellas. Y como pasa con todo lo que se tiene ganas, uno está deseando que llegue con impaciencia. Se levantó y vio con sorpresa como Ángela y Martha estaban desayunando ya un café con leche cada una. Ni siquiera se habían molestado en ponerse pantalones, iban en bragas y camiseta ancha, como si estuvieran en casa o verdaderamente de casa rural con amigos.

—Buenos días, Harry, ¿café? —preguntó Martha.

—En cantidades industriales, por favor. Buenos días, chicas —contestó Harry.

—¿Has dormido bien, jefe? —preguntó Ángela—. Yo no he podido pegar ojo de los nervios. Y eso que todavía ni tenemos plan. —A Ángela se la veía risueña y con más ganas aún que Harry, todo fruto de su juventud.

—Sí, es que me gusta madrugar, aunque ya veo que no tanto como a vosotras —contestó Harry tratando de no elevar más todavía la ilusión que estaba viendo en Ángela. La ilusión y las ganas son como todo en la vida, tampoco es bueno tener demasiadas porque te pueden hacer cometer fallos.

Le dio un sorbo a su café y estaba tal y como a él le gustaba, largo de café, leche ni muy fría ni muy caliente y un par de cucharadas de azúcar.

—Gracias, Martha, el café está como a mí me gusta —dijo Harry.

—Ya lo sé, Harry, me acuerdo —contestó Martha.

Se acordaba, en efecto. ¿Cómo podía acordarse? Harry y Martha se conocían desde hacía varios años. Coincidieron en El Paso varios meses y también en el entrenamiento de Harry para FAI. Una vez tuvieron una misión en Dallas, cuando Harry era poco más que un aprendiz, aunque había dejado asombrados ya a sus instructores por su valía y su saber hacer a pesar de su juventud. La misión consistía en vigilar a un hombre, asaltarlo cuando estuviera solo en algún momento y darle una paliza, pero sin llegar a matarlo. Se trataba de un violador que había salido de prisión, y la víctima había pensado que no había sido suficiente con estar en la cárcel, que no se fiaba mucho de que estuviese reinsertado ni mucho menos y quería aterrorizarlo por si por un casual había pensado en volver a las andadas, con ella o con cualquier otra chica. Las instrucciones eran darle una paliza sin que nadie lo viese, dejarlo vivo y darle un mensaje claro a viva voz: *Don´t do it again*[17]. La víctima tenía bastante dinero y le iba a pagar cuarenta mil dólares a la división del Conglomerado de El Paso por llevar a cabo la misión, cantidad nada despreciable para una misión rápida y bastante fácil.

Localizaron al hombre en una cafetería de las afueras de Dallas y entraron haciéndose pasar por clientes. Una camarera pasaba por las mesas preguntando si querían café, y Harry dijo que lo quería con leche del tiempo y le echó un par de cucharadas de azúcar. Martha se sorprendió, en esa parte del país, poca gente le echaba leche al café, y así se lo hizo saber.

—Joder, Martha, ¿de esa misión te acuerdas de eso? —preguntó Harry riéndose. Le rompimos varias costillas, la nariz, varios dientes y un tobillo a ese cabronazo, ¿y tú te acuerdas de eso?

---

17 «No lo vuelvas a hacer», en inglés.

—Así soy yo.

En efecto, así fue. La misión fue un éxito y el sujeto captó el mensaje. Hasta se meó encima cuando le dijeron la frase, por lo que estaban seguros de eso. Harry recordaba el terror en sus ojos, pero, al parecer, para Martha, lo más destacado fue el café de Harry, curioso.

En ese momento, Piotr salió por la puerta del dormitorio.

—Pero y esas risas..., ¿esto es que es el puto festival del humor o qué? —preguntó entre bostezos mientras se desperezaba.

—Venga, no seas gruñón, pijo, que hoy va a ser un buen día —le contestó Ángela dándole un golpe en el hombro a modo de saludo mañanero. Piotr le sonrió y siguió su camino hasta la cafetera.

Había amanecido algo nublado, pero la previsión era que se despejaría enseguida y haría calor con un sol espléndido todo el día. El plan de Harry para por la mañana era que todos se harían pasar por senderistas que habían salido a pasear por la zona y vigilarían un rato más el chalet hasta la una de la tarde más o menos, cuando ya hiciese demasiado calor y más vigilancia al lugar tampoco fuese a aportarles gran cosa. Entonces, volverían a la casa, comerían y descansarían hasta las cinco. Pero antes había que asegurarse de que los compañeros de Manila lo tenían todo bajo control.

Justo antes de las ocho, hora española, Harry se comunicó con parte del equipo asiático del Conglomerado, la parte que estaba en Manila. Había un antiguo compañero de Martha que coincidió con ella en Camboya, Ronald. Ronald era un antiguo campeón de gimnasia artística de Nueva Zelanda. Según Martha, que le había hablado a Harry de él en alguna ocasión, era capaz de saltar de rama en rama como si fuese el mismísimo Tarzán. Como la gimnasia no era algo que le fuese a solucionar la vida, cuando fue reclutado por el Conglomerado, aceptó encantado. En poco tiempo, se había hecho jefe de división y era quien lideraba la operación de Manila. Harry pensaba que Martha había tenido un romance con Ronald por cómo hablaba de él, pero nunca se lo había preguntado, y Martha tampoco se lo había dicho, así que no podía estar seguro del todo.

El equipo de Ronald tenía al padre de Melinda localizado y habían logrado comunicarse con él y explicarle la situación. No había ni rastro de peligro, pero se mantendrían alertas por si acaso hasta las cinco, hora española, que ya serían las once de la noche en Manila. Entonces, se harían pasar por un repartidor y le darían un móvil para hablar con su hija dos minutos y cumplir con lo establecido en el plan.

Harry comunicó al resto del equipo que la operación Manila iba viento en popa y que se vistieran enseguida como senderistas, que se iban a disfrutar del paisaje. Al rato, cogieron la furgoneta y se fueron a los alrededores del chalet. Se dividieron en parejas y comenzaron a caminar cada una por un lado diferente, más o menos en paralelo al chalet. Iban Piotr y Harry, por un lado, y Ángela y Martha por otro, todos con un chándal y unos bastones de senderistas para no llamar la atención. No observaron nada relevante respecto a lo que ya sabían y a lo que habían visto el día anterior, por lo que se podría decir que fue una pérdida de tiempo, pero había que intentarlo. Volvieron a la casa para comer algo y prepararse para la tarde. Ángela iría con Martha al encuentro de Melinda para ir generando en ella confianza, poco a poco, respecto al equipo. Podría haber ido Harry, pero quizás otra mujer le generaría a Melinda, en ese momento, más tranquilidad, y por eso Harry había pensado que sería mejor que fuera Martha. Era fundamental, dando por hecho que el equipo de Manila iba a cumplir su parte, que Melinda sintiese la confianza necesaria para que les revelase toda la información posible de la vida de Abdul dentro del chalet y del propio chalet en sí. Si no era así, recurrirían al plan B, que básicamente era forzarla a hablar como fuese, pero Harry no quería llegar a ese punto de ninguna manera. Primero, porque no sería agradable para él obligar o incluso torturar a una víctima para sacarle información. No quería convertirse en una persona como la que estaban intentando eliminar, que ejerce su poder sin escrúpulos, aunque en alguna ocasión había tenido que hacerlo. Y segundo, porque siempre es mucho más efectivo que alguien te cuente algo por voluntad propia, con ganas, que coaccionado. Estaba demostrado (o eso creía Harry, al menos) que, aunque la información pudiera ser la misma independientemente de la forma de su obtención, en realidad no era «la misma», ya que se perdían detalles, en ocasiones, muy importantes. Pero Harry también tenía claro que, si tenía que obligarla a decirle algo, lo haría, que no tuviese ninguna duda nadie de eso.

A las cuatro y media de la tarde, Ángela y Martha cogieron la furgoneta y salieron al lugar de encuentro con Melinda, con tiempo de sobra para poder solucionar cualquier contingencia en el camino, ya que una rueda pinchada siempre era algo que podía suceder. Harry era un maniático de la hora y, desde que vivía en España, se había vuelto aún más. Por lo que veía de su entorno, la gente no se tomaba la puntualidad nada en serio. No sabía si era casualidad o si la gente en Murcia o en España en general era así como parte de la cultura popular. Por lo que le habían comentado, quizás era esto último, pero el caso es que se había propuesto no caer en esa costumbre y llegaba a los sitios siempre antes de la hora convenida. En una misión de este calibre y tan importante, no iba a dejar que, por no salir lo suficientemente temprano, algo pudiera salir mal. Así que obligó a Martha y a Ángela a salir con media hora de antelación. Para eso era el jefe de la misión.

Cuando llegaron al *rendez vous*[18], como decía Martha, les tocó esperar. Era la entrada del pueblo y había un descampado en un lateral del camino con algunos árboles. No había ningún otro coche aparcado, así que aparcaron ahí medio camufladas entre los árboles y esperaron. A las cinco menos cinco, vieron aparecer una figura femenina andando hacia ellas, era Melinda. Iba andando a paso rápido, con minifalda y top de colores oscuros. En cuanto llegó a ellas, dijo:

—¿Y mi padre?

---

18 Voz francesa para designar «cita».

—Tranquila, Melinda, tu padre está bien, estarán a punto de llamarme mis compañeros, y tú misma lo podrás comprobar. Esta es Martha, trabaja conmigo, puedes confiar en ella —le contestó Ángela. Martha le sonrió y la saludó con la mano, a lo que Melinda respondió con otra sonrisa. Justo entonces, le sonó a Ángela el móvil. Miró a Melinda y le dijo antes de cogerlo:

—A partir de que te lo pase, tienes dos minutos y ni un segundo más, por seguridad. —Melinda asintió con la cabeza mientras unas lágrimas comenzaban a brotar de sus ojos.

—Sí, Ángela —dijo Ángela al descolgar—. Sí, un segundo —contestó en inglés y le tendió el teléfono a Melinda.

Melinda lo cogió y comenzó a hablar en filipino emocionada. Ni Ángela ni Martha entendían una sola palabra de lo que estaba hablando, pero sí estaban entendiendo la parte no verbal, y a Melinda se la veía emocionada y también aliviada y contenta. Cuando llevaba un minuto, Ángela le levantó el dedo índice para indicárselo y para avisarle también que le quedaba un minuto exactamente, a lo que Melinda sonrió. Cuando quedaban diez segundos, le abrió las palmas de sus manos para que Melinda pudiera despedirse y le tendió la mano para que le diese el móvil. Cuando se acabó el tiempo, Melinda le dio el móvil sin poner ninguna pega.

—¿Qué tal?, ¿se encuentra bien? —preguntó Martha para tratar de empezar a ganar confianza con Melinda también.

—Sí, está un poco confuso el pobre porque no entiende bien la situación, pero está bien. Dice que vuestros agentes, o como sea que los llaméis, están vigilándolo y que está seguro, que parece que se puede confiar en ellos, aunque los entiende regular, el pobre no habla inglés demasiado bien —contestó Melinda, secándose las lágrimas, mientras añadía—, muchas gracias, de verdad. Ahora cumpliré mi parte del trato. ¿Qué queréis saber?

—Me alegro mucho, de verdad. Enseguida, te reunirás con él y dejarás atrás toda esta pesadilla, ya verás. Ahora, si te parece, te vienes con nosotras a nuestra base de operaciones, si podemos llamarla así, y allí te haremos unas preguntas, ¿OK? —le dijo Ángela abriéndole la puerta de la furgoneta—. No está lejos, puedes confiar en mí y en mi equipo, ya has visto que cumplimos lo prometido y estamos aquí para ayudarte.

Mientras subían a la furgoneta, Martha le dijo a Harry que todo había salido bien y que se dirigían a la casa. Harry y Piotr mientras prepararon un espacio lo más confortable posible para el interrogatorio a Melinda. Le dejarían un sillón cómodo, con una mesa al lado para dejar su bebida si quería, y un cenicero. Ángela se sentaría en el sofá al lado del sillón en el sitio más cercano a ella para darle confianza, y para poder cogerle la mano en señal de cercanía si fuera necesario consolarla... A continuación, se sentaría Martha en el mismo sofá. Al otro lado del sillón, no habría nadie, para no darle a Melinda en ningún momento la sensación de que estaba atrapada o rodeada. Enfrente, se sentaría Harry en una silla para conducir el interrogatorio, a unos dos metros de Melinda más o menos para darle un espacio suficiente para que no pareciese un interrogatorio policial. Piotr, mientras tanto, estaría a la mesa, escuchando todo y tomando notas de una forma inocente en apariencia. La realidad es que, además de las notas que pudiera tomar, estaría monitorizando la voz de Melinda con su ordenador buscando posibles altibajos o patrones no normales en sus respuestas; en definitiva, algo que pudiese indicar si Melinda estaba más o menos cómoda, si estaba mintiendo, si se estaba poniendo más nerviosa por momentos... Enseguida, oyeron el ruido del motor de la furgoneta, que se detuvo a los pocos segundos. La puerta se abrió y primero entró Martha seguida de Melinda y por último Ángela, que fue quien cerró la puerta y presentó a Melinda al resto del equipo. A continuación, Harry quiso explicar lo que iba a suceder.

—Hola, Melinda, nos alegramos de que tu padre esté a salvo y estamos convencidos de que te reunirás con él muy pronto. Yo soy Harry y, si te parece bien, voy a conducir esta charla que vamos a tener. Piotr se sentará a la mesa de ahí detrás a escucharte y tomará notas. No te agobies si lo ves tomar muchas notas, no significa que lo estés haciendo mal ni mucho menos.

—Tomo notas de detalles que pueden parecer insignificantes, pero que luego pueden ayudar mucho, nada más —añadió Piotr levantando su pulgar derecho.

—Exactamente —continuó Harry—, hemos pensado, siempre que estés de acuerdo, en que te sientes en este sillón. Ángela estará a tu lado en todo momento en el sofá. Podemos hablar en inglés si lo prefieres. Si quieres fumar no hay problema, aquí hay un cenicero y, si no tienes tabaco, nosotros te damos. ¿Te apetece beber algo?

—¿Una cerveza puede ser? Tabaco tengo yo, muchas gracias. Me parece todo bien, en español está bien —contestó Melinda.

—Claro, por supuesto, Martha trae una cerveza, por favor. Antes de empezar, quiero decirte que, si necesitas parar en algún momento, simplemente dilo y paramos. También quiero que entiendas que no es nuestra intención hacerte recordar nada para hacerte daño, pero es de vital importancia que contestes a todo lo que te preguntemos en la medida de lo posible si queremos tener éxito en nuestra misión y que todos podamos irnos a casa contentos. Lo entiendes, ¿verdad? —concluyó Harry.

—No te preocupes, lo haré lo mejor que pueda, ¿empezamos? —contestó Melinda cogiendo la cerveza que Martha le estaba tendiendo y sentándose en el sillón.

Harry sonrió y asintió con la cabeza. Comenzó preguntándole sobre qué podía decirle del interior del chalet, y Melinda empezó su relato:

—El interior del chalet es de dos pisos. Conforme entras por la puerta principal, a la izquierda, hay un cuarto que siempre está cerrado. No sé lo que hay dentro, pero alguna vez ha coincidido que salía un tío y entraba otro, y he podido ver de reojo pantallas y como consolas con teclados, no sé.

—¿Podría ser un centro de vigilancia que controle las cámaras que hay en la propiedad? —preguntó Harry.

—No lo sé, supongo que podría ser, sí, no tengo ni idea. No está cerrado con llave; cuando he dicho cerrado, me refiero a la puerta nada más. Cuando entran y salen, no echan ninguna llave, ni hay ningún lector de nada, rollo, tarjetas ni nada de eso —contestó Melinda.

Harry, sin dejar de mirarla, le hizo un gesto a Piotr con la mano. Cualquiera que lo hubiese visto, habría confundido el gesto con el de pedir la cuenta en un bar (gesto universal).

—Bien, continúa, por favor. ¿Qué más hay en la planta de abajo?

Harry se encendió un cigarrillo y le ofreció uno a Melinda, quien lo cogió agradecida. Mientras se lo encendía y echaba la primera bocanada de humo, prosiguió:

—He dicho que ese cuarto estaba a la izquierda conforme entras por la puerta; si desde ese cuarto comenzamos a mirar a la derecha, lo siguiente que se ve son unas escaleras que conducen al piso de arriba.

—¿Te importaría, por favor, describir las escaleras, Melinda?

—Pues habrá como quince o dieciséis escalones, no sé, son de madera, parecen nuevos, y la barandilla es muy fea, marrón oscuro. Es recta, desde abajo, si miras hacia arriba, se ve la puerta que da al piso de arriba.

—Vale, perfecto, sigue, por favor.

Melinda le dio un trago a su cerveza y siguió.

—A la derecha de las escaleras, hay una habitación alargada grande que es una bolera. A ese cabrón y a la puta de su mujer les gusta mucho jugar a los bolos. Solo hay una calle y una barra pequeña al entrar con un banco para sentarse y un armario donde hay zapatos de bolos.

—¿Tiene ventanas? ¿Cuántos accesos tiene la bolera?

—No, no tiene ventanas. Y solo tiene una puerta de acceso.

—¿Estás segura?

—Me he pasado muchas horas bailando desnuda en esa habitación y sirviéndoles copas a esos dos mientras jugaban a los bolos, así que sí, estoy segura.

—De acuerdo, disculpa, no pretendía dudar de ti. —Harry se disculpó sin dudarlo. Sabía que Melinda era una testigo frágil en ese momento, a pesar de la entereza que aparentaba y no quería destruirla emocionalmente, entre otras cosas porque, entonces, no les serviría de nada para la misión. Se dio cuenta de que Ángela le cogió la mano a Melinda, y ella se la apretó.

—Tómate el tiempo que necesites antes de continuar. Martha, por favor, trae unos cacahuetes de la cocina para todos, nos vendrán bien —dijo Ángela.

Martha obedeció y trajo cacahuetes para todos. Los frutos secos proporcionan energía y despejan la mente, era lo que necesitaban en ese momento. Todos cogieron un puñado, y Melinda decidió proseguir, sin soltar la mano de Ángela.

—Al lado de la bolera, justo en línea recta desde la puerta de entrada, hay una habitación. Ese es el cuarto de los que podemos llamar guardaespaldas, ahí duermen todos. No os lo he dicho, pero son seis tíos y dos tías los que están en el chalet aparte de la pareja. En esa habitación, hay seis camas y un cuarto de baño. Como siempre hay alguien de guardia, siempre tienen camas para todos. A veces, cuando Abdul e Isabelle acababan conmigo o se cansaban de mí, me dejaban en esa habitación con esos animales un rato antes de ordenar que me llevaran de nuevo a casa. A las dos mujeres, incluso, les divertía mirar... Por favor, necesito hacer una pausa. —Melinda se levantó bañada en lágrimas y se fue al baño. Todos se miraron con una expresión de rabia contenida. ¿Cómo era posible que hubiese gente así en el mundo? Desde luego, si en la misión se llevaban a alguno de ellos por delante, nadie del equipo de FAI lo iba a lamentar demasiado.

Pasaron diez minutos, y Harry le hizo un gesto a Ángela para que tocase a la puerta del aseo. Se oyó un «salgo enseguida» desde dentro, y un par de minutos después salió Melinda. Volvió a sentarse en su sitio dispuesta a continuar.

—Bien, Melinda, describe, por favor, esa habitación lo mejor que puedas —pidió Harry.

—Pues es grande, rectangular. Tiene un aseo dentro, al fondo. Como he dicho, hay seis camas y un par de armarios grandes. Aparte de eso, no hay más mobiliario, salvo una mesilla de noche por cama. Ah, y hay dos ventanas que dan al exterior. No hay mucho más que destacar.

—Bien, perfecto, continúa, por favor.

—Mmm, pegado a la habitación por fuera, hay otro cuarto de baño. Bueno, no lo he dicho, en los aseos hay ventanas pequeñas, tanto en este como en el de dentro de la habitación. No cabe una persona, a lo mejor ni siquiera un niño. Después, más a la derecha, hay una puerta cristalera grande que da acceso a la piscina y al jardín de atrás. Esa puerta, que yo sepa, no tiene llave, solo una manivela para entrar y salir que, si está cerrada desde dentro, no se puede abrir desde fuera. Justo al lado de esa puerta está la cocina. La cocina tiene un par de ventanas, una que da a la piscina y otra en la pared perpendicular a esa. No tiene acceso afuera directamente, solo tiene su puerta de entrada, que es perpendicular a la puerta por donde se sale a la piscina. Hay una encimera grande y una lavadora, lavavajillas, frigorífico, horno y un fregadero enorme. Si seguimos, al lado de la cocina, hay una habitación que se utiliza como despensa. Ah, bueno, se me olvidaba, justo entre ellas hay una puerta que no sé dónde da.

—¿Puede ser otra puerta al exterior?

—Supongo que puede ser, pero no está a la altura de la pared, está antes. Si es otra salida, hay un poco de pasillo antes de llegar fuera, no tiene mucho sentido.

—Harry, en nuestras imágenes del exterior no hay ninguna puerta ahí. Yo ahí no vi nada. Debe ser una pequeña habitación, un armario..., no sé, pero no una salida —interrumpió Martha.

—Esa puerta, ¿nunca la has visto abierta? —preguntó Harry.

—No, la verdad es que no, no sé qué hay ahí —contestó Melinda—. El caso es que, como digo, está entre la cocina y la despensa. La despensa la usan para almacenar alimentos y bebidas. Y para encerrarme durante horas cuando dicen que me he portado mal. Se puede cerrar con llave desde fuera.

La verdad es que el testimonio de Melinda estaba siendo impresionantemente desgarrador. Harry no podía ni hacerse una idea remota de lo que le tenía que estar costando todo esto a la pobre chica. Desde luego, se estaba convirtiendo en un incentivo más para llevar a cabo la misión, más allá del dinero. Y eso que todavía no había hablado del piso de arriba donde estaría el dormitorio principal y donde suponía que se producía lo peor para Melinda.

—Y ya al lado de la despensa está el salón. Es inmenso y llega justo al lado de la puerta principal. Tiene una chimenea en el lateral, tres sofás gigantes y una televisión enorme. Los guardaespaldas suelen estar ahí si no están durmiendo o de servicio. También hay una mesa grande, donde cabrían unas doce o catorce personas. Y ese es el piso de abajo. No hay mucho más que decir, salvo que tiene una ventana grande que da al lado de la fachada principal, más o menos a la altura de la mitad del salón.

—Fenomenal, Melinda, lo estás haciendo muy bien. ¿Cómo es de grande la chimenea?

—Pues no sé, es grande.

—¿Dirías que cabe una persona por ella por el hueco que tiene?

—No he mirado por el hueco, pero a simple vista yo diría que sí.

—Muy bien, Melinda. Si subimos al piso de arriba por las escaleras, ¿qué nos encontramos?

—Conforme subes, de frente, tienes una habitación vestidor de Isabelle. Tiene un montón de ropa y zapatos, un banco para sentarse y un espejo. No hay ventanas. Y, a la izquierda de las escaleras, hay una única habitación principal que ocupa todo el ancho y el largo del piso de arriba. Tiene una puerta cerca de la escalera. Es el dormitorio más grande que yo he visto nunca. Tiene una cama en la que caben cuatro o cinco personas sin problemas. Conforme entras a la habitación, a la derecha, tiene un cuarto de baño muy grande, con *jacuzzi* y sauna. Y, a la izquierda, en el otro lado, en la esquina del chalet, hay una terraza con una mesa y cuatro sillas. Hay un par de ventanas más en la habitación, pequeñas, una en el lado del cuarto de baño y otra perpendicular. Con eso y la luz que da la terraza es suficiente. —Melinda dio otro trago de cerveza e hizo una breve pausa mirando al techo—. Quiero ayudaros a acabar con esos cabrones. Quiero matarlos yo misma.

CAPÍTULO XIII

Harry comprendía a Melinda muy bien y por eso precisamente no podía contestar otra cosa que lo que contestó.

—Esa opción está totalmente descartada, Melinda.

Melinda comenzó a protestar de forma enérgica. Se levantó del sillón y exclamó:

—No tenéis ni idea de lo que me han hecho.

—No, Melinda, no tenemos ni idea y por eso mismo no puedo complacer tu deseo —contestó Harry sin alterarse lo más mínimo—. Primero, hemos roto todos los protocolos que hay y algunos más al contarte quiénes somos y la operación que vamos a realizar. Pero hay uno que todavía no hemos roto y que no estoy dispuesto a romper y es el de dejar participar a una civil activamente en una misión. Porque puede ser peligroso para ti y también porque puede poner en peligro la propia misión y a nosotros porque no estás entrenada ni preparada. No hay más que hablar. Ya nos estás ayudando bastante. Estás siendo pieza clave; de hecho, sin toda esta información tan valiosa que nos estás dando, nos sería mucho más difícil llevar a cabo la misión. Tendrás que conformarte con eso.

—Melinda, es lo mejor para todos —reforzó Ángela en el tono lo más reconfortante que pudo.

—¿Qué nos puedes decir de las otras ocho personas que hay en el chalet acompañando a Abdul y a Isabelle? Cualquier cosa nos podría ser útil —preguntó Harry para dar por cerrada la discusión sobre la participación activa de Melinda en la misión.

Melinda puso una cara de mezcla entre resignación y comprensión. Daba la sensación de que, aunque su sed de venganza era fuerte y seguía ahí, comprendía que los profesionales eran ellos y que eran quienes mejor sabían cómo llevar a cabo el objetivo, que al fin y al cabo era común y en realidad era lo importante. Así que iba a seguir intentando ayudarlos.

—Pues hay dos de esos cabronazos que son árabes. El resto son occidentales, también las tías. No sabría decir de dónde, ellas parecen españolas por la forma de hablar y dos de ellos, incluyendo el que me recoge y me lleva, también. El resto hablan español, pero con acento de fuera, cada uno de un sitio. Todos hablan en español entre ellos, también las mujeres. Todos llevan una pistola siempre, ellas también. Todos están bastante fuertes. Con Abdul e Isabelle siempre hay mínimo dos en la puerta de la habitación donde estén. El resto está en la habitación esa que habéis dicho que puede ser de vigilancia; y algunos, fuera, siempre dando vueltas..., no sé.

Harry le apuntó:

—Necesitamos saber rutinas, Melinda. Voy a recapitular, y tú me dices si por lo que tú sabes voy bien. Por favor, concéntrate. Por lo que dices, dos de ocho están siempre con, llamémoslos, los objetivos. Entiendo que hay algunos de guardia, uno siempre en la que hemos llamado sala de vigilancia (Melinda asintió con la cabeza), por lo que quedarían cinco. Voy bien, ¿no?

—Sí, Harry.

—De esos cinco, mínimo serán dos los que están, como si dijésemos, patrullando por la parcela o por la casa, ¿te cuadra eso, Melinda?

Melinda se quedó pensativa mientras le daba otro trago a su cerveza y, acto seguido, dijo:

—Sí, que yo recuerde siempre van dos juntos.

—Perfecto, gracias, Melinda. Creo que tenemos todo lo que necesitamos, ¿te gustaría añadir algo más, cualquier cosa? Cualquier mínimo detalle puede ser de ayuda —le preguntó Harry para dar por finalizado el interrogatorio.

—Mmm, no, creo que no.

—Fenomenal. De todas formas, cualquier cosa que se te ocurra, nos llamas. Ángela te llevará ahora a casa y te dará nuestro contacto. Tú actúa normal, con tu rutina. Si te avisan del chalet, nos lo dices inmediatamente a la hora que sea. Esperamos, de todas formas, llevar a cabo la misión pronto, con suerte no les dará tiempo a avisarte más. Una vez que todo se complete, te avisaremos de alguna forma —concluyó Harry levantándose de su asiento. Ángela y Martha también se levantaron y, acto seguido, lo hizo también Melinda. Piotr seguía inmerso en su equipo tecleando cosas.

—Tienes agallas, Melinda, lo has hecho muy bien. Cuando acabe todo esto, ¿te gustaría entrenar para unirte a nosotros o a algunos como nosotros? Creemos que podrías ser de gran ayuda. Y es un trabajo bien remunerado. No hace falta que me contestes ya. De hecho, no lo hagas. Cuando acabe todo, hablaremos —le dijo Harry estrechándole la mano. Melinda sonrió y no dijo nada. A continuación, salió con Ángela por la puerta.

—Esperamos a Ángela y comentamos, ¿no? —preguntó Martha.

—Correcto —contestó Harry—. ¿Lo tienes todo? —añadió a continuación mirando a Piotr.

—Sí, jefe, he hecho unos planos a partir de lo que ella ha dicho, ahora os los enseño y vemos —contestó Piotr.

Harry dio un par de palmadas de aprobación a su compañero y se dirigió a la cocina a abrir una bolsa de patatas fritas. Estaba contento. A poco que los planos de Piotr estuviesen aceptables (cosa que no dudaba ni por un segundo), con todo lo que había aportado Melinda, estaba seguro de que podrían trazar un plan con ciertas garantías, si es que se podía hablar de garantías en una misión así. Joder, había completado misiones con mucha menos información que esta. Una vez, por ejemplo, rescató a un niño de un secuestro sin saber siquiera cuántos secuestradores eran. Le dijeron que tenía que entrar en una nave abandonada y rescatarlo. Era el hijo de un diplomático japonés secuestrado en Connecticut, y tenía que rescatarlo antes de provocar una crisis entre países, por lo que no tuvo tiempo de recabar más información que la justa. Entró en la nave casi a ciegas y logró rescatar al chaval y evitar la crisis diplomática, enfrentándose a cuatro secuestradores cuando parecía que solo eran dos. Por suerte, salió bien, pero tuvo bastante fortuna. Ahora sí que tenían toda la información. Además, contaba con un equipo estupendo.

Ángela volvió enseguida, y se sentaron todos alrededor de la mesa, donde Piotr les enseñó los planos, tanto de la parcela (este lo había hecho con la información visual conseguida sobre el terreno y los datos preliminares de la misión, ya que Melinda cada vez que entraba y salía de la parcela llevaba los ojos vendados) como de la planta baja y la superior:

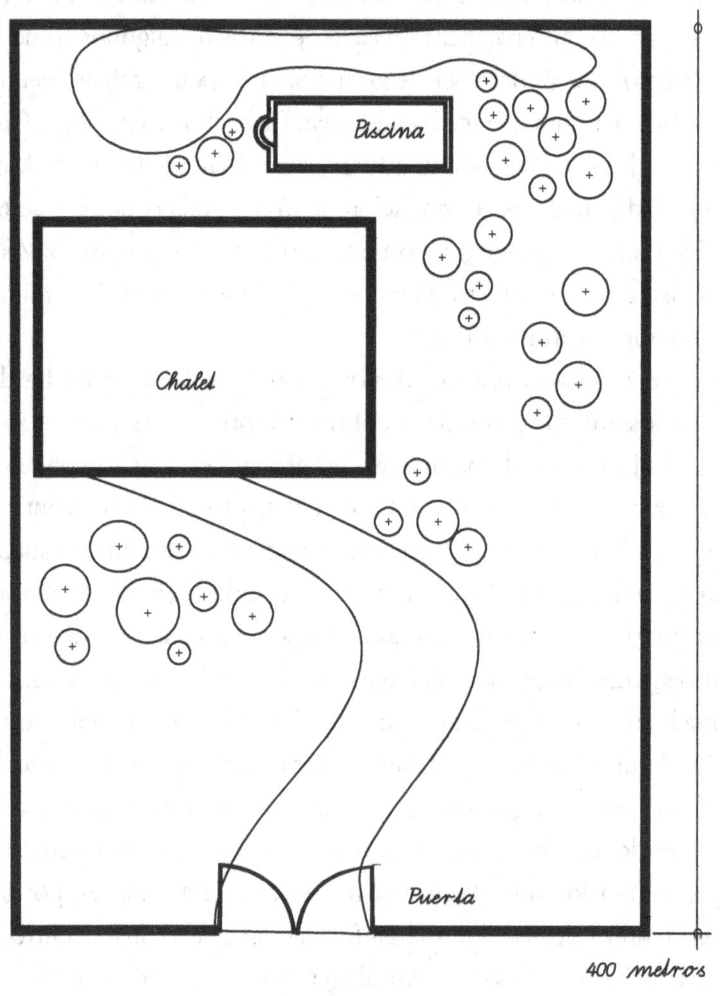

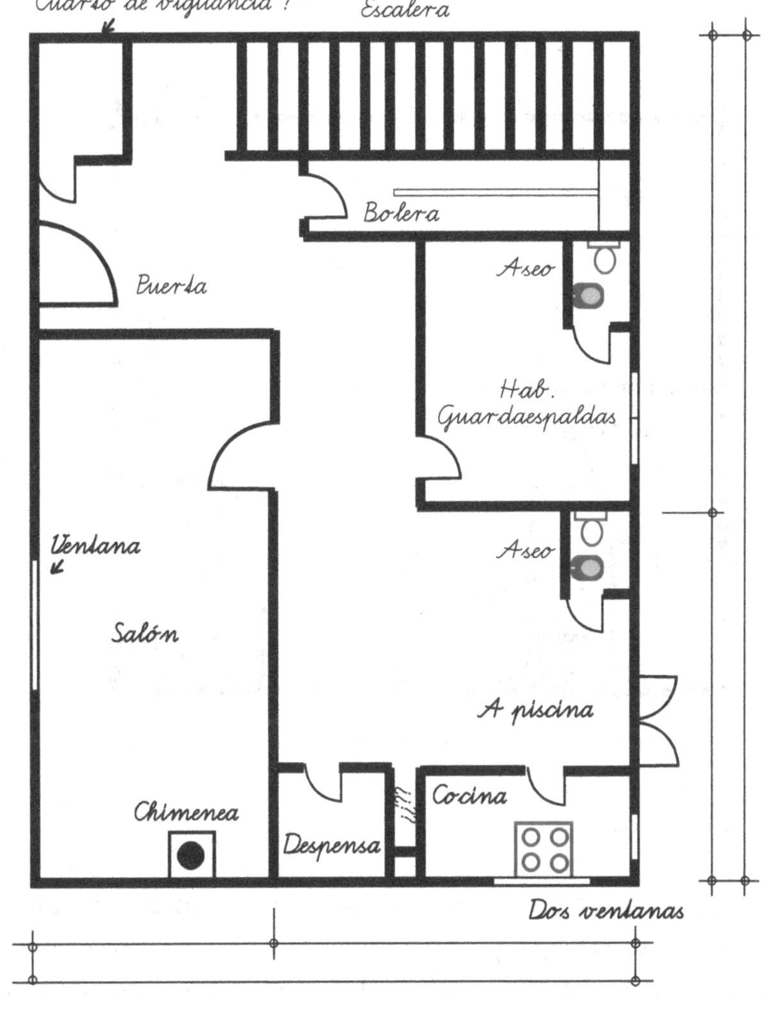

- 100.000 metros cuadrados de parcela.
- dos plantas.

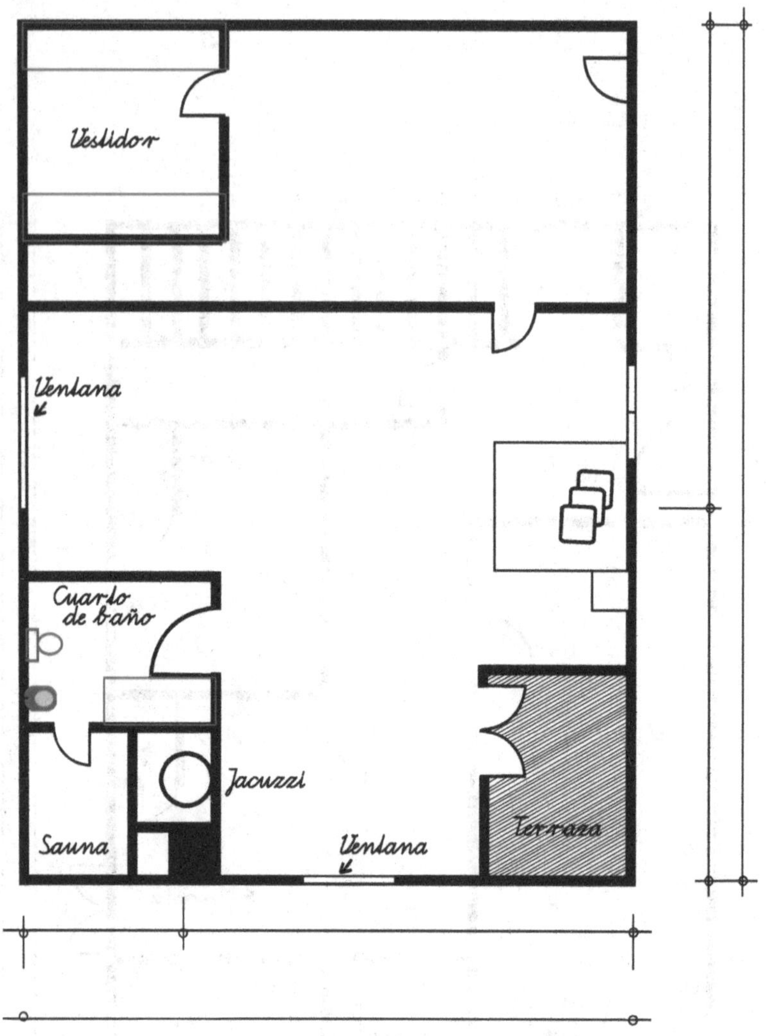

—En mi opinión —comenzó Piotr—, y viendo el chalet, hay varios puntos de entrada que podrían ser factibles en caso de conseguir burlar las cámaras de seguridad y la patrulla, que ahora iremos con eso. En la planta de abajo, aparte de la puerta principal, tendríamos la puerta de cristal de la piscina, así como alguna de las ventanas. La puerta de la piscina no debería ser muy difícil de forzar haciendo palanca. El problema es llegar hasta ella. Hay árboles si saltásemos desde lo más atrás posible, pero están las cámaras que hay en ellos y las del tejado. Ese mismo problema lo tendríamos también en caso de querer entrar por las ventanas. Otra posibilidad que veo, aunque quizás es un poco peliculera, es la chimenea. Si pudiéramos aterrizar en el tejado, habríamos evitado las cámaras. Melinda ha dicho que cree que por la chimenea cabe una persona. Podemos, con la foto del satélite, medir la longitud de sus lados y estimar con el grosor medio de una chimenea de esas características que haya en el mercado si eso es factible, por lo menos para Ángela, que es la que está más delgada del grupo.

—Es una posibilidad, Piotr, aunque arriesgada. Ángela aterrizaría en el salón donde es posible que pueda haber algún guardaespaldas echando el rato, estaríamos a ciegas —apuntó Harry.

Ángela dijo que ella estaba dispuesta, a lo que Harry le contestó que no lo dudaba ni por un instante, pero necesitaban alguna idea más. A Harry no lo convencía hacer la jugada de Mary Poppins, necesitaban tener más controlado al enemigo. Aparecer dentro sin más dejaba mucho al azar, necesitaban que el enemigo hiciera lo que ellos quisieran que hiciese y para ello tenían que localizar el eslabón débil.

Melinda había dicho que la patrulla era siempre de un par de personas. Otros dos con el objetivo y uno más en la sala de vigilancia. Los otros tres, en sus horas libres. Los que vigilaban al objetivo y el de la sala de vigilancia seguro que tenían órdenes de no moverse de sus puestos. Por tanto, esos estarían controlados. Con los prismáticos infrarrojos se podría controlar su posición en el chalet y de ella no se moverían. Pero el resto iría a controlar cualquier situación inesperada, aunque estuvieran de patrulla o descansando.

—Bien, chicos, se me ocurre lo siguiente. Provocamos algo que haga que la patrulla y los tres libres vayan fuera del chalet donde podamos neutralizarlos. Algo que provoque que Abdul e Isabelle tengan que permanecer escondidos, probablemente en su habitación. Se me ocurre un incendio en la parcela o algo así. De esa forma, Ángela podrá entrar por la chimenea si comprobamos que cuadran las medidas para ello, y neutralizar al de la sala de vigilancia mientras el resto neutralizamos a los cinco fuera. A partir de ahí, tendríamos el chalet y el objetivo para nosotros y tendríamos fuerzas igualadas. ¿Qué os parece? —Harry expuso su plan sin reflexionarlo mucho, pero su objetivo real no era tener ya el plan definitivo, sino que era activar a su equipo y que empezase la tormenta de ideas.

—Yo creo que eso es llamar demasiado la atención, Harry. Es ponerlos en alerta demasiado pronto y de manera innecesaria —contestó Martha.

—¿Y tú qué sugieres, Martha? No podemos esperar a que nos abran la puerta y nos dejen pasar con alegría.

Martha sonrió y le dio una palmada a Harry en el hombro.

—Eso es precisamente lo que pretendo, Harry —dijo—. Déjame que te cuente mi plan.

—Soy todo oídos.

CAPÍTULO XIV

Loretta era una chica responsable en su trabajo. No habría faltado, salvo alguna causa de fuerza mayor y, desde luego, si hubiese tenido que hacerlo, habría avisado y se habría excusado una y mil veces con su compañero/encargado. Eso creía Sofía al menos. Algo iba mal.

Tras colgarle a Pedro y, aunque ya era bastante tarde, Sofía decidió coger el coche y bajar a la comisaría a poner una denuncia. Estaba preocupada de verdad. No podía evitar pensar que podría haberle pasado algo y que además podría ser por su culpa. Al bajar, se dio cuenta de que el coche de Loretta seguía aparcado en la puerta de casa. Llegó de madrugada a la comisaría, donde la recibió una agente que, tras decirle Sofía que venía a poner una denuncia por una desaparición, le comentó amablemente que esperase un minuto en la sala de espera. Pasado ese minuto, la hizo pasar a una sala pequeña, con una mesa de escritorio donde había un ordenador y le dijo que se sentase y empezase a contarle. Nunca había estado en esa comisaría, pero desde luego no se parecía nada a las de las películas o series americanas. De hecho, le pareció bastante descuidada y vieja, sin duda necesitaba una renovación.

Sofía le describió a la agente la situación con todo lujo de detalles. Se sentía un poco avergonzada de la parte en la cual la había rechazado tras pasar la noche con ella, pero daba igual, lo fundamental era encontrar a Loretta sana y salva, lo demás era secundario. De todas formas, Sofía no percibió en la agente nada que le indicase que la estaba juzgando ni muchísimo menos, así que eso le generó confianza.

—Entonces, ¿usted sospecha que puede haberle pasado algo?

—Sí, no es normal que se haya esfumado, que no haya ido a trabajar, que no haya publicado nada en sus redes, que su teléfono esté apagado.

—¿Teme por su vida?

—¿Cómo dice?

—Que si cree que podría haber atentado contra su propia vida.

—Dios, no.

—¿Ha llamado a su familia a ver si ellos saben algo?

—Su familia está en Italia, su padre y su hermana mayor. Bueno, y los hijos de ella, sus sobrinos. Su madre murió cuando era pequeña. No los he llamado, no quería preocuparlos.

La agente de policía tecleaba en su portátil a gran ritmo. Terminó a los pocos segundos de que Sofía acabase de contarlo todo y de responder a las preguntas que le hizo, y a continuación añadió:

—Vale, mire, señora, voy a ser sincera del todo. Esto pinta a ser una pataleta por lo que le pasó con usted. A veces, algo nos da tanta rabia que explotamos y cada uno sale vaya usted a saber por dónde. En este caso, puede que haya decidido irse el fin de semana a desinhibirse por ahí y, dadas las circunstancias, a usted era a la última persona que deseaba avisar. Lo de faltar al trabajo sin decirlo es cierto que a lo mejor no es normal, pero ya le digo, lo mismo ha explotado y entonces le da igual todo en este momento. He visto casos así. Por tanto, le diré lo que vamos a hacer. Ya es domingo, usted váyase a casa y descanse. Lo más normal es que, dentro de unas horas, su amiga aparezca después de un fin de semana de desquite. Si no es así, intente llamar o dejarle un mensaje por redes a su familia o a la amiga que ha dicho que le comentó que tenía sitio en su casa para ella, a ver si saben algo. Y si el lunes sigue sin tener noticias, llámeme a este número. —La agente le dio una tarjeta con un número de teléfono móvil que además ponía que se llamaba agente Suárez.

Sofía cogió la tarjeta y sonrió. Le había resultado convincente y con empatía hacia todo lo que le había contado. Probablemente,

Sofía estaba sacando las cosas de quicio. Loretta era una persona adulta y seguro que la agente Suárez tenía razón. El despecho y la rabia del momento habrían hecho que se cogiese un taxi con lo puesto a cualquier sitio. Quizás al aeropuerto para irse el fin de semana a Mallorca. O a lo mejor a Italia a ver a su familia. Quizás, si hubiese llamado a su hermana, ya sabría que estaba con ellos y que se encontraba bien. Pero no quería preocuparlos estando lejos. No era normal faltar al trabajo, eso es cierto, pero tampoco era el trabajo de su vida. Si la despedían, podía trabajar en cualquier otra tienda o en un restaurante o en otro sitio. Además, su padre tenía mucho dinero, muchísimo. Loretta podría no trabajar nunca si quisiera, que no le iba a faltar de nada, aunque nunca había querido depender de su familia económicamente.

Sofía salió de la comisaría ya cerca de las tres de la madrugada. Seguía preocupada, pero ahora mismo no podía hacer nada. Mientras salía de la comisaría, un coche patrulla aparcó en la puerta y se bajaron dos policías que abrieron la puerta de atrás del coche y sacaron de ahí a un hombre esposado al que Sofía reconoció de inmediato. Joder, pero si era el taxista que la estaba llevando a casa la noche anterior y que tuvo el accidente. ¿Qué narices estaba haciendo ahí detenido? ¿Tendría que ver con el accidente de la pasada noche?

—Perdonen, conozco a este hombre, ¿ha hecho algo?

—¿Lo conoce?, ¿de dónde, señora? —preguntó uno de los policías.

—Pues es el taxista que me llevaba anoche a casa.

El taxista iba esposado y cabizbajo. Ni siquiera se dignó a mirar a Sofía cuando ella habló. Parecía en *shock* en ese momento.

Los dos policías se miraron entre sí y uno le hizo un gesto al otro para que metiese al taxista para dentro. Cuando entraron dentro del edificio, el otro policía le pidió a Sofía que, por favor, si le importaba entrar a ella y contarle lo que había sucedido la noche anterior. Sofía, ya intrigada, accedió.

Se sentó en la misma sala de denuncias donde había estado hacía poco rato, pero en otra mesa, en una esquina, con cierta separación del resto. Sofía supuso que el policía de ese sitio tendría un rango superior al de la agente Suárez, porque el escritorio era más grande y tenía más sitio vacío alrededor de su asiento. Parecía algo más cómodo, aunque desde luego nada del otro mundo. Enseguida, llegó el policía que la había invitado a entrar y se presentó como el sargento Sánchez. Le comentó que habían detenido a su taxista de la noche anterior debido a que una mujer lo había denunciado por intentar abusar físicamente de ella la noche anterior. Resulta que la mujer en cuestión era la del coche que había golpeado al taxista por detrás en el accidente donde Sofía iba en el taxi. Sofía confirmó esos hechos, pero ya lo único que pudo añadir era que otro taxista la había llevado a casa y el sospechoso en cuestión se había quedado arreglando los papeles por el accidente con la mujer, no vio nada más. El sargento le dio las gracias y le pidió sus datos para localizarla en caso de ser necesario.

—Sargento, dígame la verdad, ¿es culpable? —preguntó Sofía al levantarse.

—No es mi trabajo determinar eso, señora.

—Ya, pero ¿usted cree que lo es?

—No puedo decirle nada, señora, entiéndame, ni siquiera le hemos tomado declaración a él. La mujer ha denunciado, desde luego parecía bastante afectada, pero tenemos que comprobar los hechos. A veces las cosas no son lo que parecen —Sofía lo entendió y salió de la comisaría, esperaba que por última vez ese día.

Mientras caminaba hacia el coche, que estaba apenas a un par de minutos, iba pensando que era posible que la noche anterior hubiera estado sentada en el taxi de un violador. Cabía la posibilidad de que no, pero de momento también de que sí. Y si así era, no le había tocado a ella, pero sí a la siguiente mujer con la que el taxista tuvo contacto. Joder, era posible que se hubiera librado por los pelos. ¿Y si el taxista que acabó llevándola, al llegar a su casa la hubiese obligado a que subiera con ella? Aunque sabía defenderse sola, habría sido algo desagradable y peligroso. Entró a su coche y echó al instante el pestillo de seguridad. Se quedó un minuto detrás del volante pensando en los peligros que puede haber en meros hechos cotidianos, aunque fuese en una ciudad como Murcia, que no era para nada peligrosa ni insegura. A veces, el desconocimiento era felicidad, si no se hubiese enterado de la detención del taxista, no estaría aterrorizada en ese momento. Arrancó, llegó a casa, cerró la puerta con llave a las cinco y cinco minutos y le escribió a Harry preguntándole si ya sabía cuándo iba a volver, que tenía ganas de verlo. Su sorpresa llegó cuando Harry, acto seguido, la llamó por teléfono. Sofía lo cogió:

—Sofía, ¿ocurre algo? Son las cinco de la mañana.

—No, nada, no podía dormir y estaba pensando que me gustaría que volvieses pronto. —Sofía mintió porque no quería que Harry se preocupara. Ahora mismo él tampoco podía hacer nada—. ¿Sabes ya cuando vas a volver?

—Pues pronto, es posible que mañana cerremos la negociación con el cliente y completemos el trato y ya el lunes volveríamos si todo va bien.

—¿Mañana te refieres a hoy ya, domingo?

—Bueno, sí, hoy. ¿Qué tal con tus padres?, ¿les gusta Murcia?

—Muy bien, sí, les gusta mucho, mañana se van ya. Bueno, quiero decir, hoy. En fin, te dejo que descanses, siento haberte despertado. Ya me vas diciendo cuando vuelves. Que vaya bien la negociación.

—¿Seguro que estás bien? Te noto rara, como preocupada.

—Sí, sí, me he despertado al cuarto de baño y no me podía dormir y te he escrito. Pero estoy bien, de verdad.

—OK, bueno, pues duerme un poco, que es temprano todavía.

—Igualmente, un beso.

—Otro para ti, adiós.

Buenas noticias, al parecer Harry iba a volver pronto. Cuanto antes volviera, antes hablarían, y cada vez estaba más convencida de que la iba a perdonar y todo volvería a ser como antes. Correcto, pero ahora tenía que centrarse en Loretta. Ya de todas formas no podía dormir, así que encendió su ordenador y buscó a Bárbara, la amiga de Loretta, en todas las redes que tenía. La encontró (o eso creía ella, solo había una Bárbara en los contactos de Loretta) y le escribió un mensaje diciéndole quién era, lo que pasaba sin entrar en detalles y le dejó su número de móvil para que le dijese cuanto antes si sabía algo de Loretta. Después, sobre las seis de la mañana, se fumó un porro en la ventana de su habitación para terminar el largo día y con el colocón se acostó y se durmió enseguida.

Cuando el despertador sonó a las nueve de la mañana del domingo, maldijo a todos los santos que conocía y tiró su viejo despertador (Sofía no utilizaba la alarma del móvil) contra la pared. ¿Por qué había puesto el despertador un domingo a las nueve de la mañana? Entonces, se acordó de que tenía que llevar a sus padres al aeropuerto. «*Porca miseria*, me cago en mi puta madre, ni me acordaba», pensó. Se levantó como pudo, arrastrando toneladas de cansancio en todo su cuerpo, y se metió a la ducha. Puso un poco de música para espabilarse mientras se duchaba. Cuando comenzó a sonar *Sweet Child O' Mine*, de Guns N' Roses, empezó a coger fuerzas. Su carga de energía prosiguió cuando salió de la ducha y se hizo un café con leche tamaño gigante. Con eso tendría que ser suficiente para funcionar.

Por suerte, lo era, Sofía era una persona que cogía fuerzas enseguida para arrancar, se activaba rápido. Se vistió y bajó a por su coche. Quince minutos después, llegó al hotel de sus padres y los vio en la puerta con las maletas. Decidió no contarles nada de la noche anterior, no iba a hacer que se preocupasen cuando se estaban yendo del país. Y seguro que sería preocuparse por nada, porque todo iba a volver a la normalidad, estaba convencida de eso. O por lo menos intentaba autoconvencerse.

Cuando se montaron en el coche, le dijeron que tenía mala cara, y les dijo que había dormido poco porque se había ido a tomar una copa con un par de amigas, pero que ya estaba. El aeropuerto de Murcia está cerca de la ciudad, a unos veinte minutos, por lo que llegaron enseguida. Allí sus padres la invitaron a un café (que no le venía nada mal) en una de las cafeterías del aeropuerto, antes de pasar el control de seguridad para la salida. Tenían tiempo de sobra, ya que quedaba más de una hora y media para la salida del vuelo y no tenían que facturar equipaje. Además, a juzgar por la poca gente que había, iban a tardar tres o cuatro minutos como mucho en pasar el control de seguridad. Durante el café, Francesco y Arianna invitaron a su hija en el mes de julio a un fin de semana familiar en su villa de La Toscana con motivo del cumpleaños de Arianna, el último fin de semana de ese mes.

—Oye, hija, ¿tienes algo que hacer el último fin de semana de julio? —preguntó Arianna mientras le daba vueltas con la cucharilla a su café.

—Y, si tiene algo que hacer, que lo cancele, te vienes al cumpleaños de tu madre —acotó Francesco antes de que Sofía pudiese decir nada de manera un poco cortante, pero sonriendo cariñosamente.

Arianna cumplía sesenta y cinco años, y era una ocasión especial, por lo que tenían pensado celebrar una fiesta por todo lo alto e invitar a toda la familia y amigos. «Trae acompañante si quieres, está invitado», le añadió su padre para finalizar la invitación. Sabían que a finales de julio ya no tenía clase en la escuela de idiomas y también le dijeron que le pagaban los billetes de avión, así que Sofía no tenía excusa para no ir. Además, era el cumpleaños de su madre, por lo que tampoco pensaba faltar.

La villa familiar de La Toscana era uno de los sitios favoritos de Sofía del mundo entero. Sus padres la tenían desde hacía ya cuarenta y cinco años, antes de que ella naciese. Estaba cerca de Florencia, rodeada de pequeñas colinas con árboles muy verdes. Sofía recordaba jugar ahí de pequeña, correteando colina arriba. También cómo su padre la llevaba a ver a los gamos que correteaban cerca para echarles fotos. Y cómo, en cuanto empezaba a hacer calor, chapoteaba en la piscina de la villa mientras Mario, el cocinero, preparaba una barbacoa. Luego, de mayor, había pasado fines de semana de fiesta espectaculares allí con amigos. Sus padres le habían dejado las llaves cuando ella había querido, ya que siempre habían ido después y la casa estaba impoluta. Además, allí había perdido la virginidad con su primer novio, Marco, en una hamaca de la piscina con un paisaje inconmensurable de fondo. Aunque como suele ocurrir la primera vez que alguien practica el coito, objetivamente, no es gran cosa, eso no se olvida. La verdad es que tenía recuerdos inolvidables en ese lugar. La villa tenía mucho terreno al aire libre y la piscina era bastante grande, como de diez metros de largo. Además, la parte interior de la villa tendría unos trescientos metros cuadrados. No era ninguna mansión de Beverly Hills, pero estaba muy bien y también muy bien cuidada. Hacía un par de años que no iba y, la verdad es que cuando se lo dijeron, le apeteció mucho volver. Ya veríamos si volvía con acompañante o no, pero iba a ir.

Sofía se despidió de sus padres con cariño y volvió a la ciudad. La visita de Francesco y Arianna había resultado agradable si lo pensaba fríamente. Pero claro, no podía haber llegado en peor momento para ella, por todas las circunstancias que le estaban pasando. Aun así, habían pasado buenos ratos visitando la ciudad el fin de semana, tanto Sofía como sus padres. Podría decirse que el objetivo se había cumplido, a pesar de que la visita había sido en el peor momento posible. Incluso Sofía diría que le había servido de distracción.

Era domingo, pero era de los domingos que los comercios abrían, así que decidió ir de compras un rato, le vendría bien una renovación de armario. Miró el móvil, pero no había noticias de Loretta ni de Bárbara ni de nadie. Bueno, como en realidad poco podía hacer salvo esperar, una vuelta por las bonitas tiendas del centro de Murcia le vendría bien para distraerse. Aparcó lo más cerca que pudo del centro peatonal, caminó hacia la zona donde se concentraban varias calles peatonales y muchos comercios, y por allí se sentó en una terraza a tomar un café antes de iniciar el recorrido. Eran calles con mucha historia y le llamaba la atención que todas se llamaban desde la época medieval como los gremios que en ella albergaban, era muy curioso. Las dos más famosas, Trapería y Platería, eran confundidas a menudo por los propios murcianos. A veces, por la calle, se podía escuchar a la gente decir cosas como *«esa tienda está en la calle esa donde está el Casino, no sé si es Trapería o Platería»*, era muy llamativo.

Hacía una mañana muy agradable y disfrutó de un buen capuchino, como buena italiana que era, mientras veía a la gente pasar. Algunos, con bolsas de tiendas; otros simplemente paseando, algunos turistas... Al pedir la cuenta, se le acercó una cara familiar, era su compañero de trabajo Martín, profesor de alemán en la Escuela de Idiomas.

—*Guten morgen*[19], Sofía, ¿qué tal? ¿Qué haces por aquí?

Le caía bien Martín. Era un hombre divertido. En las cenas de Navidad, era siempre de los últimos en retirarse y, como Sofía también, pues al final habían hecho buenas migas. Además, su mujer, Gema, era un auténtico encanto.

—Pues nada, tomándome un café antes de iniciar las compras. Y tú, ¿qué tal?

—Bien, he quedado con mi cuñado para tomarme una cerveza mientras espero a Gema que ha ido a ver a su madre, y antes voy a acercarme a la tienda de móviles a ver si veo alguna funda para el mío, que se me ha roto.

—Pues genial, entonces, me alegro de verte.

—Yo también, Sofía, si te apetece, luego estaremos por la plaza de las Flores en algún sitio, pásate a tomarte algo.

—Vale, gracias, Martín, luego lo veo. Si no, mañana nos vemos. *Ciao*.

Sofía pagó su café y comenzó su ronda por las tiendas. Una hora y media después aproximadamente, con dos sujetadores, tres vestidos y un par de zapatos, Sofía puso punto final a la mañana de compras. No le apetecía acercarse a la plaza de las Flores a ver si veía a Martín, todavía estaba preocupada y no tenía el cuerpo para

19 «Buenos días», en alemán.

estar poniéndole buena cara a la gente. Le gustaba la plaza de las Flores, una plaza llena de terrazas con una fuente en medio y con mucho ambiente, pero ahora mismo no era el momento. Así que puso rumbo hacia su coche mientras pensaba que iba a pedir algo de comida a domicilio y seguiría la búsqueda *online* de Loretta. Al llegar al coche, le escribió a Martín para decirle que se iba a casa, que estaba cansada y, al terminar, su teléfono comenzó a vibrar y a sonar. Era un número que no conocía y no solía coger esas llamadas, pero dadas las circunstancias, decidió hacerlo.

—¿Dígame?

—¿Sofía Lombardi?

—Sí, soy yo, ¿quién es?

—La llamo de la policía de Murcia, ¿puede hablar un momento?

Sofía contestó que sí y escuchó con atención lo que la policía le estaba diciendo sin articular palabra alguna. No podía creer lo que estaba escuchando.

CAPÍTULO XV

—Adelante, Martha, explícanos tu plan —dijo Harry—, somos todo oídos.

—Gracias, Harry. A ver, equipo, por lo que Melinda nos ha dicho, hay una persona que sale con cierta regularidad del chalet para recogerla y para comprar provisiones. Pues bien, Ángela y yo volveremos al chalet con ese desgraciado como unas pobres chicas dispuestas a lo que sea para conseguir dinero. Una vez dentro, daremos luz verde a que el resto podáis entrar. Es sencillo.

La verdad es que era muy buena idea. Ellos mismos meterían al enemigo en el chalet por voluntad propia y, una vez dentro, todo sería mucho más fácil. Y no sería con la participación activa de Melinda como tal, estaría solo de acompañante hasta que entrasen, y luego la sacarían de allí. «*Joder, claro que sí*», pensó Harry. La verdad es que era una buena idea de partida, menuda suerte contar con Martha en la misión.

—Me gusta —dijo Ángela.

—Puede funcionar —añadió Piotr.

—Martha, ¿te he dicho ya que te quiero? —preguntó Harry.

—Harry, a mí tampoco me gustan los mentirosos, ya te lo he dicho. —Todos se rieron.

—OK, equipo, vamos todos a cenar algo y a descansar. Consultad con la almohada cómo concretar el plan con esta idea de partida. Mañana por la mañana, nos sentaremos y no nos levantaremos hasta tener el plan claro —ordenó Harry.

La cena transcurrió sin incidencias, se palpaba un ambiente alegre, pero sin euforia. Todos eran conscientes de la importancia y el riesgo de la misión y, al mismo tiempo, tenían ganas de acabarla ya con éxito, y tras ese día, cada vez lo veían más cerca. Pronto se fueron todos a sus habitaciones, y Harry se durmió enseguida. Sobre las cuatro de la madrugada, Harry se despertó y comenzó a darle vueltas al tema. Ya tenían el plan de partida, muy bueno. Les permitiría evitar todas las medidas de seguridad para entrar y no poner al enemigo sobre aviso, lo cual era una gran ventaja. Pero ¿cómo iban a llegar a eso? No podían llamar al timbre Piotr o él para ofrecer prostitutas a la casa. Era demasiado sospechoso, teniendo en cuenta que nadie sabía quién ocupaba el chalet. Los pondría sobre aviso. Esperar a que llamasen a Melinda de nuevo y que fuese ella quien las presentase como amigas que buscan un dinero era la mejor opción. Abdul no iba a sospechar ni de Melinda, ya que tenían a su padre como rehén en Filipinas, ni de un par de furcias, que sería lo único que vería en Ángela y en Martha. Sí, ese podía ser un buen plan de entrada.

No obstante, había un par de problemas con eso. El primero, que había que estar preparado para cuando llamasen a Melinda y eso no se sabía cuándo iba a ser. Se suponía que pronto, pero no tenían un calendario con el evento marcado. Podían estar esperando una semana y también podía ser dentro de diez minutos y que el equipo no estuviera preparado para la misión. El otro problema era la propia Melinda. No dejaba de ser una civil y hacer depender un plan de una civil sin entrenamiento era siempre arriesgado. De hecho, el protocolo del Conglomerado lo prohibía expresamente, salvo en rarísimas excepciones. El encaje en el protocolo no era algo que le preocupase a Harry, ya que, como siempre decía, todo en esta vida es defendible y justificable con un poco de imaginación, pero el riesgo de que Melinda lo pudiese echar todo a perder era real. Unos titubeos, una palabra más de la cuenta, una actitud que el enemigo considerase sospechosa y se podía ir todo al traste. Por otro lado, Melinda había dado muestras de gran entereza y de querer ayudar, y el riesgo estaría limitado en esencia al trayecto en furgoneta; una vez dentro, ya todo dependería del equipo de FAI.

Harry dudaba. Empezó a sudar y se levantó para beber un vaso de agua. Al levantarse, se dio cuenta de que Piotr no estaba en su cama. «Qué raro», pensó. Harry llevaba ya rato despierto con sus elucubraciones, y de la habitación no había entrado ni salido nadie. Se levantó y, conforme se acercaba a su puerta, comenzó a oír un ruido en el salón. Era un ruido más o menos rítmico. Abrió la puerta de la habitación muy despacio y vio que la puerta del pasillo, que daba a la cocina y al salón, estaba entreabierta. Conforme se acercaba a ella, el ruido se hacía más intenso. Harry ya se estaba haciendo una idea de lo que pasaba y dibujó una media sonrisa en su rostro. Al llegar a la puerta entornada, se asomó con cuidado y efectivamente era lo que pensaba. Vio en el sofá a Ángela de rodillas sobre Piotr, en pleno coito. Harry decidió que el vaso de agua lo cogería del cuarto de baño de su habitación. No quería molestar a sus compañeros mientras intercambiaban impresiones sobre la misión de una manera tan intensa. Si esto formaba parte de un nuevo ritual pre-misión que habían acordado, a Harry le parecía estupendo.

Piotr era varios años mayor que Ángela, pero es verdad que aparentaba menos. Estaba divorciado y tenía una hija en Varsovia a la que casi no veía por su trabajo. Por su parte, Ángela estaba soltera y sin compromiso, así que a Harry le parecía que entraba dentro de lo normal que a los dos les apeteciera divertirse en algún momento y más en un ambiente de tensión como el previo a una misión importante. Quién sabe si sería su última noche en la Tierra. Desde luego, no entraba en los planes de Harry hacer nada para impedirlo, no era asunto suyo. No era como esos entrenadores de fútbol que quieren tener todos los detalles controlados antes de los partidos. Que si la dieta, que si no salgan de fiesta, que si no tengan sexo... No, Harry no era así. Por supuesto que, si veía que el rendimiento en la misión no era el correcto, sería el primero en averiguar por qué. Pero si sus compañeros querían echar un polvo antes de la misión, fenomenal.

Así que se volvió a su habitación, entró a su cuarto de baño y bebió agua como si fuese un pastor alemán en la fuente del pipican del barrio, ya que no había vasos en el lavabo. Se volvió a la cama y, antes de que pudiera volver a empezar a darle vueltas al plan de la misión, le vibró el móvil personal en la mesilla. Era un mensaje de Sofía:

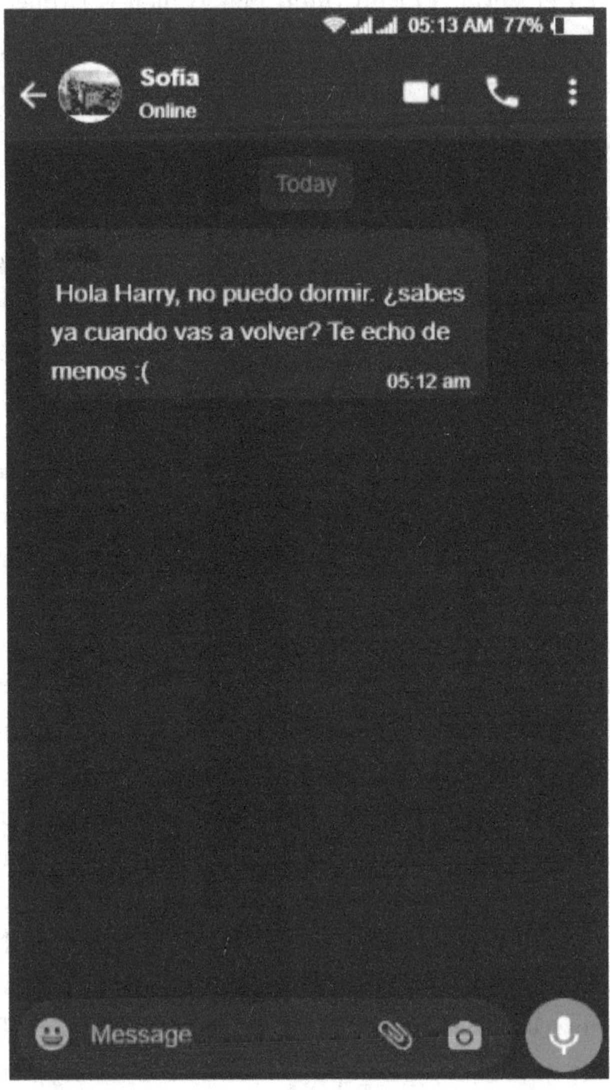

Harry decidió llamarla, tampoco era que a su compañero de habitación le fuese a molestar que hablase en ese momento. Fue una conversación no muy larga. Harry la notó preocupada por algo y, seguramente, ella no se lo quiso contar porque era algo que preferiría contarle en persona, pero algo sucedía. Y no estaba seguro de que fuese sólo que Sofía tenía ganas de solucionar el tema con Harry, parecía que había algo más. Pero, como no podía hacer mucho más en ese momento si ella no le contaba nada, pues decidió tratar de no pensar más en ello, así que colgó y comenzó a pensar de nuevo en el plan.

Una vez que las chicas estuviesen dentro, tendrían que facilitar acceso a los chicos y, para eso, habría que lidiar con varios problemas: la sala de vigilancia, la patrulla, y controlar a los que estuvieran en su descanso. ¿Cómo podrían hacerlo todo a la vez? Antes de poder contestar a esa pregunta, Harry cayó vencido por el sueño.

Se despertó sobre las ocho y cuarto zarandeado por Piotr.

—Despierta, jefe, tenemos que trazar el plan.

Harry abrió los ojos, desconcertado. Joder, ¿se había dormido? Vaya un jefe de mercenarios de mierda estaba hecho. Se levantó de un salto, aturdido todavía, y casi se cae al suelo.

—Tranquilo, jefe, te esperamos fuera, cinco minutos más o menos no van a decidir el destino de la misión —le dijo Piotr riéndose.

Harry se metió al lavabo a lavarse la cara mientras pensaba cuánto había dormido y si todo había sido un sueño. Miró el móvil y vio el mensaje de Sofía, así que eso había sido real. ¿Habría visto a sus compañeros de verdad en medio del acto sexual o lo habría soñado? Le pareció muy real por lo que entendía que así había sido. Tampoco iba a ir a preguntarles «Oye, estabais follando anoche vosotros dos, ¿verdad?». Harry se rio para sí mismo mientras se vestía. A los cinco minutos, salió al salón y vio a todo el mundo sentado a la mesa con su respectiva taza de café.

—Buenos días a todos, siento el retraso —anunció Harry.

—Buenos días, bella durmiente, ¿te ha dado ya el príncipe el beso para despertarte? —preguntó Martha, lo que produjo las carcajadas de Ángela y la sonrisa de Piotr.

Harry también se rio y continuó el vacile que había empezado Martha:

—No, me ha hecho otras cosas que me gustan más, ¿tenéis café hecho?

Ángela le pasó a Harry una taza, y él se echó café de la cafetera a la vez que se cogía una magdalena de chocolate, le apetecía dulce para desayunar esta vez. Es verdad que siempre desayunaba su desayuno americano de huevos con bacón, pero no había huevos y tenía que adaptarse.

—Bien, equipo, creo que partiendo de la idea que tuvo Martha ayer, tenemos varias cosas que definir:

»1) Cómo conseguir que dejen entrar a Martha y a Ángela.

»2) Cómo tomar la sala de vigilancia.

»3) Controlar la patrulla.

»4) Controlar a los que están en sus horas libres.

»A partir de ahí, Piotr y yo, o uno de los dos, podremos entrar y subir al piso de arriba donde tendremos que ver cómo:

»5) Nos deshacemos de los guardaespaldas y…

»6) Matamos a Abdul y a Isabelle haciendo que parezca suicidio o accidente.

»¿Sugerencias?

Eran las ocho y media de la mañana más o menos. Estuvieron dándole vueltas a la resolución de todas esas cuestiones y de todo lo que se les fue planteando. Sobre las cinco de la tarde, tras multitud de ideas puestas en común, algunos ratos de frustración y otros de euforia, lo tenían todo claro y sacaron el *whisky* para brindar. Cada uno se lo tomó de su forma favorita; Harry y Martha *on the rocks*[20], Piotr con una rodaja de naranja y refresco de naranja, y Ángela con

---

20 Con cubitos de hielo.

un solo cubito de hielo y algo de agua. El plan estaba claro y era un buen plan, en opinión de Harry. Lo único malo era que se sustentaba en que llamasen a Melinda. Si eso no sucedía, llegaría un momento en que tendrían que cambiar de estrategia, porque el riesgo de que Abdul e Isabelle abandonasen el país aumentaba. Pero ¡qué cojones! Habían venido a jugar y, si había que apostarlo todo al rojo, pues todo al rojo.

Melinda iría con Martha y Ángela cuando la llamasen y le preguntaría al guardaespaldas de Abdul, encargado de recogerla, si estaban interesados en un par de amigas más que buscaban trabajo. No había ninguna posibilidad de que dijese que no, eran seis tíos además de Abdul e Isabelle. Y a las otras dos mujeres guardaespaldas parecía no molestarles la presencia de Melinda, así que dos furcias más eran un caramelo demasiado goloso para rechazarlo.

No habían acabado de beberse su *whisky*, cuando Ángela recibió una llamada de Melinda. Descolgó, escuchó y levantó el pulgar hacia arriba para terminar la llamada diciendo: «En cuarenta y cinco minutos, te recojo y te explico. Sé puntual. Tenemos unos hijos de puta que matar hoy».

La casualidad, el destino, una alineación de planetas, vete a saber qué, había hecho que llamasen a Melinda justo ahora para que estuviese lista en una hora y media. Justo cuando acababan de definir el plan. No había tiempo que perder. Martha y Ángela fueron a cambiarse y, a los veinte minutos, salieron todos a por Melinda. Le comentaron a Melinda la parte del plan que necesitaban que supiera y se aseguraron de que la entendía. No debían decirle todos los detalles, sólo lo que concernía a ella. Compartir con una civil el plan entero solo podía desembocar en que se abrumase con detalles innecesarios y eso le hiciese quizás comportarse de forma sospechosa para el enemigo y, por último, fastidiar el plan sin querer.

Melinda lo entendió todo perfectamente o al menos esa era la sensación que dio. Se dirigieron al punto de recogida. Harry y Piotr las dejaron a unos quinientos metros y se fueron con el vehículo a colocarse en posición cerca del chalet. Martha, Ángela y Melinda llegaron a la gasolinera abandonada que hacía las veces de lugar de recogida y, a los pocos minutos, con puntualidad británica, apareció el vehículo C15 que esperaban. Eran las ocho de la noche. El vehículo se detuvo a unos cincuenta metros de ellas, y el conductor sacó una pistola y les apuntó.

—Oye, puta, tienes quince segundos para explicarme quiénes son tus amigas y qué hacen aquí —dijo dirigiéndose a Melinda. Ella levantó los brazos y comenzó a balbucear:

—Son cono... cono... cono... cidas del pueblo, necesitan dinero y son de confianza, les les les he dicho que a lo mejor os interesaban un par de chicas más, lo si... si... siento, por favor, no me mates. —Rompió a llorar a continuación, mientras Ángela y Martha permanecían en silencio con los brazos levantados.

El conductor bajó el arma y le puso la mano en la cabeza a Melinda:

—Tsss, tranquila, no llores, no pasa nada, te creo. Siempre vienen bien más chicas. ¿Os ha contado en qué consiste el trabajo entonces? —les preguntó a Ángela y a Martha.

—Sí, mientras se pague bien, no hay problema —respondió Martha.

—Pero tiene que haber un compromiso de discreción, lo entendéis, ¿verdad? —El conductor se acercaba cada vez más a ellas y comenzó a levantar el arma.

—No te preocupes, no diremos nada —dijo Ángela.

—Ya, pero veréis, no va a ser tan sencillo. —Comenzó a darle toques con el arma al pecho de Ángela—. Dadme vuestros carnets de identidad ahora —ordenó el conductor.

Martha y Ángela sacaron sus carnets de identidad falsos y se los entregaron al conductor. Este los miró y les hizo una foto por las dos caras.

—Así que tú eres Alba y tú eres Yasmine. Pues ya sabéis, Alba y Yasmine, que sabemos quiénes sois y dónde vivís, y podemos averiguar quiénes son vuestros seres queridos. Todo irá bien y cobrareis bien mientras tengáis la boca cerrada. Si no, todo se puede torcer. Y os aseguro que no os podréis esconder, ¿estáis de acuerdo? —preguntó el conductor entregándoles los carnets.

Ambas asintieron, y Melinda preguntó:

—¿Nos vamos ya? Hace calor aquí. —Ya parecía más tranquila o quizás lo de antes había sido una actuación, Ángela no lo tenía claro. Desde luego, si había sido una actuación, había estado de Óscar.

El conductor la miró y negó con la cabeza. Abrió la parte de atrás de la C15 y se sentó.

—Antes de daros el trabajo, tendré que ver si sois aptas para él. Tú parece que sí, me voy a fiar de mi instinto y te voy a dar por aprobada (mirando a Ángela), pero de ti no lo tengo claro, así que ven aquí —dijo haciéndole gestos a Martha con la pistola en la mano de que se aproximara. Martha se acercó, y el conductor se señaló sus partes íntimas.

—A ver cómo te desenvuelves ahí abajo, Yasmine. Y cuidadito con intentar nada que te vuelo la tapa de los sesos.

Martha lo miró y sabía que no tenía elección. Como se podía pensar, hubiera preferido no tener que llegar a esto y no era la idea inicial del plan, pero había hecho cientos de misiones y sabía que, a veces, había que hacer cosas que una no quería y lo tenía asumido. Se puso muy cerca del conductor y lo miró a los ojos mientras le desabrochaba los pantalones. Quería que viese en sus ojos que no le tenía ningún miedo y que estaba ahí por necesidad. El conductor pensaba que la necesidad era porque era una puta más que necesitaba dinero, y ella sabía que la necesidad era completar la misión, pero la sensación de que era necesidad y no miedo lo que la estaba impulsando a hacer esto se transmitió con su mirada. Le bajó los pantalones y los calzoncillos al conductor y entonces lentamente se inclinó, se puso de rodillas, introdujo el pene en su boca e hizo lo que el conductor estaba esperando, mientras Melinda y Ángela procuraban no mirar.

Un rato después, ya convencido, el conductor vendó los ojos de las tres, las subió a la C15, y emprendieron camino al chalet. Lo que el pobre desgraciado no sabía era que Martha lo había apuntado en su lista mental. Y, a quien Martha apuntaba en su lista, solo salía de ella de una forma.

CAPÍTULO XVI

En el trayecto hasta el chalet, mientras tenía los ojos vendados, Ángela iba pensando en lo que acababa de pasar. Iba pensando que habría estado bien que Martha le hubiera arrancado la polla de un mordisco a ese cabrón. Que habría parecido eso una escena de cine de una película de Quentin Tarantino, con sangre por todos los sitios. Joder, qué bien habría estado. Los tipos como ese la ponían enferma. Pero Martha había puesto por delante la misión, como todo el mundo pensaba que haría, aunque seguro que tendría su oportunidad de vengarse. Y, si Martha no la tenía, ella lo haría en su nombre. Por lo que había visto, el conductor era el típico abusón de instituto o matón de barrio que tenía cierto poder, pero que en el fondo había alguien por encima de él de quien estaba aterrorizado (en este caso, Abdul) y por eso tenía que, en las ocasiones que podía, hacer valer su parte de poder ante otros más débiles para sentirse realizado en su mente de matón. Aunque, en esta ocasión, ellas solo eran más débiles por las circunstancias de la misión, eso el conductor no lo sabía. Lo que acababa de pasar era un claro ejemplo. Lo había hecho simplemente porque sentía que podía, y su autoconvencimiento de que en realidad era alguien importante y con poder se veía reforzado, no lo había hecho porque fuese necesario ni porque su superior se lo hubiese ordenado.

En los campos de concentración de la Segunda Guerra Mundial era habitual la figura de los kapos. No eran más que prisioneros a los que las SS les otorgaban funciones de supervisión de los otros prisioneros a cambio de mejores condiciones, como una mejor alimentación o trabajos menos exigentes, entre otras. Al final, un kapo no dejaba de ser un prisionero más, al cual las SS podían decidir matar en cualquier momento, pero el tener cierto poder sobre individuos más débiles todavía, reforzaba su autoestima y provocaba una falsa sensación de dominio que les otorgaba bienestar. El conductor tenía el típico comportamiento del kapo.

Era muy posible que el resto del personal de Abdul tuviese un perfil de comportamiento muy similar, aunque no podía estar segura del todo. En cualquier caso, no tuvo mucho más tiempo para reflexionar sobre eso porque enseguida el vehículo se detuvo, la puerta se abrió, recorrieron unos segundos de camino y las hicieron bajar. Todavía con la venda puesta, entraron al chalet y ahí fue cuando les dieron permiso para quitársela. Ángela echó un vistazo alrededor y vio que era todo como había descrito Melinda, y Piotr había reflejado en los planos. Junto al conductor, aparecieron dos guardaespaldas más, un hombre y una mujer.

—Ahora, esperad un momento —dijo el conductor mientras cogía lo que parecía un detector de metales de un cajón. Esto entraba dentro de lo esperado, no iban a dejar entrar a las desconocidas sin ser registradas, tampoco a Melinda, aunque ya fuese de confianza. No llevaban nada sospechoso, así que el detector no sonó.

—Muy bien, buenas chicas, ¿creéis que al jefe le gustarán? —preguntó el conductor a los dos compañeros que estaban allí.

—Esta le va a encantar a Isabelle —dijo la mujer guardaespaldas mirando a Martha mientras el conductor y el otro matón asentían con la cabeza—. Y tanto que sí. —Todos rieron a carcajadas.

De repente, se oyó un ruido como de unos petardos muy cerca del chalet. Todos se sobresaltaron, y el conductor cogió su *walkie* y dijo:

—Patrulla, echad un vistazo, esperamos reporte en dos minutos. —A continuación, les dijo a sus compañeros—: Quedaos con estas tres furcias en el salón hasta que yo os diga. —Y, acto seguido, subió las escaleras.

Tal y como habían imaginado, ser un fugitivo como Abdul hacía que extremaran las medidas de seguridad. Estar cambiando de refugio cada poco tiempo era una señal inequívoca de que se tomaba su seguridad muy en serio. Con esa actitud, cualquier cosa que sucediera que no entrase dentro de lo previsto era evidente que se iba a tratar con la máxima cautela. Un ruido raro cerca del chalet podría ser una de esas cosas y activaría su protocolo de seguridad hasta que se comprobase que todo era una falsa alarma. El protocolo no incluiría llevar a unas desconocidas con Abdul, pero si ir a ver qué ocurría. Por tanto, llevarían a la patrulla justo donde querían que fuese.

Melinda, Martha y Ángela entraron al salón junto con los dos guardaespaldas, que cerraron la puerta tras de sí. Entonces, Ángela y Martha comenzaron la función.

—No tendríamos que haber venido, estos tíos están locos, tengo miedo, Yasmine, no tenía que haberte hecho caso.

—Necesitas dinero, ¿no? Pues esto es lo que hay, deja de lloriquear.

—Quiero irme a casa.

—Que dejes de lloriquear, joder.

La supuesta discusión iba subiendo de tono, y los dos guardaespaldas se miraron incrédulos. La mujer se acercó a ellas ya un poco harta, sacó la pistola y les apuntó. En cuanto se acercó, Martha la cogió del brazo y se lo retorció, lo que le hizo soltar la pistola, que cogió Ángela y le apuntó al hombre.

—Levanta las manos o eres hombre muerto —dijo Ángela mientras le hacía a Melinda un gesto para que le cogiese la pistola al hombre. Ella obedeció y le entregó la pistola a Martha, quien soltó el brazo de la mujer y la empujó violentamente hacia atrás.

Martha, al ver la pistola, la miró un par de segundos y, acto seguido, disparó tres tiros a la mujer y otros tres al hombre. Ángela se dio cuenta de que lo que Martha había visto era que la pistola llevaba silenciador y que, por tanto, unos disparos no llamarían la atención. Dos menos. Había transcurrido alrededor de un minuto y medio desde que el conductor había subido las escaleras, lo que quería decir que tenían poco tiempo para la siguiente fase del plan. Ángela salió del salón y se dirigió a la sala de vigilancia. Ahí debía de estar la única persona viva, aparte de ellas, del piso de abajo en esos momentos. Como bien les había dicho Melinda, la habitación no estaba cerrada con llave. Abrió la puerta y le disparó al vigilante, que en este caso era la otra mujer guardaespaldas de la cuadrilla. Cerró la puerta y la atrancó con una silla. Entonces miró a las pantallas que tenía delante y, en una de ellas, vio a la patrulla que había ido a mirar qué pasaba, observaban los restos de petardos que había por el lado de la piscina. Entonces, se escuchó el *walkie* de la mujer muerta en la sala.

—Falsa alarma, deben haber sido algunos críos tirando petardos a través de la valla para creerse graciosos. Volvemos al chalet para ir al servicio antes de seguir ronda. Cambio y corto.

«Mierda —pensó Ángela—, hay que darse prisa». Cogió el *walkie* y dijo con la voz más neutra que pudo: «Recoged los petardos antes de volver. Cambio y corto». Por la pantalla, vio cómo la patrulla comenzaba a recoger los petardos, lo que le daría algún minuto extra para lo que tenía que hacer.

El sistema de CCTV era muy sencillo de manejar. La parcela del chalet estaba dividida en cuadrantes y cada cuadrante tenía unas cámaras. Con el teclado iba moviéndose de cuadrante en cuadrante y, cuando quería entrar a uno, pulsaba la tecla *intro* y ya podía moverse de cámara en cámara. Se movió al cuadrante noreste y apagó todas las cámaras. Esperó treinta segundos y las volvió a conectar. Miró por la pantalla y vio a los dos miembros de la patrulla abatidos en el suelo, todo iba bien. Ahora le tocaba esperar.

Piotr, por su parte, estaba apostado en una loma cercana a la valla de la parcela por el lado este. Miraba con la mira telescópica de su rifle francotirador y tenía localizados a los dos guardias de la patrulla. Pero tenía que esperar la señal. En cuanto vio que las pequeñas luces rojas de las cámaras se apagaron, eliminó de un balazo en la cabeza a cada uno a los dos miembros de la patrulla. Plegó su rifle, lo guardó y se fue hacia el coche con la satisfacción de un trabajo bien hecho.

Harry, en cuanto vio que los dos miembros de la patrulla caían, abrió un agujero en la alambrada y se coló en la parcela. Se dirigió rápida pero discretamente hacia la zona de la piscina, a la puerta que daba acceso al interior. Martha lo estaba esperando con la puerta abierta. Melinda salió, y Harry le dijo:

—Corre hacia aquel lado y verás un agujero en la alambrada. Sal por él, Piotr te estará esperando. Nosotros nos encargamos. —Melinda abrazó a Harry y se fue. Harry entró con Martha y cerraron la puerta de la piscina tras de sí. A continuación, se oyó por el *walkie* la voz del conductor:

—Finalizado protocolo de seguridad. Que suban las tres zorras.

Al parecer, todo iba según lo previsto, y la gente del piso de arriba pensaba que todo había sido una falsa alarma. Por lo que a ellos respectaba, unos gamberros habían tirado unos petardos fuera, ya que la patrulla lo había confirmado y nadie más había reportado nada raro. Lo que no sabían era que no habían informado de nada raro porque no les habían dado tiempo, no porque no hubiese nada que informar.

Llamaron a la puerta de la habitación de vigilancia, donde estaba Ángela, haciendo con los nudillos al golpearla el estribillo de *Oh, Susana*[21] para que supiese que eran ellos, y Ángela salió. Harry iba armado con un fusil de asalto, y Martha y Ángela, con las pistolas con silenciador. Comenzaron a subir las escaleras lentamente. La puerta que había arriba estaba cerrada. Llegaron, y Harry cogió el pomo y comenzó a girarlo muy despacio. No se abría, lo habían cerrado con llave. Llamó a la puerta y se oyó una voz al otro lado: «Voy». Y, a los pocos segundos, había una llave girando desde el otro lado que abría la puerta.

---

21 Canción popular americana. Su estribillo, en español: «Oh, Susana, no llores más por mí…».

Abrió la puerta alguien que debía de ser uno de los otros guardaespaldas de Abdul, quien apenas tuvo tiempo de ver cómo dos disparos de la pistola de Ángela le atravesaban el estómago. Su cuerpo inerte cayó rodando por las escaleras. Vieron cómo la puerta del vestidor, que estaba justo enfrente, se cerraba de un portazo. Harry le hizo a Ángela una señal para que fuese hacia allí y otra a Martha para que lo acompañase a la habitación del dormitorio principal, a la izquierda, cuya puerta estaba abierta de par en par, y quien estuviese dentro ya tenía que haberse dado cuenta de que algo pasaba.

Harry y Martha se apoyaron contra la pared uno a cada lado de la puerta. Harry le hizo a Ángela un gesto para que aguantase su posición al lado de la puerta del vestidor y, a continuación, miró a Martha y sacó un pequeño espejo del bolsillo para mirar hacia dentro del dormitorio. Distinguió una pistola apuntando desde el borde de la cama. Si sus cálculos y sus suposiciones no fallaban, sería Isabelle quien estaría en el vestidor, y Abdul y los dos guardaespaldas que quedaban (el conductor y otro más) estarían en el dormitorio, por lo que le faltaban dos pistolas más apuntando a la puerta. Siguió girando el espejo lo que pudo, pero no vio nada más. Era posible que estuviesen en el cuarto de baño o en la terraza del dormitorio, no tenía manera de saberlo. Pero al visualizar la habitación, se le había ocurrido un plan.

Ángela, mientras tanto, observaba desde la puerta cerrada del vestidor. Le tocaba mantener encerrada a Isabelle ahí hasta que el resto acabase con Abdul. No había otra salida del vestidor más que esa puerta, así que, mientras estuviese cerrada, no había ningún peligro.

Harry cogió el espejo y comenzó a contar hacia atrás, con un tono de voz normal, que se pudiese oír desde dentro del dormitorio. Tres, dos, uno, y cuando llegó al uno tiró el espejo dentro de la habitación. Casi al instante se oyó un «A CUBIERTO», y Harry aprovechó para colarse rodando por el suelo en el dormitorio hasta detrás de un sillón cercano a la puerta, desde donde ya tenía una perspectiva global. Había utilizado el viejo truco de la falsa granada, haciéndole creer al enemigo que tiraba una granada para distraerlo, y tener justo el medio segundo necesario para introducirse dentro de una habitación que le estaba haciendo al enemigo las veces de trinchera y desde la cual tenía ventaja para defenderse. Desde su nueva posición, ya lo veía todo. El espejo-granada (que se había roto en mil pedazos al caer al suelo) había hecho que Abdul y el conductor se refugiasen en la terraza, donde Harry podía verlos sin ningún problema a través del cristal. El otro guardaespaldas estaba en el cuarto de baño, desde donde asomaba su pistola por la puerta. Harry disparó un par de veces hacia allí y este le devolvió los disparos. Harry le hizo a Martha una señal para que se le uniera y comenzó a avanzar por el suelo de la habitación hasta poder cubrirse con la cama mientras Martha tomaba la posición del sillón.

—¿Has terminado en el aseo ya?, tengo una urgencia y tengo que entrar —le gritó Harry al hombre atrincherado en el cuarto de baño—. No querrás que me cague aquí en medio, ¿verdad?

Acto seguido, se oyó un disparo con silenciador y un grito de dolor del guardaespaldas del cuarto de baño. Martha le había dado justo en la mano que estaba asomando para volver a disparar, menuda puntería. Harry se abalanzó entonces sobre él mientras este se retorcía de dolor cogiéndose la mano, donde le había disparado Martha, con la otra. Le pegó un puñetazo que lo hizo caer al suelo. Le cogió la pistola y lo mató de un tiro en la cabeza.

Salió del cuarto de baño, miró a la terraza, donde estaban Abdul y el conductor con la mesa de la terraza volcada, que hacía de improvisada barrera.

—Eh, tú, el tío al que se la chupé antes, entréganos a la basura que tienes al lado y te dejaremos marchar —gritó Martha.

Harry comprendió la estrategia de Martha. Cuando uno se encontraba en una situación así, donde el tema se podía eternizar como una partida de ajedrez en la que solo quedaban los dos reyes, tratar de desconcertar al enemigo e incluso intentar que se traicionasen entre ellos puede ser una buena opción. Sobre todo, si se tiene en cuenta que un kapo siempre trataría de salvarse por encima de cualquier tipo de lealtad.

—Es cierto —reforzó Harry a Martha—, entréganos a Abdul, vivo o muerto, y te dejaremos ir, es a él a quien queremos.

La puerta de la terraza estaba medio abierta, así que los estaban oyendo.

—No nos crees, ¿verdad? Lo entiendo, pero te estás quedando sin opciones. No podéis quedaros en la terraza para siempre. Podemos esperar tranquilamente a que saltéis desde los diez metros de altura y os matéis en la caída, o a que os muráis de sed o a que entréis en la habitación rindiéndoos y os matemos a los dos porque es lo que haríamos. Podemos hacer eso o puedes entregarnos a Abdul, que es a por quien hemos venido, y entonces te perdonaremos. Tú eliges —concluyó Harry.

—Vamos, cariño, si te preocupa lo de antes, está olvidado, he comido cosas peores, créeme —añadió Martha con una carcajada.

Acto seguido, salieron disparos desde la terraza hacia Harry y Martha. Parecía que no iba a ser tan sencillo el trabajo de negociador que estaban realizando. Pero tenían todas las de ganar, ya que el tiempo jugaba a su favor.

Mientras tanto, Ángela seguía esperando apostada en la puerta del vestidor. De repente, oyó una voz hablar en español con acento francés:

—¿Quién eres y qué quieres?

—Somos de la compañía de la luz, venimos a revisarle los contadores, ¿ha pensado en cambiarse a gas natural? —contestó Ángela.

Isabelle no contestó y Ángela tampoco hizo ningún intento por seguir la conversación, no tenía ningún interés. El tiempo también jugaba a su favor. Solo tenía que esperar a Harry y a Martha y, entre los tres, harían que saliera, sobre todo porque, si Isabelle pasaba tiempo encerrada, esto la acabaría desesperando.

Pasaron unos cuarenta minutos, y Harry y Martha seguían intentando que el conductor-kapo entregase a Abdul.

—Venga, señores, ¿de verdad vamos a tener que estar aquí mucho más tiempo? No nos importa, pero preferiríamos estar en casa durmiendo, joder. Cuando algo es inevitable, no vale la pena retrasarlo. Pero bueno, vuestra casa, vuestras reglas —dijo Harry.

—Moriré antes de entregarme a vosotros, no nos asusta la muerte —gritó de repente Abdul.

Lo que sucedió a continuación entraba dentro de lo esperado. El conductor le pegó un tiro a Abdul en la cabeza, tiró la pistola al suelo y entró al dormitorio con las manos en la cabeza.

—Quieto, no te muevas, no bajes las manos —dijo Harry. Mientras Martha le apuntaba, Harry lo registró para asegurarse de que no llevaba más armas, y así era.

—Has hecho lo correcto —añadió mientras le cogía las manos y lo apresaba con unas esposas que se había traído a una reja de la puerta de la terraza—. Has demostrado ser una rata asquerosa que vendería a su madre por salvarse, pero has hecho lo correcto.

A continuación, se acercó al cuerpo ya sin vida de Abdul y comprobó precisamente eso, que no había sido ningún truco ejecutado a la perfección. No lo había sido.

Abdul Akhbar estaba muerto.

CAPÍTULO XVII

—Bien, Martha, me voy con Ángela a encargarme de Isabelle. ¿Te vienes? —preguntó Harry intuyendo cuál iba a ser la respuesta. Martha sonrió y respondió:

—Claro que voy, Harry. Déjame sólo cinco minutos y me uno a vosotros, ¿te parece? —Todo esto lo dijo mirando al conductor esposado.

—Eh, tío, me prometiste que, si os entregaba al jefe, no me haríais nada —dijo con un tono inquieto el conductor.

Harry lo ignoró por completo, le dio el OK con su pulgar a Martha y la besó en la mejilla. A continuación, salió de la habitación y cerró la puerta tras de sí. Ángela, por su parte, seguía apoyada contra la puerta del vestidor donde se encontraba Isabelle. Harry miró su reloj, en ese momento eran las cinco y tres de la madrugada.

—¿Algo reseñable? —le preguntó a Ángela. Ángela le dijo que no, que no se había oído nada desde dentro del vestidor.

Harry le hizo el gesto a Ángela para que cogiera su pistola y se colocase junto a la puerta del vestidor. Mientras tanto, se oyó un grito desgarrador procedente del dormitorio, al parecer Martha estaba haciendo de las suyas con el conductor. Harry contó hasta tres con los dedos de su mano y, al llegar a tres, Ángela giró el pomo y abrió el vestidor mientras Harry apuntaba hacia su interior.

Isabelle estaba sentada en el suelo apoyada en el extremo opuesto a la puerta del vestidor, en ropa interior y con el hiyab tirado en el suelo a su lado. Su melena morena estaba a la vista, y Harry se dio cuenta de que era una mujer bastante atractiva. Isabelle no se inmutó al ver la puerta abrirse y encontrarse con Harry apuntándole. Él dejó de hacerlo al ver que Isabelle no tenía ningún arma encima ni cerca.

—Habéis venido a matarnos, ¿verdad? —preguntó con voz firme, carente de cualquier emoción.

—Así es —respondió Harry consciente de que no tenía sentido ocultar la verdad en ese momento.

—Lo entiendo, no os pondré problemas, pero ¿os puedo pedir antes un favor?

—Claro, dinos. —Harry le tendió la mano, e Isabelle la tomó y se ayudó de ella para levantarse.

—Quiero ver a Abdul por última vez.

—Abdul ya está muerto.

—Llevadme y matadme junto a él, por favor.

—De acuerdo. Ángela, pregúntale a Martha si ha terminado, por favor.

No hizo falta que Ángela preguntara nada, puesto que Martha apareció por la puerta. Ya había terminado. Harry le explicó la última voluntad de Isabelle, y Martha la cogió del brazo y se la llevó junto a Abdul. Isabelle se tiró al suelo al lado del cadáver de su marido y comenzó a llorar y a decir algo en árabe.

Martha le apuntó a la cabeza con su pistola y le disparó. El cuerpo de Isabelle cayó junto al de Abdul en el sueldo de la terraza. Ángela y Harry observaron desde el dormitorio. Se veía el cadáver del conductor colgando de la mano esposada a la reja, de espaldas a la puerta de la habitación. Estaba con los pantalones bajados y un buen charco de sangre alrededor. No podían saber qué le había hecho Marta exactamente, aunque se lo imaginaban, pero lo que era seguro es que sus últimos minutos de vida no habían sido muy agradables. La cuestión es que ya habían terminado la primera parte de la misión. Eran las siete y media de la mañana, por lo que ya podía decirse que era lunes.

—Piotr, primera parte de la operación completada. Acerca la furgoneta con el material para la segunda parte. Y tráete café y *croissants* para todos —ordenó Harry por el teléfono.

—OK, jefe. Melinda está conmigo, insiste en seguir ayudando. ¿Qué hago? —preguntó Piotr.

Harry se lo temía. Esa chica estaba deseosa de ayudar, pero eso no quitaba que no tenía entrenamiento y podía cometer errores. Sin mencionar que quizás ver el panorama que había en el chalet, con una pila de cadáveres, incluyendo casi con toda seguridad a un eunuco forzado, digno de la película de *Kill Bill,* no era lo más recomendable para su salud psicológica. La misión no había terminado. Sus vidas ya no corrían peligro, pero había que dejarlo todo impoluto para no levantar sospechas, y eso había que saber hacerlo.

—Me da igual lo que te diga, convéncela para que se vaya a descansar y dile que la avisaremos cuando acabemos, supongo que ya esta noche. Si no escucha, hazle una *sleepy* y se acabó la historia, no tenemos tiempo para tonterías.

Una *sleepy* era una maniobra que enseñaban en el entrenamiento del Conglomerado, aturdía a una persona hasta el punto de dejarla inconsciente durmiendo varias horas. Consistía en apretar un punto concreto del cuello con una intensidad más o menos fuerte, pero sin pasarse. No era peligrosa siempre que se ejecutase bien, la persona recuperaba la consciencia pasado ese tiempo, como si nada, y era muy útil para este tipo de casos donde un activo de la misión pretende salirse del camino que tiene marcado. Aunque, si se ejecutaba mal, podía matar a esa persona, por lo que solo se utilizaba en casos extremos.

—Perfecto, así lo haré, estaré ahí en quince minutos, *Żegnajcie przyjaciele.*

Ahora les esperaba la parte aburrida de la misión, que no iba a ser tan fácil. Y es que había que aparentar un accidente o un suicidio y eso, con tanto cadáver, iba a ser complicado, sobre todo por el eunuco. *«A ver qué policía se traga que uno se ha suicidado pegándose un tiro en las pelotas»,* pensó Harry. Piotr llegó con el desayuno enseguida y los cuatro se tomaron diez minutos para beberse el café y comerse algún *croissant*, para coger fuerzas, en la orilla de la piscina. Sobre las ocho, comenzó la segunda parte de la operación. A Harry le vibró el móvil personal en ese momento. Era un mensaje de Sofía: *«Cojo avión a Londres, llámame luego a mediodía si puedes»*. Genial. Seguro que algo sucedía. Pero bueno, las historias de una en una.

La misión consistía en acabar con Abdul e Isabelle, pero haciendo que pareciese un suicidio o un accidente, que la investigación policial que fuese a haber llegase a alguna de esas conclusiones para que no se acabase implicando a FAI o pudiese llegar a incluirse, tirando del hilo, a los servicios secretos de un país extranjero. Era importante que la muerte de Abdul e Isabelle se hiciese pública y que todos los países lo supieran. Probablemente, muchos no creyesen la versión oficial, pero no habría forma de demostrar un asesinato para silenciar a Abdul, ni quiénes habían sido los responsables.

Dado el panorama de cadáveres que tenían ante ellos, no iba a ser una tarea fácil, máxime con el cansancio que tenían por estar sin dormir tantas horas. Pero tampoco era probable que nadie fuese al chalet a molestarlos ni que hubiese peligro de que alguien los pillase con la tarea a medio hacer. Lo más probable, de hecho, sería que ellos tuviesen que dejar un aviso anónimo a la policía después, o nadie iría a ese chalet nunca. Así que podían tomárselo con calma. Harry dio las instrucciones pertinentes.

—Vale, chicos, vamos a descargar la lejía, las fregonas y todo lo que ha traído Piotr y lo dejamos a la entrada. Tenemos dos cadáveres en el salón, otro en la sala de vigilancia, otros dos en el jardín, otro en las escaleras, dos más en el dormitorio principal, y ya Abdul e Isabelle. Como comentamos, el plan es fingir un suicidio de Abdul e Isabelle y eso es relativamente fácil. Del resto, hay cinco que podemos también aparentar que forman parte de un suicidio colectivo. Pero luego tenemos la patrulla, que murió en el exterior con balas de un arma que no es suya, y a un eunuco que nadie en su sano juicio se tragaría que se ha suicidado ni muchísimo menos.

Harry, con esto último, no quería reprocharle nada a Martha. Martha se había ganado todo el derecho del mundo a tener su venganza y, si la quería, era porque algo grave le había pasado. Estaba claro que, si esto hubiera puesto en peligro la misión, no se habría dado, y la propia Martha habría sido la primera en aceptarlo. Pero, aunque era cierto que eso conllevaba un pequeño retraso, no era nada insalvable. Eran un equipo, y entre todos lo arreglarían sin mayor problema.

—Vale, entonces —continuó Harry—, una vez que descarguemos el material de limpieza, metemos los tres cadáveres que nos molestan en el coche, ¿OK? Nos los llevaremos de aquí. Y subimos todos los otros al dormitorio principal. Colocamos a Abdul e Isabelle en la cama acostados cogidos de la mano y al resto en el suelo, alrededor. Y limpiamos todo como si fuésemos el puto Mister Proper[22]. Ángela, redacta una carta de despedida como si fueses Abdul e imprímela, la dejaremos en la mesilla. Pásala antes al Conglomerado para que alguien la traduzca al árabe. Venga, chicos, manos a la obra.

Se pusieron a ello y, cerca de la una de la tarde, lo tenían ya todo en su lugar. Los cadáveres en su sitio con sus armas en la mano, una carta donde Abdul explicaba su delirio de complejo de Dios y cómo había decidido que el suicidio colectivo era el camino al paraíso, y toda la casa limpia y sin rastro de sangre que no debiese estar en otro sitio, ni huellas. A Martha como era lógico, le tocó la parte de más sangre por razones obvias, pero lo aceptó de buen grado.

Salieron del chalet dejando las puertas y ventanas abiertas para que el olor a lejía se fuese y no pareciese que alguien había limpiado a conciencia y se montaron en el coche.

—Jefe, ¿qué hacemos entonces con los tres fiambres de ahí detrás? —preguntó Piotr.

—De momento, vamos a casa a dormir un rato, y luego lo vemos —contestó Harry, que estaba bastante cansado—. No se van a ir corriendo a ninguna parte, así que da lo mismo esperar un poco.

Llegaron a la casa, y todo el mundo se fue a dormir un poco. Como eran ya casi las dos de la tarde y estaba demasiado cansado, Harry

---

22 Marca, de la década de los noventa, de productos de limpieza.

decidió no llamar a Sofía, necesitaba descansar. Le escribió un mensaje en el que le decía: «*Estamos acabando ya el trabajo, no puedo hablar ahora, te llamo luego esta noche*». Apagó el móvil y se acostó.

Sobre las siete de la tarde, se empezaron a levantar todos y, a las siete y media, comenzaron a meter *pizzas* al horno para reponer fuerzas. Ahora había que decidir qué hacían con los cadáveres. La maniobra típica de disolver los cuerpos en ácido estaba descartada por ser demasiado lenta. Tres cadáveres tardarían varios días en disolverse y además no tenían bañera en la casa. Quemarlos podría ser una opción, pero el olor se percibiría desde varios kilómetros a la redonda, y era un riesgo que Harry no estaba dispuesto a correr. De repente, a Piotr se le ocurrió algo y, sin tragarse su trozo de *pizza*, exclamó: «*YA LO TENG... HGHJHJDHDJHJHJDHD*», y comenzó a atragantarse. Al principio, todos se rieron y no le dieron importancia. Pero a los seis o siete segundos vieron que su cara se estaba poniendo de color violeta y, rápidamente, se levantaron de sus asientos alarmados. Martha cogió a Piotr, lo levantó y comenzó a hacerle la maniobra de Heimlich. A la cuarta vez, un trozo de *pizza* salió disparado de la boca de Piotr, y Martha paró. Piotr se sentó, y Harry le dio un vaso de agua.

—Espero que tu idea merezca la pena después de esto, desde luego la puesta en común promete —dijo Ángela, y todos se rieron. Piotr sonrió, todavía con el susto en el cuerpo.

—La culpa es del capullo que ha comprado *pizza* con *peperoni*.

—¿Nos vas a contar tu idea ya o qué?

—Vale, vale, de acuerdo.

La idea de Piotr a grandes rasgos era una copia de un capítulo de *CSI* o de alguna otra serie del estilo, no se acordaba en esos momentos. Era buscar un desguace que tuviese una prensadora de vehículos, meter los cadáveres en la C15 de Abdul y prensarlo hasta convertirlo en algo del tamaño de una lavadora.

Cuando escuchó la idea de Piotr, Harry pensó por un momento que podían haberlo dejado ahogarse. Cuando, al segundo, ese pensamiento de humor negro se le fue de la cabeza, dijo:

—No tenemos desguace, ni sabemos manejar la máquina prensadora, ni podemos dejar luego los restos por ahí. Además, si alguien desfragmenta los restos para separar los metales puede encontrar algún resto de cadáver, y no podemos arriesgarnos. ¿A que en el capítulo en el que hacen eso al final los pillan?

Al final, optaron por que se colarían de madrugada en un cementerio cercano donde había una fosa común con cadáveres no reclamados por nadie y/o sin identificar y ahí los enterrarían. Parecía una buena solución, cadáveres en un cementerio, sonaba como la solución natural. Localizaron el cementerio a unos ochenta kilómetros de la casa. Un cementerio poco conocido como ese, de noche, no tendría más que algún guardia de seguridad que haría ronda vigilando las tumbas. Y, sobre todo, la parte de la fosa común no debería estar muy vigilada por razones obvias. Así que, para unos mercenarios de élite como FAI, debería ser pan comido. Terminaron de comer y se fueron a descansar. Sobre las diez de la noche, saldrían para el cementerio, que estaría ya cerrado al público. Harry se salió al porche a las nueve y media, se encendió un cigarrillo, y llamó a Sofía. Al tercer tono de llamada, Sofía descolgó.

—Hola, Harry. ¿Qué tal? ¿Has acabado el trabajo?

—Hola, Sofía, casi. La negociación está siendo dura, pero parece que está ya. Mañana volveré a Murcia. ¿Dónde estás?

—Estoy en Londres, mañana por la mañana cojo vuelo a Murcia. Tengo muchas cosas que contarte. Llego a las doce, ¿estarás disponible para comer?

—Pues creo que sí, pero te confirmo para la una de la tarde o así. Me parece bien quedar. Si puedo, reservo en El Sirena en un apartado para que estemos solos, ¿o tienes que trabajar por la tarde?

—No, no, me he pedido libre hoy y mañana, en El Sirena está perfecto.

—¿Todo bien, Sofía? Estás muy misteriosa.

—Sí, sí, todo bien, es que prefiero hablar en persona, pero todo bien.

—Vale, quedamos en eso entonces, te dejo porque tenemos que acabar la negociación.

—Vale, hasta mañana, Harry. Un beso.

Harry colgó el teléfono y, al girarse, vio a Martha detrás de él.

—Vaya, vaya, el viejo Harry está enamorado, ¿eh?

—No es nada. —Harry quiso cambiar de tema. Martha sonrió.

—Te vuelvo a decir que no eres el único al que no le gusta que le mientan, Harry. Ojalá tengas suerte, te lo mereces, eres un buen tío.

—Deberíamos prepararnos para irnos ya.

—OK, jefe —le respondió Martha mientras se ponía la mano en la cabeza imitando el gesto típico de saludo militar.

La verdad es que la conversación con Sofía lo había dejado intrigado. ¿Viaje relámpago a Londres? ¿Qué podría estar pasando? Trató de intentar no averiguar cosas en su cabeza sin tener toda la información. Sabía de sobra que luego la realidad supera a la ficción. Y también supera lo que uno es capaz de imaginarse que ha ocurrido. No sabía hasta qué punto iba a ser así.

CAPÍTULO XVIII

De camino al cementerio, mientras Piotr conducía, Harry llamó a Ronald dándole luz verde para que pusiesen al padre de Melinda a salvo. Entretanto, Ángela llamó a Melinda y le confirmó que todo estaba a punto de terminar y que ya no tenía nada que temer, ni por ella ni por su padre. Que al día siguiente por la mañana tendrían que hablar, con su padre ya a salvo, de qué es lo que iban a hacer a partir de entonces.

Melinda había sido muy valiente y, a pesar de los evidentes saltos en el protocolo de actuación, al final, si todo había salido bien, había sido en gran parte gracias a la información y a la actitud valiente de la joven. Harry pensaba recomendarla al programa de entrenamiento del Conglomerado, como ya le había dicho, siempre que ella quisiese.

El Conglomerado reclutaba principalmente de dos formas distintas. Operar en la sombra hacía que no pudiese poner un anuncio en el periódico o en un portal de búsqueda de empleo, pero tenían el departamento de Recursos Humanos más potente del mundo sin ninguna duda. Siempre estaba atento a los hombres y mujeres que destacaban en diversas policías, ejércitos..., ya que solía tener redes de informadores internos. Estos informadores lo único que sabían era que alguien les pagaba muy bien por decirles quiénes eran los mejores de la unidad o el cuerpo correspondiente o quiénes habían destacado en alguna operación importante. Esa era la manera principal de reclutar nuevos miembros. Pero había otra manera, que era seguir las recomendaciones de los propios miembros de las distintas divisiones del Conglomerado. Si algún miembro se percataba de alguien que pudiera ser «interesante», podía sugerirlo. Y eso era lo que ocurría en este caso, aunque la palabra definitiva siempre la tenía el Conglomerado.

A punto de llegar ya al cementerio, y mientras Piotr conducía, Harry reflexionaba: ¿Quería que esta fuese su última misión y retirarse? Desde luego con lo que ya tenía y el pellizco que iba a pillar de esta, tenía de sobra para vivir bien el resto de su vida. Pero el resto de su vida era demasiado tiempo y no quería dedicarse cuarenta, cincuenta años, a la vida contemplativa. Era cierto que su tarea en FAI era un trabajo peligroso donde se jugaba la vida, pero era verdad que le gustaba y se le daba bien. Aunque Sofía estaba ahí... Tenía ganas de probar otro tipo de vida diferente. Estaba hecho un lío.

Había una posibilidad intermedia y era cogerse unas vacaciones largas. El Conglomerado daba la opción a los jefes de equipo más exitosos de cogerse seis meses sabáticos. El truco estaba en que lo de «más exitosos» era un criterio subjetivo que nadie sabía en base a qué se decidía. Pero después de esta misión, Harry pensaba que tenía posibilidades de solicitar esas vacaciones largas y de que se las concedieran. *«Bueno, mejor centrarse primero en acabar la misión del todo y mañana será otro día», se dijo a sí mismo.*

Aparcaron cerca del cementerio y escondieron el coche lo que pudieron. El cementerio tenía unos muros de piedra de unos dos metros de alto y una puerta de reja. Se acercaron a la puerta y, en medio de la oscuridad, podían distinguir al fondo la linterna de quien, suponían, era el vigilante. Al lado de la puerta había una pequeña oficina a donde tendrían que entrar para abrir la puerta, ya que era difícil hacer pasar los cadáveres por encima de los muros. Las luces de la oficina estaban apagadas, por lo que estaba claro que solamente se encontraba en el lugar el vigilante de la linterna que estaba haciendo la ronda. No era un cementerio muy grande, por lo que era lo esperado. Se veía una cámara en la puerta de la oficina y nada más. Cuando vieron que la luz del vigilante estaba lo bastante lejos, Piotr puso las manos para ayudar en el impulso, y Harry, Martha y Ángela saltaron los muros. Ángela se dirigió a la oficina. Vio una alarma convencional encima de la puerta. Nada que el inhibidor de frecuencias que llevaba no pudiese bloquear. Así lo hizo y, en cinco minutos, la alarma y la cámara estaban totalmente inservibles. Abrió la puerta sin dificultad, forzándola con una ganzúa que llevaba, y entró en la oficina. Después se sentó en la oscuridad, avisó por el comunicador que estaba dentro y esperó instrucciones.

Harry y Martha se fueron acercando sigilosamente al vigilante en la oscuridad. Era una noche bastante oscura y, aunque había algo de luna, esta no alumbraba demasiado. Pillaron desprevenido al vigilante por la espalda y lo durmieron de un jeringuillazo. Ni los vio. Dieron a Ángela luz verde y se vieron las luces de la oficina encenderse. Un minuto después, la puerta del cementerio comenzó a abrirse, y Piotr entró con la furgoneta al interior del recinto. Volvieron todos a reunirse junto a la oficina. Ángela les explicó dónde estaba la fosa común tras haberlo visto en el plano del cementerio que había en la oficina y les dijo que la había abierto ya desde el control de mandos que estaba en la oficina. Avanzaron hasta casi el final del recinto y a la izquierda había una puerta ya abierta que llevaba a un piso bajo el suelo donde había un montón de nichos sin nombre, solo con una referencia. Eran cuerpos sin identificar, inmigrantes ilegales sin identidad, vagabundos..., que tras un tiempo sin que nadie reclamase su cuerpo se enterraban en la fosa común del cementerio a cargo del ayuntamiento correspondiente. Eran cuerpos que, por desgracia, nadie preguntaría por ellos nunca ni nadie iría a ver, por lo que era el sitio perfecto para dejar tres cadáveres. La verdad es que se respiraba un ambiente de tristeza y abandono en el lugar, era gente abandonada como un par de zapatos viejos. Pero así era la vida y, en ese momento, no tenían mucho tiempo para pensar en eso.

Abrieron tres nichos con referencias y metieron un cadáver en cada uno. En cada nicho había suficiente espacio para que cupiese más de un cuerpo, alguno incluso era ya un montón de huesos por lo que había sitio de sobra para otro huésped. No iban a poner los cadáveres en nichos vacíos para que cuando fuesen a meter un cuerpo en él se lo encontrasen ocupado y comenzasen a hacer preguntas, ya fuese dentro de una semana, de un mes o de cuatro años. Acabaron en poco más de una hora y media y se fueron. Ángela se quedó dentro para cerrar la puerta y luego saltó el muro con la ayuda de una cuerda que le echaron sus compañeros desde el otro lado. Hacia la medianoche, estaban ya de camino de vuelta a la casa. El vigilante se despertaría un par de horas después en medio del camposanto, sin recordar nada. Como no faltaba nada de la oficina ni había ninguna tumba saqueada, optaría por no darle importancia para evitar que lo despidieran por dormir en el trabajo, y nadie se enteraría nunca de nada.

Ahora sí que por fin estaba la misión terminada del todo. ¿Había sido la última de Harry? Podría ser, pero estaba demasiado cansado para pensar en eso. Llegaron a la casa y se acostó de inmediato. El resto se quedó en el porche brindando con una copa por el éxito de la misión, pero Harry no tenía fuerzas, lo único que quería era dormir tres días seguidos. Habían quedado a la mañana siguiente ya sin prisa ninguna a las diez para recogerlo todo y marcharse a casa. Y Harry se durmió del tirón y se despertó a las once y cuarto. Sus compañeros no quisieron despertarlo, sabían de la tensión que había acumulado y que necesitaba descansar.

Era una preciosa mañana de martes, con un hermoso sol y ninguna nube en el horizonte. El equipo de FAI estaba ya con el equipaje hecho y todo recogido esperando a Harry.

—Buenos días, dormilón —saludó Martha.

—Me cago en mi puta madre, ¿qué es Navidad ya? —contestó Harry desperezándose.

—Sí, *Santa Claus*, vete preparando —contestó Piotr mientras todos reían.

Se preparó un café y le pegó un mordisco a una magdalena. Le dijo a Martha que hablase con Ronald y a Ángela con Melinda para organizar su reencuentro. Mientras desayunaba, le escribió a Sofía confirmándole que podían quedar para comer ese día y a Alfonso para avisarle de que volvía a casa y que a ver si ese día o al siguiente se tomaban una cerveza para ponerse al día. Acabó de desayunar, se duchó e hizo su equipaje en tres minutos aproximadamente. A continuación, salió un momento para llamar por teléfono.

—Buenos días, restaurante El Sirena, ¿en qué puedo ayudarle?

—Buenos días, quería una mesa para dos para comer en el reservado privado para hoy, por favor.

—Harry, ¿es usted?

—Sí, hola, Ana. Y tutéame, por Dios, que no soy tan mayor.

—Pues ya la tienes apuntada, ¿algo más?

—Nada, te veo luego sobre las dos y media o así, muchas gracias.

—Hasta luego, Harry.

Otra tarea realizada. Joder, qué bien iba el día. Había dormido como hacía tiempo que no lo hacía, se había masturbado (pero no para quitarse la tensión como solía hacer, sino sólo por placer), volvía a casa (hogar dulce hogar) y tenía una reserva en su restaurante favorito de Murcia donde con un poco de suerte arreglaría todo con Sofía. Estaba contento, desde luego.

Sobre las doce emprendieron el viaje de vuelta a Murcia. Harry le escribió a Sofía confirmándole la reserva, a lo que Sofía respondió con un símbolo con el pulgar hacia arriba y una carita sonriente. Como la misión ya había acabado, Martha volvió a coger los galones de jefa y tomó la palabra en el viaje de vuelta.

—Enhorabuena a todos, hemos superado una misión muy complicada con éxito. Habéis estado muy bien. Tomaos el resto de la semana libre, no quiero volver a veros en una temporada, ¿entendido? —Esta última frase provocó risas—. No, en serio, sois unos compañeros de trinchera cojonudos, me ha encantado volver a la acción con vosotros.

—¿Qué va a pasar con Melinda? —preguntó Ángela.

—Yo me encargaré de eso, ya os enteraréis —contestó Martha cerrando la conversación.

A Martha se le notaba que le había gustado volver a participar activamente en una misión sobre el terreno. Y, aunque Harry sabía que, como a cualquier persona, lo que le había sucedido con el «eunuco» la había afectado (no sabía lo que había pasado, pero se lo imaginaba), también sabía que eso no la iba a frenar si había otra misión por delante. Era fuerte y había visto y sufrido en primera persona ya muchas cosas en su trayectoria. No sería eso obstáculo para que, si Harry decidía irse, ella pudiera ocupar su puesto si lo prefería al actual. Pero eso ya se vería, ahora mismo quería dejar el trabajo a un lado. Desde luego, la semana libre le iba a venir fenomenal para desconectar y coger fuerzas. Después, ya pensaría si merecía la pena seguir. Llevaron a Harry hasta su casa. Dejó el equipaje, abrió un poco las ventanas, se cambió y salió andando tranquilamente hacia el restaurante. Llegó él primero, y Ana, la camarera que le hablaba a Harry de usted, lo acompañó hasta su mesa. Estaba en uno de los reservados, el de la mesa más pequeña, que era para cuatro. El restaurante tenía varias habitaciones que hacían las veces de reservados. Harry no había estado en ninguno, pero sabía que ahí se solían reunir políticos, empresarios y demás gente a cerrar tratos. Los reservados les proporcionaban discreción y había buena comida y bebida, por lo que era un sitio perfecto.

Harry se sentó a la mesa y se pidió una cerveza mientras esperaba. Cinco minutos después, apareció Sofía. Le sonrió a Harry y se sentó. Harry le devolvió la sonrisa.

—Muy buenas, ¿qué tal estás?

—Bien, Harry, ¿y tú? Te veo muy guapo. Nunca había estado aquí, en el reservado.

—Vaya, muchas gracias, tú también. He pensado que aquí estaríamos mejor para hablar todo lo que tenemos que hablar sin que nadie nos moleste ni ponga la oreja.

—Sí, mejor. ¿Perdón? —Miró a Ana, que se encontraba dentro del reservado dejando una mesita auxiliar al lado de la principal donde estaban ellos sentados—. ¿Me traes, por favor, otra cerveza a mí? Gracias.

Ana le trajo la cerveza y les dejó los menús para que decidieran.

—Oye, ¿pedimos una botella de vino blanco, Harry?

—Vale, pero ya sabes que no entiendo mucho de vinos.

—Tú déjame a mí, anda.

El reservado donde se encontraban ocupando los dos una mesa para cuatro no era demasiado grande, pero para los dos estaba perfecto. Tenía una puerta de cristal con sensor por lo que en todo momento estaban solos y con garantía de discreción. La mesa tenía un botón que, si se apretaba, el camarero sabía que tenía que ir con lo que, salvo para dejar platos o bebidas, los camareros no interrumpían. Se escuchaba un hilo musical de fondo con sonidos relajantes, y las paredes estaban pintadas de un color azul marino y blanco, con detalles de playas, pescadores y demás, todo bastante marinero. Harry nunca había sido demasiado amante del pescado o del marisco hasta que conoció ese sitio. Martha fue quien lo llevó la primera vez, justo al empezar en Murcia.

—Bueno, Harry, antes de nada. La última vez que nos vimos fue muy desagradable. Ya te lo dije en su momento, pero ahora ya más tranquilos te lo repito. Siento mucho lo que pasó con Loretta, siento mucho lo que hice y me arrepiento de ello. No estuvo bien. Si dijimos que queríamos intentarlo, no es adecuado lo que hice esa noche. Me dejé llevar y no es excusa. Pero tampoco puedo estar pidiendo perdón cada diez minutos. Quiero decir que, aunque no estuvo bien, no es que estuviésemos casados o tuviésemos una relación seria del todo. Así que necesito saber si me has perdonado antes de seguir, porque tampoco voy a recorrerme la Gran Vía de Murcia flagelándome con un látigo. —Sofía se bebió la cerveza de un trago al acabar de decir eso.

Harry contestó:

—Te he perdonado, Sofía. No me gustó lo que pasó y trato de olvidarlo, pero sí te he perdonado. Todos podemos equivocarnos y lo único que sé es que te he echado de menos y que, a pesar de lo que pasó, quiero estar contigo. Y eso no es algo que yo haya decidido porque sí, es cómo me siento y ya está. Así que sí, no quiero que te flageles por la Gran Vía.

—Yo también te he echado de menos si te soy sincera, ¿te parece que volvamos a intentarlo? —preguntó Sofía poniendo su mano con la palma hacia arriba encima de la mesa.

—Sí, quiero —contestó Harry riéndose y cogiéndole la mano.

Sofía se levantó de la mesa, fue hacia Harry y le dio un beso.

Fantástico, borrón y cuenta nueva. Quizás si esto le hubiese sucedido a Alfonso o a cualquier otra persona y le hubieran pedido consejo, es muy posible que Harry hubiese optado por ser precavido y hubiera aconsejado que no se fiase. Pero, al final, una cosa es lo que se dice a los demás y otra lo que uno mismo hace. Y muchas veces Harry sabía que no tenían por qué coincidir. Además, francamente, le daba igual lo que otras personas pudiesen pensar, no tenía que justificar su decisión ante nadie, faltaría más.

Sofía también sintió alivio. Ella sentía que había metido la pata, pero podía pedir perdón y arrepentirse un número limitado de veces. Nadie es perfecto y, estando arrepentida de verdad, había decidido quererse un poco y asumir sus actos. La persona que estuviese con ella tendría que asumir que eso había pasado y ya está. Estaba en su mano prometer que no pasaría más y listo. Si Harry estaba dispuesto a volver a empezar, perfecto. Y, si no, pues aquí paz y después gloria, como se solía decir, la habría cagado y ya estaba. Con total honestidad, se alegraba de que Harry estuviese dispuesto a intentarlo otra vez. Se alegraba mucho.

Sofía volvió a sentarse.

—Oye, ¿y si preguntamos qué tiene de aperitivo así fresco de hoy? —preguntó Sofía.

—Vale, perfecto —contestó Harry mientras presionaba el pulsador.

Treinta segundos después, apareció Ana, a quien le pidieron algo de marisco fresco del día de aperitivo, y una botella de Albariño para acompañar, que eligió Sofía como entendida en vinos. Mientras esperaban, Sofía continuó hablando:

—Pues creo que, para empezar con buen pie, deberíamos ser sinceros, ¿no crees? Y me gustaría contarte todo lo que ha pasado estos días.

Harry pensó que tenía razón. Y que quizás él debería empezar a ser sincero con su trabajo. El Conglomerado no exigía expresamente que mantuvieses en secreto en qué consistía tu trabajo. Entendían que un buen mercenario o espía, como en cualquier otro trabajo, si está contento va a rendir mejor. Y ocultar a su pareja lo que hace es un elemento de tensión añadido que puede hacer que la persona estalle en un momento. O que la relación se acabe y entonces la persona estalle y, si alguien estalla, ya no servía. Por tanto, al comenzar el entrenamiento se decía que había total libertad para hablar con la pareja (si así se deseaba) del trabajo, llegando al punto que cada uno quisiera. Eso sí, como alguien fuera de la pareja o del círculo familiar más íntimo (hijos mayores de edad, no había más excepciones) se enterase, aparte del despido fulminante para el mercenario y de la desacreditación de todos los implicados, en casos extremos, podría comportar algún terrible «accidente». En el momento en que te explicaban eso, se ponían ejemplos reales (se supone) de esos accidentes que le habían sucedido a gente que se había ido de la lengua en el pasado. Esto, unido al hecho de las generosas remuneraciones del Conglomerado, hacía que el sistema funcionase y que nadie hablase de ese trabajo con quien no debía.

Si la pareja en un determinado momento se rompía, el miembro de la pareja que no era mercenario tenía que firmar un acuerdo de confidencialidad de por vida (lo llamaban el «amigos para siempre») o se arriesgaba a quedarse legalmente sin nada, e ilegalmente a vaya usted a saber. También lo firmaban los miembros y sus parejas cuando se retiraban del Conglomerado. Pero mientras nadie hablase, no había ningún problema en absoluto.

Estaba prohibido hablar con cualquier otro miembro de la familia del tema, eso se dejaba bien claro antes del entrenamiento. Si entonces había gente que quería renunciar, tenían la oportunidad de marcharse y muchos, de hecho, lo hacían. Si te quedabas, comenzabas el entrenamiento.

Harry creía que Sofía era una mujer que podía soportar que Harry fuese un mercenario y no un falso Indiana Jones de despacho. Pero, joder, quizás era demasiado pronto. «Oye Sofía, me alegro de que nos demos otra oportunidad. Por cierto, soy mercenario y vengo de matar a varios yihadistas. ¿Qué tal tu clase de inglés de hoy?».

Se lo diría, pero era demasiado pronto, no era el momento.

—Me parece bien, Sofía. ¿Qué ha pasado estos días? —contestó Harry.

Sofía le contó cómo al día siguiente había hablado con Loretta (decidió omitir el resto de la noche de autos porque tampoco iba a aportar nada) y cómo Loretta se había ido, además de todo el fin de semana con sus padres. Le contó cómo había tratado de ver si estaba bien a través de una amiga suya por redes sociales, y nada. Harry no apreció nada fuera de lo normal en la historia. Entonces, justo cuando Ana les trajo unas ostras frescas y una gamba roja de pinta espectacular, llegaron al punto donde Sofía había recibido la llamada de la policía, el domingo a mediodía. Sofía empezó a contar a partir de ahí y, tras escucharla, Harry casi se atraganta con una gamba.

CAPÍTULO XIX

—Escuche, señora Lombardi, usted estuvo anoche en la comisaría denunciando la desaparición de una tal Loretta, según me ha dicho mi compañera. Pues bien, el caso es que acaban de encontrar el cuerpo sin vida de una chica. Siento decirle esto, pero cuadra con la descripción que usted dio de su amiga. No lleva documentación y como dijo usted que su familia está fuera..., ¿podría venir a identificar el cadáver, por favor?

Sofía se quedó sin palabras.

—Señora, ¿está usted ahí?

Por fin reaccionó:

—Sí, sí, perdone. Claro, iré. ¿Dónde es?

—En el Instituto de Medicina Legal, al lado del hospital Reina Sofía.

—Sí, allí estaré. ¿Agente?

—Sí, dígame.

—¿Qué ha pasado? ¿Ha sufrido?

—No se preocupe por eso, señora Lombardi, no ha sufrido. No puedo decirle más de momento, entiéndalo. Nos vemos ahora. Pregunte por el sargento Augusto Gambín.

—Gracias, hasta ahora.

Sofía colgó el teléfono y salió corriendo hacia el coche. ¿Estaba muerta Loretta? ¿Cómo era eso posible? Desde luego, no podía esperar para salir de dudas. Llegó enseguida al coche, y a la morgue en tiempo récord. Entró por la puerta del edificio, y había un guardia de seguridad en un mostrador a modo de recepción. Dijo quién era y que el sargento Gambín la esperaba, y el guardia avisó por *walkie*. Un minuto después, apareció por la puerta quien Sofía supuso que era el sargento Augusto Gambín. Era un hombre alto, de complexión fuerte, con barba, de unos cuarenta y cinco o cincuenta. Le dio la mano a Sofía y le pidió que lo acompañara. Tras tres o cuatro minutos, que a Sofía le parecieron tres o cuatro horas, andando por pasillos interminables llegaron a una sala con cuatro camillas tapadas con sábanas, presumiblemente con cadáveres debajo. La sala era como en las películas, fría, con compartimentos con puertas de metal y mesas con instrumental forense. En la sala había una persona con bata blanca, que Sofía supuso que sería el médico forense o quizás un auxiliar, que saludó con la mano.

—¿Está preparada? Podemos tomarnos el tiempo que necesite —preguntó el sargento.

—Estoy preparada, sargento, acabemos con esto, por favor —contestó Sofía pensando en que como el sargento no destapase la sábana en cinco segundos lo haría ella.

No fue necesario. La sábana se bajó y quedó al descubierto el rostro de una joven. Tenía los ojos cerrados y cualquiera, que no lo supiera, podría pensar que estaba durmiendo plácidamente. Sofía sintió lástima por ella, pero a la vez alivio. No era Loretta.

—No es ella, sargento. Se parece bastante, pero no es, no había visto a esta pobre chica en mi vida.

En la cara del sargento se dibujó una leve mueca de disgusto casi imperceptible. Que no identificasen el cadáver suponía que todavía quedaba trabajo por hacer y que podrían tardar más en identificar al asesino y, por ende, en atraparlo.

—¿Está segura? Mírela bien, por favor —insistió el sargento.

—Del todo, sargento, conozco a Loretta desde hace mucho tiempo, no es ella. Siento no poder ser de gran ayuda.

—De acuerdo, entonces, me alegro por usted que no sea su amiga. La acompaño a la salida —contestó el sargento y abrió la puerta de la sala.

Mientras caminaban por el laberinto de pasillos de la morgue, Sofía le preguntó al sargento:

—Es normal sentir alivio, ¿verdad?

—¿Se refiere a que se alegra de que no sea su amiga? Por supuesto que sí. Una cosa es lo que la sociedad considere correcto y otra diferente es la realidad. Y todos pensaríamos lo mismo, salvo que fuésemos unos hipócritas. Mejor la amiga de otros que la mía. No se sienta mal por eso.

—Quiero decir, me da pena esa pobre chica, pero...

—No se justifique, la entiendo perfectamente —contestó el sargento justo cuando llegaron a la puerta que daba a recepción.

Sofía le deseó buena suerte, se dieron un apretón de manos, y salió por la puerta. Cuando salió del edificio, deseó no tener que volver nunca, por lo menos siendo ella consciente.

Volvió al coche. Estaba contenta. Hacía un rato, pensaba que se iba a morir de la ansiedad, pero ahora el alivio la había puesto muy contenta. Todavía estaba preocupada por Loretta, pero por lo menos no era el cadáver que acababa de ver, que no era poco. Fue a casa, pidió comida china a domicilio y se acostó a dormir la siesta. Cuando se levantó, sobre las cinco de la tarde, vio un mensaje de audio de cuarenta y dos segundos en su móvil de un número desconocido. Pensó que podría ser Bárbara, a quien le había dado su móvil. Y acertó. El mensaje se oía un poco mal porque había viento de fondo, pero decía lo siguiente:

«Hola, soy Bárbara, me das dejado tu número antes en Internet. Mira, que Loretta dice que te diga que no quiere saber nada más de ti nunca. Que te olvides de ella. Y prefiero no repetirte lo que me ha dicho que te diga porque tampoco te conozco y no tengo nada contra ti. Me dice que mañana irá con alguien al piso a recoger sus cosas y que preferiría que no estuvieses. Dime, por favor, si eso es posible».

Sofía escribió: «De acuerdo, mañana no estaré. Y pasado, cambio la cerradura. Adiós».

La rabia comenzó a apoderarse de ella. Conque estaba ella preocupada por si le había pasado algo, que había faltado al trabajo sin avisar, había tenido que identificar un puto cadáver para descartar que fuera ella... ¿Y ahora decía que se olvidara de ella para siempre? Pues que no se preocupara, que desde luego así sería. Puta zorra de mierda, ¿quién coño se creía que era? Se encendió un cigarrillo mientras miraba al infinito, solo sentía rabia en ese momento. Poco a poco, se fue relajando conforme el cigarrillo se iba consumiendo. La verdad es que de Loretta no se esperaba esto, no se imaginaba acabar así su relación con ella. Pero la vida al final es una sucesión de acontecimientos a veces impredecibles que van condicionando los acontecimientos posteriores y así sucesivamente. No todo sale como uno quiere y no tiene sentido desesperarse ni guardar rencor. Aunque se pudiera sentir cierta rabia, había que pensar que quizás todo esto al final era para mejor. Y quizás en el futuro todo cambiase y pudieran retomar una amistad, nadie lo sabía.

En cualquier caso, al día siguiente no tenía ninguna intención de estar en la casa. Preferiría no estar ni en la misma ciudad que Loretta. Ni en el mismo país incluso. Cuanto más lejos, mejor. De hecho, se le estaba ocurriendo que eso iba a hacer.

Los padres de Sofía tenían un pequeño apartamento en Londres. Hacía años, habían abierto una importante línea de negocio en el Reino Unido, donde consiguieron clientes muy importantes. Como consecuencia de eso, comenzaron a viajar bastante allí. Sofía recordaba de cuando era una niña pequeña cómo su padre o su madre (siempre se quedaba uno de los dos con ella, jamás la dejaron a cargo de nadie) hacían viajes recurrentes a Londres. Como esta situación se alargó en el tiempo, y el negocio iba muy bien, Francesco y Arianna decidieron invertir en un apartamento en Londres cuando vieron una buena oportunidad. Encontraron una ganga en la zona de Earl´s Court, un pequeño apartamento de dos plantas, de apenas sesenta metros cuadrados, pero suficiente para ser considerado un hogar al que poder ir después de un día de trabajo o un sitio al que ir en un fin de semana o un puente a visitar Londres para desconectar. Lo utilizaban bastante hacía años, ahora ya menos. Francesco y Arianna tenían las reuniones cada vez más por Internet y, aunque alguna vez que otra iban, ya era más por gusto que por trabajo. Y desde antes de la pandemia de COVID-19 no iban. La pandemia era lo que necesitaban para aumentar la pereza que les daba, con la edad, viajar en avión.

Pensaron en vender el apartamento, pero Sofía los convenció para no hacerlo, ya que no necesitaban el dinero y estaba bien tenerlo. A Sofía le gustaba mucho, porque lo había decorado a su gusto y además tenía llaves y podía ir cada vez que quisiera. Ella sí iba de vez en cuando, dos o tres veces al año como mínimo. De hecho, la última vez había sido con Loretta a pasar un fin de semana, cosas de la vida. La casa tenía un servicio de limpieza contratado por los padres de Sofía, que cada semana iban a la casa, la abrían y ventilaban. Si avisabas veinticuatro horas antes de ir, te la preparaban para tu llegada; limpiaban todo; la cama, preparada, e incluso te compraban en el supermercado lo que quisieras.

Miró *online* que había un vuelo a la mañana siguiente, temprano, a Londres, que salía bien de precio y lo reservó, con vuelta para el próximo día. Acto seguido, llamó al servicio de limpieza, que estaba disponible los siete días de la semana, y avisó que iba a ir, que se lo tuviesen todo preparado. El lunes llamaría a la Escuela de Idiomas y se cogería un par de días llamados de asuntos propios a los que tenía derecho por convenio, y asunto zanjado.

Y eso fue lo que hizo, pasó el día en Londres. Se dio una vuelta por Harrods, comió en su restaurante favorito de Covent Garden, por la tarde dio una vuelta por Camden Town, y volvió al apartamento para pedir a domicilio comida tailandesa y beberse la cerveza que había pedido que le comprasen el día anterior. A la mañana siguiente, volvió a Murcia y más tarde estaba con Harry comiendo en el restaurante El Sirena, donde justamente acababa de contarle todo esto.

—Menuda historia —dijo Harry con cara de sorprendido.

—Ya sé que parece una serie o algo inventado, pero así ha sido —contestó Sofía—. Seguro que tus historias de anticuarios son más aburridas —añadió haciéndole un poco de burla.

—No te haces una idea —contestó Harry—, pero ¿estás bien entonces? Todo esto ha tenido que impactarte. Y esa chica, al final, estaba claro que la conocías desde hacía mucho tiempo y que habías compartido cosas con ella.

—Sí, sí, estoy bien. Oye, pedimos más cosas, ¿no? Que tengo hambre.

—Sí, sí, pero no me cambies de tema.

—No cambio de tema, tengo hambre, joder. Pedimos los platos principales y seguimos, ¿OK? Además, si no comemos algo más, vamos a acabar como Las Grecas con el vino este.

—¿Cómo dices?, ¿acabar como quién?

—Ja, ja, ja, es una expresión de España. Me la dijeron el otro día unos compañeros de trabajo y me hizo gracia. Significa estar muy borracho. Creo que eran unas cantantes españolas que al parecer pues..., ya te puedes imaginar —aclaró Sofía riéndose del pobre Harry.

—Las Grecas... —quedó Harry pensativo—, y esto lo has dicho sabiendo que yo no conocería de lo que hablabas y así podías reírte de mí, ¿verdad?

Sofía le lanzó un beso en tono de burla.

Harry también tenía hambre en realidad, así que no opuso más resistencia, aunque se apuntó en su cabeza lo de Las Grecas para buscarlo en Internet más tarde. Ambos pidieron el plato de pescado fresco del día, siguiendo la recomendación que les dijo Ana. Era una de las pocas situaciones en las que Harry se podía fiar de la gente, en un restaurante. Sabía que al camarero le convenía que la recomendación gustase, así que, como en realidad sabía más de la comida que él, se solía dejar aconsejar. Con los incentivos correctos, sí que se fiaba de la gente.

—¿Estás bien, seguro? A mí me lo puedes decir sin problemas —insistió Harry.

—Sí, sí, de verdad que sí. Fue un *shock* lo de tener que ir a identificar un cadáver que podía ser ella, eso es verdad. Y luego recibir un mensaje de una amiga suya diciéndome que no quería saber nada de mí..., fue duro el domingo, Harry, no te lo voy a negar —contestó Sofía, a la que empezó a hacérsele un hilo la voz. Harry le cogió la mano, y Sofía continuó—: Pero yo no puedo hacer más. Hay cosas que no puedo controlar, como, por ejemplo, cómo se sienten los demás. Lo mismo que te he dicho a ti antes, puedo pedir perdón y sentirlo, pero ya está. Si tú no estás dispuesto, o dispuesta, en este caso, a aceptarlo, no voy a insistir. Haz lo que quieras y ya está. Así que estoy bien y sigo adelante, para eso estamos aquí, ¿no?

—Perfecto, entonces, Sofía, mira, aquí vienen los pescados estos que hemos pedido. —Harry pensó que olían de maravilla mientras Ana se acercaba a la mesa a dejar los platos.

—Que aproveche —dijo Ana al dejarlos, frase a la cual, ambos hicieron un gesto de agradecimiento como contestación, como no podía ser de otra manera.

La comida prosiguió entre risas. Sofía le contó su encuentro con Alfonso la otra noche y el fin de semana con sus padres, aunque decidió omitir la parte de la invitación a la villa de La Toscana y dejarla para más adelante. Harry le contó historias de su Arkansas natal, de cómo su padre tenía un taller de motocicletas, pero a él no le gustaban nada, y también le contó la conversación del otro día con Carlos, el supuesto productor de películas, que no había llegado a contárselo a Sofía.

—Pero ese tío..., ¿te fías de él? —preguntó Sofía—. Sé que a mí me pasan cosas raras, pero ¿un tío fichando a uno que ve por la calle para actor principal de una película a rodar en Murcia rollo *Star Wars*?

—Pues todavía no lo tengo claro, la verdad. A mí me suena un poco raro, pero no sé.

—Venga, Harry Fernández, por favor, ¿seguro que no es que tienes tú ganas de que sea verdad? —preguntó Sofía en tono de burla.

—Podría ser, no te lo niego, estaría bien, ¿eh?

—Hombre, suena divertido, más que anticuario —contestó Sofía entre risas.

Acabaron de comer, se comieron un helado de vainilla de postre cada uno y decidieron alargar la sobremesa con un café y una copa. Cuando Ana trajo la copa, Harry le preguntó:

—Ana, podemos fumar, ¿verdad?

—Sí, sí, aquí no va a entrar nadie más que no sea yo, os abro la ventana esta de aquí un poco y listo. Cualquier cosa, le dais al pulsador y vengo.

—Muchas gracias.

Sofía quedó asombrada, y Harry le sonrió mientras sacaba un cigarrillo y extendía el paquete a Sofía, quién cogió otro. Ana salió del reservado y cerró la puerta tras de sí. Legalmente, no se podía fumar dentro de ningún restaurante desde hacía años ya en toda España, pero al estar en un reservado sin ninguna otra persona en otra mesa, y dado que no se molestaba a nadie y que nadie se iba a enterar, a petición de Harry, se le permitía. La generosa propina que dejaba siempre desde luego que también ayudaba, claro.

—Bueno, pues no me has contado nada de tu viaje —preguntó Sofía con cara de curiosidad—. ¿Qué clase de antigüedad hizo que tuvieras que irte varios días con todo tu equipo?

Harry sabía que ese momento de la cita iba a llegar, pero, por alguna razón, le pilló de sorpresa. Supuso que, dado que ya estaban con la copa y no había salido antes el tema, no iba a salir ya. Pero resulta que sí, y ahora tenía que ver qué contestar. Era muy pronto para decirle la verdad. Era posible que saliese corriendo y además quedaría en posesión de información que podría ser peligrosa para ella. Pero sabía que si la cosa iba en serio se lo tendría que decir en algún momento. Y cuantas menos mentiras le hubiese dicho antes, mejor. ¿Qué hacer entonces? ¿Contarle la verdad?, ¿contarle una burda mentira?, ¿contarle la verdad solo a medias?

—Oye, no me ignores, Harry.

Tenía que decir algo. Y rápido.

—Pues, Sofía, verás...

CAPÍTULO XX

—Pues, Sofía, verás, el trato lo cerramos teniendo ya comprador para la antigüedad, y este comprador ha exigido discreción y anonimato, no solamente en lo que respecta a quién es él, sino también a la antigüedad en sí. No puedo decirte nada, ya que firmamos un acuerdo de confidencialidad. Si te lo digo, lo estaría incumpliendo, aunque tú no dijeses nada. Y, si por casualidad se te escapase y se descubriese, me pondría una demanda que me dejaría en calzoncillos. —A Harry no le gustaba nada mentir, pero le salió eso. Ya tendría tiempo de arrepentirse luego, era una mentira temporal.

—Bueno, no quiero que eso pase, para verte en calzoncillos no me hace falta que nadie te ponga ninguna demanda —contestó Sofía.

Sobre las seis y media, pidieron la cuenta, pagaron a medias (Harry le dejó una propina generosa) y salieron a la puerta del restaurante.

—Bueno, Harry, pues me voy a casa.

—¿Quieres que te acompañe?

—Querer, quiero, pero prefiero que vayamos despacio ahora mismo, ¿OK? Además, debería preparar una clase para mañana, aunque quizás lo haga mañana por la mañana.

—Perfecto, mañana hablamos pues. Me lo he pasado muy bien.

—Yo también, Harry. —Sofía se acercó y se dieron un beso de despedida que respaldó esa última afirmación.

—Adiós, *handsome*.

—Adiós, *bambina*.

En la puerta de El Sirena, se separaron, y Sofía empezó a caminar en dirección a su coche mientras Harry lo hacía en sentido opuesto hacia su casa. Harry estaba bastante cansado, así que de camino le escribió a Alfonso para decirle que se iba a casa a descansar y si quedaban para comer al día siguiente, a lo que Alfonso contestó *ipso facto* con un *«perfecto, espérame en algún sitio de la plaza de las Flores y, cuando salga del trabajo, te llamo»*. A Harry le encantaba eso de Alfonso, la facilidad que tenía para confirmar planes. Había gente que para confirmar o acceder a un plan parecía que primero tenía que consultar al oráculo de Delfos, ver la alineación de los planetas de ese día o tramitar una orden judicial. Alfonso no era así. Si no podía, no podía, pero, si estaba libre, como decían en España, «se apuntaba a un bombardeo». Y, como Harry era un poco parecido en ese aspecto, se complementaban bien. Llegó a casa, y el cansancio que ya tenía se multiplicó por dos o por tres en cuanto se tumbó en el sofá. Desde luego, un poco de sexo hubiera estado bien, pero a quién pretendía engañar, su rato de sofá de ese momento lo cambiaba por pocas cosas. Encendió la tele y buscó una película. Seleccionó la función aleatoria porque no tenía nada de ganas de pensar qué película ver, prefería que lo pensase la tele por él. No importó mucho la película, ya que, a los diez minutos, Harry estaba roncando a pierna suelta y no se despertaría hasta las cinco de la madrugada, ya miércoles.

Sofía, por su parte, también estaba cansada. Se había levantado pronto para coger el avión de vuelta de Londres y, tras comer fuera con sobremesa, no tenía muchas ganas de ponerse a preparar la clase del día siguiente. Pero le gustaba su trabajo y se lo tomaba en serio, así que su intención era prepararla en un rato. Llegó a casa y comprobó que las cosas de Loretta ya no estaban. La que fue su habitación estaba vacía a excepción de la cama con el colchón sin sábanas, un armario vacío y un escritorio con su mesa y su silla. Dadas las circunstancias y a estas alturas, ya no se fiaba, así que abrió su armario y sus cajones y comprobó que todo lo suyo seguía en su sitio, que no le faltaba nada importante. A simple vista así era, con lo que se quedó tranquila.

Se sentó a preparar la clase del día siguiente y en tres cuartos de hora la dejó lista. Un par de actividades de gramática y un ejercicio oral en grupo consistente en un debate orientado sobre el transporte público de la ciudad de Murcia serían suficientes para ocupar la clase. Y si faltaba tiempo, ronda de preguntas o el truco de «venga, hoy salimos cinco minutos antes». A continuación, vio un poco la tele, habló por teléfono con su padre para contarle qué tal estaba el piso de Londres, cenó algo rápido y se acostó. La verdad es que se había quedado con ganas de sexo, así que se masturbó en la cama antes de dormir para aplacarlas. De todas formas, creía que había hecho lo correcto esa tarde al irse a casa. Si quería volver a empezar e intentar una relación seria, prefería ir poco a poco y no correr el riesgo de que se convirtiera en una relación de sexo sin más. Evidentemente, eso no quería decir que no tuviera unas necesidades sexuales que atender y eso había hecho. Satisfecha del todo, se quedó dormida hasta la mañana siguiente.

Eran las cinco de la madrugada, y Harry estaba despierto y activado, listo para funcionar. ¿Qué podía hacer? No tenía mucha hambre, pero sabía cómo «fabricarla». Se puso una camiseta vieja de los Simpson y unos pantalones cortos y se fue a correr. Cerca de su casa, había un paseo por la orilla del río, que la gente utilizaba mucho para correr o para ir en bici, muy agradable. Quizás echaba en falta algunos árboles más, aunque tenía algunos plantados en la orilla del río. De vez en cuando, te cruzabas con algún pato, a Harry le gustaba. Aunque era de noche, Harry no tenía miedo. Hubo noticias de que alguna chica había sido asaltada alguna vez o que algún yonki había atracado a algún corredor que había salido a correr sin demasiada luz, pero Harry no tenía miedo de nada de eso. Acababa de llevar a cabo una misión donde habían asesinado al terrorista más buscado del mundo, no iba a preocuparse ahora de que lo atracasen un par de pazguatos mientras hacía deporte. Harry corrió durante una hora por la orilla del río, con la luz de las farolas de la ciudad y apenas se encontró a un par de valientes como él, ni rastro de yonkis o de violadores. Volvió a casa sobre las seis y media, se duchó y ya tenía hambre, así que se hizo su desayuno americano, esta vez tamaño gigante. Su mañana transcurrió sin ninguna novedad reseñable, la mayor parte del tiempo haciendo un pequeño informe recomendando que Melinda entrase en el programa de entrenamiento para que Martha lo transmitiese a los peces gordos del Conglomerado. En la recomendación, aunque por supuesto no mintió, trató de no meter a Ángela en un problema por haberse saltado el protocolo. Y, dicho sea de paso, para no meterse él en problemas como responsable de FAI, ya que era su superior directo. Aunque, por otro lado, si lo despedían se ahorraba pensar si iba a dejarlo o no, tomaban la decisión por él. *«Harry, ¿qué coño dices, tío? Si te quieres ir, te vas tú, que no te echen»*, pensó en ese momento. Era verdad, tenía que pensar muy bien si quería dejarlo o no, pero debía ser profesional y compañero hasta el último momento.

Lo acabó, se lo mandó a Martha y estuvo navegando por Internet un rato hasta que llegó la hora de irse. Hacía un día nublado, pero decidió no llevarse paraguas. Se metió en uno de los bares de la plaza de las Flores y esperó ahí a Alfonso, que apareció a los diez minutos de estar esperándolo a una mesa.

—Hombre, Harry, cuánto tiempo. ¿Qué tal?, ¿cómo estás?

—Muy bien, hombre, ya he vuelto.

—Ya veo, ya. ¿Cómo ha ido tu viaje?

—Bien, bien, hemos cerrado un buen trato, y el cliente ha quedado muy contento.

—Pues nada fantástico, hombre. Oye, yo quería que hablásemos de lo que me dijiste de la peli esa.

—Sí, de eso quería hablarte. ¿Qué hacemos con eso? Yo es que no termino de creerme que eso pueda ser verdad.

—Pues no sé, Harry. ¿Por qué no lo llamas al colega a ver qué te dice? Tú dile que sí, que aceptamos, y a ver por dónde sale.

—¿Aceptamos?

—Hombre, ¿vas a decir que no a rodar una peli?, ¿una peli de ese tipo además? Cabronazo, déjate llevar un poco, hay que vivir la vida. —Alfonso alzó su vaso de cerveza, y Harry brindó con él, aunque con cara de no saber muy bien qué hacer.

—Bueno, Alfonso, yo no soy funcionario, no puedo pedirme excedencias, así como así. —Menuda excusa de mierda acababa de ponerle Harry a su amigo para no admitir que estaba hecho un lío en su cabeza.

—Tienes razón, Harry. Bueno, yo tampoco tengo mucha idea de cómo podría hacerlo. Pero, bueno, si yo soy un extra, no creo que tenga que estar cuatro meses en el rodaje. Seguro que podría cogerme los días. Pero si tú eres el «prota» sí que tendrías que verlo.

—Claro, por eso te digo.

—Pero, si te apetece, hazlo, Harry, si no, te vas a arrepentir siempre. El trabajo, al final, es como un mal necesario para intentar vivir lo mejor posible. Pero si algo de verdad te gusta o puede ser una experiencia única en tu vida, no la desaproveches. Si sale mal, siempre puedes encontrar luego otro mal necesario en caso de que lo necesites.

—Alfonso, ¿te has convertido en Nietzsche de repente o qué?

—He quedado de puta madre, ¿verdad? —contestó Alfonso, y ambos se echaron a reír.

Sin embargo, tras ese momento de risas, Harry comprendió que Alfonso tenía razón. Y es que se puso a pensar en cuando vivía en Estados Unidos y tenía un amigo llamado Richard. Richard era fontanero y ganaba bastante dinero. Tenía el sueño de montarse una tienda especializada en música, donde vender entradas de conciertos, instrumentos, discos, objetos de artistas que adquiriría en subastas, *merchandising* variado..., además de importar discos de música de otros países poco conocida para darla a conocer. Y, sobre todo, charlar de música con cualquiera que fuese a su tienda a preguntarle, recomendarles grupos y cosas así. Ser como una especie de «asesor musical», por así decirlo.

No le importaba la competencia de Internet; con sacar lo suficiente para vivir, le era más que suficiente, era su sueño y quería cumplirlo para ser feliz. Estaba intentando ahorrar un poco para ponerlo en marcha, pero un día al cruzar la calle lo atropelló un conductor borracho y su sueño y su vida se esfumaron. Harry, días después, reflexionó mucho y se juró a sí mismo que trataría de que nunca le pasase lo que a Richard. Y ahora mismo se estaba acordando de ese momento.

No es que ser actor fuese su sueño, pero sí era verdad que, si la oportunidad se estaba presentando, no sonaba mal. Sobre todo, teniendo en cuenta que podría ser un cambio a mejor con relación a las misiones, menos peligroso para su integridad y con el añadido de no tener que matar gente y que mentirle a su novia al respecto, que no era poca cosa.

—Venga, sí, voy a llamarlo a ver qué me cuenta —concluyó Harry—. Cuando comamos, nos tomamos un café en la cafetería de la plaza de al lado y llamo desde allí más tranquilos.

—Excelente —contestó Alfonso.

Comieron y, ya en la cafetería, llegó el momento de la verdad. Harry marcó el número que había en la tarjeta que Carlos le había dado y puso el altavoz para que Alfonso escuchara. Estaban a una mesa apartada de la cafetería y no había nadie más en ese momento.

El teléfono sonó varias veces, pero nadie contestó. Harry mostró una mueca de decepción.

—¿Y ahora qué hac…? —Antes de que Harry pudiese concluir su frase, su teléfono sonó. El número al que había llamado le estaba devolviendo la llamada. Harry descolgó con el altavoz encendido:

—¿Sí? Tengo una llamada perdida de este número, ¿quién es? —preguntó una voz al otro lado del teléfono.

—Hola, ¿Carlos? Soy Harry, ¿te acuerdas de mí?

—Ah, Harry Fernández, ¿verdad? Sí, hombre, claro que sí, me llamas por lo de la peli, ¿verdad?

—Sí, sí, quiero comentarte que en principio suena bien, pero necesito saber algo más.

—Vale, mira, ¿sabes qué pasa? Que, desde que hablamos la semana pasada, hemos tenido algún problema con varios temas, algún permiso de la administración, mi director me está también dando largas... Bueno, mierdas varias que no vienen al caso. —Carlos hablaba bastante rápido, pero se le entendía bien—. El caso es que todo se va a retrasar, incluido el *casting* con la prueba que tendrías que hacer. Estoy, bueno, estoy yo y mi equipo trabajando para agilizar todo, pero siendo sincero, el *casting* es lo que menos me preocupa ahora mismo, Harry.

Harry parecía decepcionado. Ya se había hecho a la idea de comenzar a hacer pinitos como actor y, de repente, parecía como si el mundo le estuviera diciendo «tú dedícate a lo tuyo». No sabía muy bien qué decir, así que, tras unos segundos de silencio, Carlos volvió a tomar la palabra:

—Mira, lo siento, de verdad, pero esto sigue en pie, ¿eh? Vamos a hacer una cosa. La semana que viene o a la otra a más tardar espero tenerlo ya todo bien encauzado. Este es tu número, ¿verdad? A primeros de junio, día 1 o 2, como mucho, te pego un toque, ¿OK? Y ya concretamos. Pero que esto sigue en pie, Harry, saldrá adelante como que me llamo Carlos Timoteo.

—¿Carlos Timoteo? —preguntó Harry.

—Bien, ya veo que sigues ahí, como no decías nada..., has hecho que recurra a revelarte mi segundo nombre para que dijeses algo, eres un tío duro, Harry —contestó Carlos en tono jovial.

—Ah, perdona, la verdad es que me he quedado un poco chafado al principio. Pero sí, vale, hacemos lo que tú dices y ya está. Hablamos en junio.

—Perfecto, Harry, quedamos en eso.

—Gracias, Carlos.

—Gracias a ti, adiós. —Y la conversación acabó.

—¿Y ahora qué, Alfonso? —Harry no podía ocultar su tono de cierta decepción.

—Pues nada, otra semana más que no te haces famoso, Harry, nada más. No pasa nada, hombre —contestó Alfonso, que hizo una pausa para beber un sorbo de su café y continuó—. Mira, estas cosas son así, puede haber retrasos. O puede que sea un estafador o un vendehúmos, no lo sé. Pero lo peor que puede pasar es que sigas como hasta ahora. Es decir, con tu trabajo, tu Sofía... Que tampoco estás tan mal, ¿no? Además de que siempre puedes plantearte otras cosas que hacer, pijo. Lo de la peli está bien, pero, si no sale, móntate un negocio *online*, abre un blog de lo que sea, aprende a tocar la guitarra... Hay muchas cosas.

Alfonso tenía razón. Tenía que plantearse qué hacer. Si estaba ya cansado de jugarse la vida y quería dejarlo, tendría que buscarse un «pasatiempo». Cuestión de dinero no era, así que no iba a trabajar de cualquier cosa, haría algo que le gustase. O quizás estaba todavía con el estrés de la última misión y en unos días desaparecería y querría seguir adelante con FAI más tiempo. Sea como fuere, esta semana libre le iba a venir bien para pensar.

Esa noche, Sofía fue a casa de Harry a cenar unas *pizzas* y a ver una película. Durante la cena, Harry le dijo que se iba a ir lo que quedaba de la semana a descansar y a reflexionar fuera, tras contarle la llamada de Carlos. Al no ser el dinero un problema, esa misma tarde había reservado habitación en un hotel con *spa* en los Alpes para irse al día siguiente. De la película, vieron los diez primeros minutos, ya que la lujuria se apoderó de ambos, y no tuvieron ningunas ganas de contenerla.

Pasaron la noche juntos y, al día siguiente, Sofía se fue, y Harry salió para el aeropuerto a media mañana. Se pasó hasta ese domingo entre el *spa*, las terrazas del complejo turístico mirando las montañas, el *jacuzzi* de su *suite*, el *footing* mañanero, y los masajes en la habitación. Su único contacto con el mundo exterior fue una llamada que le hizo a Sofía el viernes. Tenía un montón de mensajes en el móvil, pero los ignoró todos. De lo que sí se había enterado era de que, al parecer, ya habían dado el chivatazo de la muerte de Abdul a las autoridades y todas las agencias de noticias y medios internacionales estaban con ello. Si estaba en las noticias de la BBC, que vio de refilón el jueves por la noche al cenar en el bar del hotel, es que ya estaba la información circulando.

Y es que con la misión completada y una vez que Martha había informado de ello al Conglomerado para que a su vez informasen al cliente, se habría dejado un mensaje anónimo a la policía local de la zona. Harry no conocía los detalles, pero seguro que había sido algo inocente del tipo: «Sale un olor fuerte de la finca x de la zona y no contesta nadie al timbre, ¿pueden comprobarlo?». Y colgarían. Un par de policías locales irían, verían que era cierto y, al final, entrarían y se encontrarían el pastel.

Harry, de todas formas, no le prestó mucha atención a la noticia. Había ido a desconectar y eso precisamente iba a hacer, así que ese día acabó de cenar y se fue a su habitación a tomarse un *whisky* del minibar y a ver una película de no pensar mucho. El domingo volvió a casa con las pilas cargadas, como se suele decir, pero sin tener claro nada de su futuro todavía. Decidió seguir con la inercia de su vida un poco más, a ver por dónde transcurría.

El siguiente mes y medio transcurrió sin mucha novedad. Tuvieron una semana de formación en FAI sobre nueva tecnología que el Conglomerado estaba incorporando a su equipo. En concreto, unos drones con cierta inteligencia artificial y una especie de «suero de la verdad» altamente eficaz. Además de eso, apenas un par de misiones de poca monta, cubriendo gastos y poco más. Fue un periodo tranquilo.

Carlos no llamó, y Harry tampoco se preocupó de llamarlo él. Lo más normal era que fuese un charlatán, un engañabobos, y se le habría ido al traste lo que fuese que estuviera planeando. Harry decidió olvidar el tema sin más. Alfonso tampoco le insistió, ya que conocía a Harry y quizás pensase que no merecía la pena darle a su amigo falsas esperanzas. Harry, por su parte, se dejó llevar por el trabajo sin decidir nada sobre su futuro. Ese periodo de tiempo para Harry fue un tanto apático en el aspecto profesional.

La relación con Sofía siguió su curso, el curso normal de una relación. Quedaban, iban al cine, a comer, a cenar, tenían sexo regular...

Incluso pasaron un fin de semana juntos en un hotel de playa. Y muy bien, ambos estaban muy contentos. De momento, seguían viviendo cada uno en su piso. Sofía había decidido no buscar compañera o compañero de piso y asumiría el gasto extra. No tenía ganas de meter desconocidos en casa a esas alturas y para ella el dinero tampoco era problema. Su sueldo estaba bien, pero lo que cobraba de la empresa familiar todos los meses sin tener que hacer nada le permitía ciertos lujos. Y, aunque siempre había pretendido no tocar ese dinero y vivir de lo que ella misma ganaba, en ese momento, decidió que, si por suerte disponía de esa ventaja financiera, la iba a aprovechar, ya que tampoco había hecho voto de pobreza ni tenía la culpa de los males del mundo.

El jueves 15 de julio pidieron algo de comida para cenar y, mientras cenaban en casa de Sofía, ella le comentó a Harry la invitación a su villa de La Toscana por el cumpleaños de su madre. La verdad es que Sofía estaba segura de que Harry le iba a decir que sí, pero lo estaba a un noventa y nueve por ciento. Cuando recibió la invitación verbal de Sofía, Harry se interesó en saber qué era eso de una villa en La Toscana y le encantó la idea, pero no pudo evitar sentirse mal. En ese momento, sintió que su relación estaba dando un paso muy grande e importante como era conocer a los padres de su pareja en un fin de semana entero de fiesta de cumpleaños. Y, si estaba dando ese paso, es posible que hubiera llegado el momento de contarle a Sofía la verdad sobre a qué se dedicaba, y que ella tuviera derecho de decidir si quería seguir adelante o no.

—Verás, Sofía, escúchame con atención. No he sido sincero contigo respecto a mi trabajo hasta ahora. Pero viendo que nuestra relación está avanzando, antes de dar más pasos, te voy a contar exactamente a qué me dedico. Si después de escucharme, quieres que me vaya, lo comprenderé —dijo Harry.

Se lo contó todo mientras Sofía alucinaba.

CAPÍTULO XXI

Harry le contó a qué se dedicaba, desde que empezó en Estados Unidos a lo que hacía en FAI ahora mismo. Por supuesto, antes de hacerlo, le advirtió que no podría hablar de esto con nadie más y que, si no estaba dispuesta a eso, no podría decirle nada, a lo que Sofía accedió.

—Y bien, eso es todo. Sé que es difícil de creer, pero es la verdad. —Sofía no decía nada, por lo que Harry se levantó—. Si quieres que me vaya, lo entenderé.

Sofía se levantó a su vez.

—¿Dónde te crees que vas? Ni te muevas. A ver si lo he entendido bien —dijo mientras se acercaba a él. Acto seguido, lo rodeó con sus brazos y le insinuó—: O sea que mi novio es un tío duro que va por ahí vendiéndose al mejor postor, ¿eh?

—Algo así, ¿y estás de acuerdo con eso?, ¿no te preocupa?

—¿No has dicho que no matáis a inocentes?

—No, nunca, pero...

—Sabiendo eso, si es a lo que te dedicas, te gusta, y ganas dinero, ¿por qué iba a preocuparme? ¿Quién soy yo para dar lecciones a nadie o decirle lo que tiene que hacer o a lo que se tiene que dedicar? —le contestó Sofía interrumpiéndolo.

Harry se quedó pensativo un par de segundos, y Sofía le dijo:

—Todos tenemos esqueletos en el armario.

—Ya, pero los míos son de verdad.

—Piensas demasiado, Harry Fernández, no tiene nada de malo lo que hacéis, a veces, incluso, hacéis el mundo mejor quitando de en medio a terroristas. —Acto seguido, le susurró al oído—: Además, resulta bastante sexy, fóllame, Harry. —Y empezó a besarlo por el cuello.

Harry quedó pensativo un segundo porque no esperaba esa reacción, pero fue nada más que eso, un segundo. Después, se dejó llevar por el momento con una sonrisa de oreja a oreja y le arrancó la camisa a Sofía rompiéndole varios botones mientras iban a la habitación.

Después del sexo, Sofía se quedó durmiendo enseguida. Harry siguió en la cama pensando un rato más. La verdad es que la cena no había sido para nada como tenía pensado en un principio; había sido invitado a conocer a los padres de su novia durante un fin de semana a una villa de lujo en plena Toscana, le había desvelado a Sofía a lo que se dedicaba y, lo más sorprendente de todo, ella no le había dicho que se fuese por donde había venido, sino que le había parecido todo bien. Incluso muy bien. Salvo lo de la camisa que le había hecho jirones, que probablemente cuando se diese cuenta no le iba a parecer tan bien. Pero, bueno, le compraría otra y ya está.

«Pero, Harry, haz caso a Sofía de una vez y deja de pensar, tío. Ha ido bien, pues ya está», le dijo su voz interior en ese momento. Era cierto. Ya estaba hecho y había ido bien. Harry se quedó dormido.

A la mañana siguiente, Sofía se despertó pronto, mientras Harry todavía roncaba a su lado, durmiendo a pierna suelta. Se quedó un rato mirando al techo mientras pensaba en lo que le había sido revelado la noche anterior. Evidentemente, no se imaginaba que, cuando le iba a proponer a su novio el viaje a La Toscana para conocer a sus padres, su respuesta iba a ser: *«Sí, me parece perfecto. Pero antes de nada que sepas que en realidad soy un mercenario y llevo a cabo misiones robando, secuestrando, torturando y matando gente, ¿quieres un poco más de vino, cariño?»*.

Se había quedado muy sorprendida, por un momento hasta pensó que era una broma. Pero viendo que era cierto y que, conociendo a

Harry, era un momento de agobio máximo, decidió rebajar la tensión y no darle demasiada importancia. De hecho, en realidad, para ella no la tenía. Conocía a Harry bien y sabía que era buena persona. ¿Que había matado a algunos desgraciados? Fenomenal, ya quedaban menos en este mundo. Mientras él estuviera bien y en paz con su trabajo y consigo mismo, ¿quién era ella para juzgar lo que hacía? Hoy en día la gente era muy propensa a estar juzgando siempre a los demás. Eso no iba para nada con ella y no tenía ninguna intención de empezar a juzgar a su novio. Su promesa de que no mataban a inocentes le bastaba. Además, como le había dicho, ella también tenía manchas en su expediente.

Entendía perfectamente que no se lo hubiera contado antes, no era algo para revelar en la primera cita ni en la segunda tampoco. Y lo había hecho justo cuando había pasado ya algo de tiempo en la relación y antes de dar un paso importante, lo que quería decir que estaba seguro y decidido a seguir adelante con el vínculo de manera seria.

Harry se levantó al poco rato, cuando daban las ocho.

—Mierda, voy tarde —exclamó mientras se levantaba corriendo.

—¿Tenéis reunión de espías hoy? —preguntó Sofía desde la cama.

—Sofía, por favor, no bromees con eso, que se te puede escapar en cualquier sitio. Por favor, prométemelo —le dijo Harry muy serio.

Sofía vio la expresión de seriedad en el rostro de Harry y contestó:

—Vale, perdona, tienes razón. Pero solo si me compras una camisa nueva, señor tío duro.

Harry pensó por un momento que quizás había hecho mal en contárselo a Sofía. Si ella no se lo tomaba en serio, podía traerle problemas. Pero, lo hecho, hecho estaba, ya no había vuelta atrás. Confiaba en no arrepentirse. Sonrió al comentario de Sofía de la camisa y le enseñó el pulgar hacia arriba como señal de aprobación.

—No me da tiempo a desayunar —dijo Harry al salir de la ducha—, hablamos luego, ¿vale?

Se despidió de Sofía y salió. Llegó al trabajo en tiempo récord (por suerte tenía un par de mudas de ropa en el piso de Sofía por lo que no tenía que pasar por casa), saludó a Pepe, quien le dijo mientras subía corriendo que lo estaban esperando arriba. «*Como si no lo supiera*», pensó Harry al tiempo que llegaba al segundo piso. Era un día importante. Martha, a quien llevaban sin ver desde la misión de Abdul Akhbar, había convocado una reunión. Lo que quería decir que algo pasaba.

Abrió la puerta del segundo piso y allí estaban Martha, Ángela y Piotr esperando.

—Llegas tarde —dijo Martha.

—Martha, yo también me alegro de verte, ¿cómo estás? Te veo más delgada —contestó Harry sonriendo.

—Llegas tarde.

—Lo sé, lo siento.

—Siéntate.

Harry se sentó, saludó con la mirada a Ángela y a Piotr, quienes le devolvieron el saludo, y Martha comenzó a hablar.

—Os acordais de Melinda, ¿verdad? Pues con nuestras recomendaciones, comenzó el entrenamiento con el Conglomerado a los pocos días de acabar la misión de Almería y parece que lo está haciendo bastante bien a pesar del poco tiempo que lleva. Así pues, me han pedido que uno de vosotros ejerza de mentor suyo antes de iniciar las prácticas, y he recomendado a Ángela —dijo mirándola directamente—. Por la confianza generada en ella por tu parte y por tus grandes aptitudes, creo que eres la persona indicada. Todo ello a pesar de tu falta de respeto por el protocolo, actitud que, sin duda, ya estará corregida, ¿verdad?

—Sí, Martha, no te preocupes. Será un honor para mí ejercer de mentora de Melinda —contestó Ángela.

—Bien, decidido entonces —prosiguió Martha—. Mañana por la tarde, coges un vuelo a Nueva York y allí te llevarán al centro de entrenamiento donde está Melinda. Estarás allí tres meses. Después, ya hablaremos, pero podrás volver aquí si quieres.

Harry sabía que Ángela sería una gran mentora. Y quizás esto es lo que le hacía falta para acabar de madurar del todo. Era una buena decisión a nivel global, aunque le fastidiaba no poder contar con ella en el equipo, era una miembro fundamental.

—Enhorabuena, Ángela, te lo mereces, ya verás cómo haces de Melinda una mercenaria estupenda. —Harry se levantó y le dio un abrazo a Ángela—. Y, entonces, Martha, ¿nos quedamos Piotr y yo solos? —añadió Harry intuyendo cuál iba a ser la respuesta.

—No, esa es otra cosa que quería deciros. He pedido y se me ha concedido, volver oficialmente como agente de campo y, en principio, en ausencia de Ángela, estaré aquí con vosotros dos si os parece bien.

—Y si no nos parece bien, ¿qué?

—Pues lo mismo da, Harry, estaré aquí de todas formas. Era una manera elegante de decirlo, no des porculo, anda.

—Esa es la Martha que yo conozco, sí, señor —exclamó Harry riendo, arrancando carcajadas en el resto.

—Vale, pues esta noche cena y copas, invito yo —dijo Ángela—. Y no acepto un no por respuesta. Voy a casa a hacerme el equipaje, luego os escribo con hora y sitio, ¿OK?

Todos dijeron que sí, y Ángela se fue a casa, muy contenta parecía.

Tenían una pequeña misión que realizar ese día. Ángela no iba a participar, y Harry pensó que podía ser una buena ocasión para que Martha se «estrenase». Así que Martha les dijo la misión, y Harry contestó:

—¿Te parece bien si tú la haces, y nosotros te controlamos? Para que vayas tomando contacto.

—Claro, Harry, tú mandas, el jefe del equipo eres tú. De hecho, las misiones te van a llegar a ti en este tiempo, yo estoy a tus órdenes. Aunque, si te parece bien, como el contacto con las altas esferas ya lo tengo, los informes de las misiones seguiré haciéndolos yo —contestó Martha.

A Harry le encantó oír eso, así que asintió, no tenía especial interés en hacer trabajo burocrático. Respecto a la sumisión de Martha, no esperaba algo diferente. Ya demostró en la misión de Almería que Martha respetaba una cadena de mando y, sobre todo, que respetaba a Harry.

La misión en sí no tenía ninguna complicación. En Cartagena, un hombre le había pedido matrimonio a su novia y ella había aceptado. Un par de meses después, él descubrió que lo engañaba y canceló el compromiso, pero le pidió que le devolviera el anillo, y ella dijo que no le devolvía nada. El anillo tenía diamantes por valor de veinte mil euros, por lo que el novio no estaba dispuesto a perderlo así como así, y no tenía muchas ganas de seguir el lento y tortuoso camino legal para ello, que además no le aseguraba recuperarlo. La misión consistía en recuperar el anillo y devolvérselo al que lo había comprado. Una misión de las fáciles, seis mil euros por muy poco trabajo. Se fueron a Cartagena en coche y a las once más o menos estaban allí. La chica del anillo siempre desayunaba sobre las once y media en una cafetería. Martha se hizo pasar por una clienta y la esperó tomándose un café con leche mientras Piotr y Harry aguardaban en la calle de al lado en el coche. Avisaron a Martha cuando vieron aparecer a la chica del anillo. Lo único que tuvo que hacer Martha fue seguirla hasta el cuarto de baño cuando fue, esperar a que saliera, meterla dentro otra vez y amenazarla con un cuchillo y obligarla a que le diese el anillo.

Cuando se lo dio, le dijo:

—Te aconsejo que no digas nada a nadie de esto. Si no dices nada, no te pasará nada a ti ni a nadie de tu entorno, prometido, solo quiero el anillo. Ahora bien, como digas algo, lo lamentarás, ¿entendido, Rebeca?

—¿Cómo sabe mi nombre? —dijo Rebeca sollozando.

—¿Entendido, Rebeca? —repitió Martha. Rebeca asintió con la cabeza—. Bien, ahora cuando me vaya, echa el pestillo y cuenta hasta treinta, y entonces sales. Y podrás disfrutar de tu desayuno. No te preocupes que no te pasará nada —sentenció Martha.

Martha salió por la puerta del restaurante, se montó en el coche y se fueron para Murcia otra vez. Misión cumplida. Martha había demostrado que no se le había olvidado ser agente de campo desde Almería, aunque Harry tampoco era que tuviese duda alguna sobre eso.

La verdad es que Harry estaba contento de tener a Martha en el equipo de forma más permanente. La misión de Almería difícilmente se hubiera llevado a cabo con éxito sin ella, tanto por sus ideas como por su desempeño sobre el terreno. Quién sabe, quizás tener a Martha en el equipo le haría replantearse seguir más tiempo en FAI, se complementaban bien.

Recibieron un mensaje de Ángela con la dirección del sitio de la cena, un restaurante del centro de Murcia al que Harry no había ido nunca, El Gigante. Llegaron a Murcia y quedaron en verse todos a las ocho de la noche en el sitio. De camino a casa, Harry llamó a Sofía.

—Hola, ya he acabado de trabajar por hoy. ¿Qué tal?

—Anda, qué bien vives, fenomenal. ¿Qué tal la reunión?

—Bien, Ángela se va mañana unos meses para un trabajo que le han mandado y nos invita a los compañeros a cenar y a copas hoy.

—Vale, de acuerdo. Yo voy a ver si quedo también con algunos compañeros del trabajo para cenar, ya que es viernes.

—Oye, Sofía, ¿te apetece pasarte por El Gigante sobre las ocho y media o así, y te presento a mis compañeros?

—¿De verdad? Claro que sí.

Harry le había hablado de todos ellos al contarle su trabajo. No había entrado en detalles de las misiones ni de nada específico, pero era lógico que le contase con quién trabajaba. No estaba de más que los conociese en persona. Sin ir más lejos, él conocía a Tom, el marido de Martha, por ejemplo. Un tipo simpático, director comercial de una empresa de exportación de verduras de Murcia, afincado allí hacía más de quince años, al que Martha le había presentado en El Paso y habían coincidido desde entonces tres o cuatro veces, aunque ninguna en Murcia todavía, curiosamente.

—Perfecto, entonces, pues sobre esa hora nos vemos, *bambina*.

—OK, *handsome*, *ciao*.

Harry comió en el Chema y subió a casa a descansar. Pasó la tarde leyendo sin más. A las ocho de la noche, estaba en El Gigante, puntual como siempre. Preguntó por la mesa reservada a nombre de Ángela y lo llevaron a un reservado del restaurante. Era el primero en llegar, pero a los pocos minutos aparecieron Piotr, Martha y Ángela.

—Qué guapas, chicas —les dijo Harry—. Y tú también guapo —añadió mirando a Piotr mientras este se reía y le daba en el hombro en tono jovial.

La verdad es que iban todos bastante arreglados. Martha llevaba un vestido corto verde claro de escote redondo con un bolso a juego del mismo color y tacones blancos. Ángela, por su parte, vestía un top negro con escote asimétrico de manga corta, y una minifalda oscura a juego. Y Piotr iba con vaqueros oscuros, camisa blanca, y americana azul oscuro. A Harry no le gustaba arreglarse mucho, pero en esta ocasión se había puesto una camisa violeta elegante, y unos pantalones chinos a juego, por ser algo especial.

—Gracias, Harry, lo bueno es que tú no mientes —le contestó Martha, y todos se echaron a reír.

—Oye, Ángela, le he dicho a Sofía que se pase por aquí ahora a saludar y así os la presento antes de que te vayas, si no te importa —inquirió Harry.

—Genial, Harry, claro que sí, y que se quede a cenar si quiere. Nos encantará conocerla —contestó Ángela.

A las ocho y media, Sofía le escribió a Harry diciéndole que estaba en la puerta, y Harry le dijo que entrase un momento al reservado. Sofía apareció al minuto y se presentó a todo el mundo. Todos la saludaron y le insistieron para que se quedase a cenar.

—Vamos, quédate, estás invitada —dijo Ángela.

—Muchas gracias de verdad, es que ya he quedado.

—Bueno, vale, pero luego vente a tomarte una copa, he reservado un palco en el Lobo Marrón a partir de las once.

—Eso, vente luego a unas copas, que te contaremos trapos sucios de Harry —insistió Piotr.

—En ese caso, claro que sí, me paso luego —contestó Sofía.

—Eh, que estoy aquí y además soy el jefe —dijo Harry mientras todos se reían—. ¿Has visto el respeto que me tienen los cabrones estos? —preguntó a Sofía mientras él también se reía.

—Bueno, encantada de conoceros a todos, luego me paso por allí, muchas gracias —se despidió Sofía.

En cuanto salió por la puerta, Ángela dijo:

—Qué bien me ha caído, Harry, qué simpática.

—Sí, lo es, me alegro de que os caiga bien.

—Me alegro por ti, Harry, de verdad —dijo Martha echándose un poco de vino en su copa. Acto seguido, añadió—: Un brindis por Ángela, FAI te echará de menos.

Todos brindaron, y Ángela se levantó de su silla y dijo:

—Gracias, Martha, gracias a todos por venir. Sé que algunos nos conocemos desde hace poco tiempo, otros más, pero para mí ya sois como de la familia. Hemos compartido momentos intensos y eso crea un vínculo que es muy difícil que desde fuera se pueda comprender. No quiero hablar mucho porque no quiero llorar desde el minuto uno de partido. —Ya se le caía una lágrima por la mejilla—. Así que solo queda decir que no es un adiós, es un hasta luego. Y, a disfrutar de la noche, pijo.

Todos aplaudieron, y enseguida empezaron a llevar comida. La cena transcurrió bastante bien. La comida le gustó a todo el mundo, el vino y la cerveza corrieron sin parar, y las conversaciones se centraron en anécdotas de las misiones vividas en esos meses todos juntos. Lo que más le llamó la atención a Harry fue cuando Ángela contó cómo tenía un novio en la universidad que quería ser jugador de juegos de rol profesional, pero que sus padres lo habían obligado a estudiar informática «por si acaso no salía bien su plan, tener un plan B», y cómo fue él quien un día le habló de un cuerpo de mercenarios a través de un amigo de un amigo que los había contratado para un trabajo. Al principio, Ángela pensó que era uno de sus juegos de rol que solía inventarse y que estaba loco, pero le disparó la curiosidad y, cuando acabó la carrera y su doctorado (y su relación con ese chico, dicho sea de paso), sin saber qué hacer, decidió ponerse en contacto con ellos.

—Tuve que llamar a este ex, pedirle el número de su amigo y ese amigo me dijo que me fuese al parque norte del campus universitario, al tercer banco de la izquierda a las siete de la tarde y me sentase allí. Que no podía decirme más. Yo ya no sabía si eso era una película o qué, pero allá me fui. Me senté donde me dijo y apareció una chica corriendo que estaba haciendo deporte y se sentó en el mismo banco a descansar. Recuerdo que me dijo: *«¿Buscas algo en especial o estás aquí sentada sin más?»*. Yo le dije que me habían dicho que me sentase allí si quería hablar con un grupo de élite para intentar formar parte de ellos. Ella me dijo que no sabía de qué hablaba y se fue. Estuve allí una hora más sentada y no apareció nadie más. Me fui a casa y a la mañana siguiente me llamaron para que fuese a una calle determinada y me metiese en una furgoneta azul que habría aparcada. Yo seguía pensando si eso era una broma o una película o qué, pero como soy así, allá fui. Y nada, allí hablé con un miembro reclutador, tenían todos mis datos ya y aquí estoy, amigos. Joder, por fin he podido contar esta historia, qué alivio. —Todos se rieron—. Anda que no me he tenido que inventar trolas sobre mi trabajo con la gente.

Ángela pagó la cuenta y sobre las once fueron al palco reservado en el Lobo Marrón. El palco (en realidad no era un palco como tal, sino una zona elevada cuatro escalones por el resto) estaba bastante bien en opinión de Harry. Había una persona de seguridad para que no entrase nadie no invitado por los miembros del grupo, un aseo propio solo para el palco, y se avisaba a un camarero que llevaba las consumiciones. Se veía el resto del local desde allí y se escuchaba la misma música. Sobre las once y media, tras tomarse una copa de champán que daban como «regalo de bienvenida» al palco, Harry salió a fumar en compañía de Martha.

—¿Qué tal está Tom? —preguntó Harry iniciando la conversación.

—Tom se ha ido, Harry, se fue el mes pasado.

—¿Cómo que se ha ido?, ¿a qué te refieres? —preguntó Harry intrigado.

—Se ha ido de casa, con su secretaria.

—¿Qué dices? Pero será hijo de...

—No lo culpo, Harry.

—¿Puedo preguntar qué ha pasado?

—Pues él dice que yo hace ya tiempo que dejé de estar casada con él y que me había casado con el trabajo. Es verdad que en el último año yo he estado viajando mucho y cuando estaba en casa pensaba en el trabajo. Él me lo había dicho varias veces, pero yo no le hice caso —explicó Martha mientras apuraba su cigarrillo.

—Vaya, pues lo siento, Martha.

—Supongo que la aparición de su nueva secretaria hace unos meses, veinte años más joven que yo, ha sido lo que ha terminado de hacer que se decidiese —siguió Martha en tono de ironía. Harry no sabía qué decir, no esperaba que ese cigarrillo y su pregunta inocente y trivial se pudiesen transformar en un drama—. Da igual, Harry, me habrá puesto los cuernos o no, pero sí que Tom tiene razón en lo que me dijo. Para mí ya es tarde, Harry, pero déjame darte un consejo. No dejes que este trabajo ocupe todo tu tiempo mental. O lo lamentarás, de verdad. ¿Volvemos dentro?

Harry asintió con la cabeza, y ambos volvieron al palco. Harry se había quedado un poco asombrado de lo que le había contado Martha, pero decidió no darle más vueltas en ese momento. Sobre las doce y cuarto, apareció Sofía con un par de compañeros de trabajo. Ángela subió a los tres al palco y allí Sofía presentó a sus compañeros, Martín y Luis. Sofía les dijo que su novio y sus compañeros eran anticuarios de mucho nivel, que buscaban, compraban y vendían antigüedades por todo el mundo. A los dos esto les pareció muy interesante. Pagaron una ronda entre los dos para todos como agradecimiento por dejarlos estar en el palco sin conocerlos, con lo que empezaron con buen pie. Allí estuvieron todos riéndose y charlando hasta la una y media más o menos. Martha había hecho buenas migas con Luis esa noche, y los dos se despidieron y se marcharon a esa hora. Sofía le comentó a Harry que Luis se acababa de quedar soltero y que estaba con ganas de fiesta. «*Pues la va a encontrar*», pensó Harry. Martín se fue diez minutos después. Así que quedaron Piotr, Ángela, Sofía y Harry. Pidieron otra ronda más y, cuando se acabó, Harry y Sofía dijeron que ellos se retiraban. Harry se despidió de Ángela con cariño.

—Ángela, ha sido un placer tenerte en el equipo. Quiero que sepas que cuando alguna vez te he echado alguna bronca, no ha sido nada personal, ha sido por tu bien. Y que creo que eres una excelente agente y lo vas a hacer muy bien como mentora. Y que espero de verdad que vuelvas.

—Gracias, Harry, lo sé, has sido el mejor jefe que podía haber tenido. Claro que volveré.

—Saluda a Melinda de mi parte, dile que a ella espero verla también. Y gracias por esta noche.

—Lo haré, gracias a ti por venir. —Acto seguido, le añadió susurrándole al oído—: Y cuida a esta chica.

Salieron del local ya bastante cansados y con un grado de alcohol en el cuerpo considerable. En un alarde de lucidez, pensaron que lo mejor era que Sofía se quedase en casa de Harry a dormir, que no merecía la pena ahora buscar un taxi, ni mucho menos conducir su coche en ese estado.

De camino, comentaron entre risas lo de Martha y Luis, y Harry le contó que seguramente los dos que se habían quedado de fiesta iban a terminar igual, dados los antecedentes.

—Hacen bien, pijo —dijo Harry.

—Pues claro que sí —contestó Sofía. Estaban ya llegando al portal de Harry cuando añadió—: Oye, pues me ha gustado conocer a tus compañeros mercenarios, son buena gente y divertida. Otro día te toca a ti venirte con mis compañeros.

—Claro, eso está hecho.

Harry abrió la puerta, y entraron a la casa. Sofía se quedó dormida al momento de acostarse en la cama. Harry tardó unos minutos más. Hasta entonces, pensó en el consejo que Martha le había dado. Y pensó que tenía mucha razón, aunque también era verdad que eso no tenía por qué pasarle a él. Antes de que el trabajo destruyese su vida personal, lo dejaría. Por lo menos, eso pensaba Harry en ese momento.

CAPÍTULO XXII

El teléfono de Harry sonó sobre las seis de la madrugada. Aviso urgente de FAI con un mensaje: «luggage». «Joder, no puede ser verdad», pensó Harry con toda su resaca. Era como si una docena de martillos estuviesen dándole golpes todos a la vez por toda la cabeza. Se levantó y se tuvo que volver a tumbar unos segundos del mareo que llevaba. Acto seguido, ya pudo levantarse de manera definitiva, se hizo una maleta como pudo y despertó a Sofía.

—Tengo que irme, estaré fuera varios días.

—¿Cómo? ¿Qué dices? —contestó Sofía con los ojos cerrados.

—Sí, no sé cuándo volveré, te digo en cuanto sepa algo. Tú sigue durmiendo, te dejo un juego de llaves aquí para que cierres cuando salgas. Adiós. —Harry la besó y se fue.

—Harry, ten cuidado, ¿vale? Te quiero —dijo Sofía desde la cama.

Harry se frenó en seco y se giró.

—Lo tendré, yo también te quiero. —Y se fue.

«*Vaya, ¿eso qué ha sido? Esto ya es serio, Harry*», se dijo a sí mismo mientras bajaba las escaleras y pedía el taxi con su teléfono. Podía ir andando, pero no le apetecía ir cargado con la maleta, por no mencionar que sus condiciones físicas no eran las óptimas para eso.

Llegó a las oficinas de FAI y allí estaban ya Martha y Piotr. Los dos se veían particularmente de buen humor para ser tan temprano y haber estado de fiesta la noche anterior. «Seguro que tuvieron un buen fin de fiesta», pensó Harry.

—Buenos días, ¿qué oportuna misión nos toca, Martha? —saludó Harry sin mucho entusiasmo.

—Ni idea, ya te dije que ahora recibirías tú las misiones —contestó Martha mientras se encogía de hombros—. Pero espero que merezca la pena, porque he tenido que echar de casa al tío bueno que me estaba cepillando antes del polvo mañanero.

—Gracias por la información, Martha —contestó Harry sonriendo, al tiempo que Piotr se reía.

A los diez minutos, mientras se estaban acabando un café, a Harry le llegó un mensaje que leyó en voz alta: «Salid para el aeropuerto, terminal privada. Tenéis vuelo a Ámsterdam esperando. Os informaremos en el avión».

Cogieron las llaves de un vehículo y salieron hacia el aeropuerto. El aeropuerto no estaba demasiado lejos y a esas horas de un sábado no había tráfico, así que en veinte minutos estaban allí. Aparcaron y fueron a la terminal privada donde había un avión pequeño con las puertas abiertas y el motor encendido. Un chico con un chaleco amarillo estaba esperando abajo en la pista y, en cuanto los vio, les hizo señales con la mano para que subiesen al avión. Subieron rápidamente y el piloto estaba esperándolos arriba.

—Buenos días, sois los tres que me han dicho, ¿verdad? Venga, pues vamos a Ámsterdam. Sentaos y poneos los cinturones. No hay servicio a bordo, tenéis un frigorífico al fondo y una cafetera, coged lo que queráis. Nos vamos en cinco minutos —saludó el piloto mientras cerraba las puertas al paso de Harry, que fue el último en entrar—. Ah, soy el comandante Castaño y seré vuestro piloto. Si queréis algo, pulsáis el comunicador que hay en las mesas; de otra forma, no podré oíros. Y cuando se enciendan las luces de los cinturones, todo el mundo con el cinturón puesto. ¿Alguna pregunta?

Todos negaron con la cabeza, y el comandante Castaño entró a la cabina y dejó a los tres miembros de FAI solos en el avión.

Harry se preguntaba qué clase de misión sería, que incluso les fletaban un avión privado para ir sin ninguna demora. Además, a simple vista, era el mejor avión en el que Harry había estado nunca en cuanto a comodidad se refiere. Tenía dos filas de sofás en lugar de asientos, uno enfrente del otro, con un pasillo en medio, al fondo un aseo, el frigorífico y la cafetera, como había dicho el piloto. Los sofás tenían unos brazos que se podían levantar y llevaban unas pequeñas mesas plegables en ellos, como las de los pupitres del colegio.

—Venga, Harry, ni que fuese esto el Air Force One, siéntate, anda —dijo Martha cuando vio que Harry estaba algo estupefacto.

—¿Has estado en el Air Force One, acaso? —contestó Harry mientras se sentaba y se abrochaba el cinturón.

—Algún día te contaré la historia —contestó Martha mientras sonreía.

Enseguida despegaron y, en cuanto pudieron, se levantaron todos a la máquina de café.

—Estos cafés de cápsulas son como agua —dijo Piotr mientras cogía el suyo—. Voy a tener que hacerme quince para que me haga algo de efecto.

—Bueno, chicos, creo que ya nos ha llegado el *briefing*[23] de la misión, ¿la vemos? —sugirió Martha mientras se sentaba en un sofá y sacaba su *tablet*. Harry y Piotr hicieron lo mismo, y en sus dispositivos empezó a reproducirse un mensaje explicativo de la misión con una galería de imágenes sobre esta.

La explicación duró unos diez minutos. Resulta que, en las afueras de Ámsterdam, vivía de incógnito la bisnieta de un antiguo general alemán nazi, llamada Tess, nacida ya holandesa y sin el apellido alemán de su bisabuelo. Había sido descubierta por casualidad por un nieto de supervivientes judíos de la Segunda Guerra Mundial llamado Häns al mirar en una red social el perfil de Tess y ver en unas fotos, del salón de su chalet, unos cuadros de los que su padre le había hablado mucho. Tess, aunque era holandesa, hablaba un alemán bastante fluido y le gustaba practicarlo en redes sociales conociendo

23 Sesión informativa con instrucciones y descripción de la misión.

gente de Alemania. Y a Häns le gustaba conocer chicas de otros países, por lo que un grupo llamado «No alemanes/as en alemán» le resultó tentador. Y, mirando perfiles de miembros (miembros femeninos para ser exactos), se había llevado una sorpresa. En el salón de una chica había unos cuadros idénticos a los de las viejas fotografías que su padre le había enseñado. Investigó un poco por redes sociales y los datos y fechas que ella había publicado y todo le cuadró (nunca mejor dicho).

Al darse cuenta de esto, Häns contactó con el Conglomerado. Le había ido muy bien económicamente en la vida y el dinero no era un problema. Quería recuperar los cuadros de su familia y sabía que acudir a las autoridades podía convertirse en todo un laberinto desesperante y quizás inútil. Además, no sabía que reacción podía tener Tess; bien podía destrozar los cuadros en lugar de devolvérselos a un perro judío o bien podía esconderlos y que nunca se encontrasen. Así que decidió acudir a profesionales para que sustrajeran los cuadros con cuidado y se asegurasen por todos los medios de que Tess iba a mantener la boca cerrada al respecto.

Tras las averiguaciones del Conglomerado, tenían la localización del chalet de Tess y toda la información de su rutina. En principio, era una misión para la sección de Cork, pero como estaban al completo, habían hecho una subcontratación entre divisiones y al final habían llegado a la conclusión de que FAI era la mejor opción. Era una buena misión (unos ochocientos mil euros más o menos iba a pagar Häns), así que el coste de traslado en avión no era un gran problema.

—¿Y bien? No parece una misión demasiado complicada, ¿verdad? —preguntó Harry a sus compañeros.

—*A priori*, no. Una chica de treinta y poco, que vive en un chalet sola, soltera y sin hijos, no será muy difícil de reducir y de convencer de que nos vamos a llevar los cuadros —contestó Martha.

—Parece demasiado fácil —aportó a la conversación Piotr mientras seguía mirando el archivo de Tess—. Aquí dice que tiene alarma en el chalet y siempre está activada, podemos intentar desactivarla, pero necesitaría tiempo para estudiarla —concluyó.

—O podemos hacer la que hicimos en Almería que será más rápido y antes nos volvemos a casa, que nos abran la puerta —contestó Martha.

—Cierto, mirad la página dieciocho del *dossier* —exclamó Piotr.

Harry fue a la página dieciocho del documento y comenzó a leer para sí. «*Suele jugar al bádminton una vez a la semana en la ciudad, va en bicicleta. Le gusta ir a varios coffee shop* de la zona, pero no hay constancia de que consuma drogas. Suele verse un par de veces por semana con un par de amigas, Julia y Lili. Los sábados por la noche, suele llamar a un servicio de gigolós y siempre van dos a su chalet, que se quedan toda la noche y se van por la mañana...». Harry paró de leer.

—No, ni de coña —dijo Harry.

—Oye, perdona, ¿te recuerdo lo que yo tuve que hacer en Almería? ¿Qué pasa?, ¿porque eres un tío y tienes novia no puedes hacerte pasar por gigoló para entrar en la casa de esa nazi? —contestó Martha furiosa.

—Harry, tiene razón. Y es la mejor forma de entrar sin llamar la atención de los vecinos —completó Piotr la conversación.

Harry se quedó callado unos segundos. No le hacía nada de gracia tener que hacer de gigoló. Le daba igual tener que pegarle un tiro a esa nazi, pero hacer de prostituto... Aunque, por otra parte, si era solo para tener una excusa para entrar a la casa tampoco era para tanto.

—Bueno, es solo para entrar en realidad, ¿no? —dijo un poco timorato.

—Y, si tienes que hacer algo dentro, ¿qué pasa? —preguntó Martha amenazante.

Martha tenía razón. «Joder, Harry, no seas capullo, que ella tuvo que chuparle la polla a un terrorista y estás tú aquí con mierdas», le dijo su voz interior. Era cierto que nunca había tenido que recurrir a hacer él mismo nada sexual en ninguna misión, quizás por eso no se sentía cómodo. Además, le acababa de decir a su novia que la quería, le chirriaba ahora ser un gigoló, aunque fuese solo en apariencia. Pero este trabajo era así, la misión estaba por encima de todo. Desde luego, en ese momento, tuvo más ganas de dejarlo que nunca. Pero lo fuese a dejar o no, la misión tenía que completarse y tenía que ser profesional. También Martha se merecía que la respetara.

—Tienes razón, Martha, te pido disculpas. Es la mejor idea, la más discreta. Piotr y yo nos hacemos pasar por los gigolós que haya contratado y entramos, buscamos los cuadros y completamos la misión —admitió Harry.

Martha lo miró y le lanzó una leve sonrisa de aprobación.

Comprobaron el extracto de la tarjeta de crédito de Tess y vieron que había un pago del día anterior con un concepto llamado «La fiesta en casa, reserva». Era el pago de los servicios de gigolós del día, hecho el anterior. Por tanto, ese mismo sábado ya tenían la oportunidad de llevar a cabo la misión. Harry pensó que estupendo, cuanto antes acabasen, antes volverían a casa. Llegaron al aeropuerto y fueron al hotel que les habían reservado desde la delegación de Cork. Era una *suite* más grande que el propio apartamento de Harry, con tres habitaciones. Tenían una botella de champán del bueno en el mueble bar con una nota de agradecimiento de los compañeros de Cork, todo un detalle. Comieron algo y se fueron a alquilar un coche para dirigirse al chalet de Tess. Habida cuenta de que solo había un camino hacia el chalet, aparcaron el coche a cierta distancia, oculto entre la vegetación. Por las informaciones que tenían, al coche rotulado con «La Fiesta en casa» le quedaba un par de horas aproximadamente para aparecer, por lo que repasaron el plan. El plan era parar el coche, dormir a los auténticos gigolós con una maniobra *sleepy*, y esconderlos en el maletero del coche. Después, Piotr y Harry se dirigirían al chalet de Tess y llamarían a la puerta haciéndose pasar por el servicio contratado. Tess hablaba inglés perfectamente, así que ese sería el idioma en el que se dirigirían a ella, ya que ni Harry ni Piotr hablaban holandés ni alemán. No pensaron que eso le importase mucho a Tess, dada la naturaleza del servicio requerido por ella. Una vez que los dejase entrar, la inmovilizarían, buscarían los cuadros, le «harían entender» que mejor no denunciar nada, y misión cumplida. Si era una nazi o no, no era asunto de ellos. No formaba parte de la misión, así que, aunque descubriesen que tenía un mantel con una esvástica negra sobre fondo rojo y un altar al mismísimo Hitler, no harían nada al respecto. En teoría, no deberían tardar mucho. Martha, entre tanto, estaría en el coche de alquiler esperando, viendo y escuchando todo con una cámara oculta en un anillo de Harry.

El tiempo pasó y más o menos sobre las siete y media de la tarde vieron a lo lejos el coche de los gigolós. Martha se puso en medio de la carretera a levantar los brazos para que parasen. El coche paró, y Martha les dijo, en inglés, si podían echarle un vistazo a su coche, que no arrancaba de repente. Los gigolós aparcaron en un lateral y se acercaron al coche. Cuando se estaban acercando, Harry y Piotr salieron de donde estaban escondidos y les practicaron la *sleepy* que los hizo caer al momento. A continuación, prosiguieron con el plan. Fue una suerte que el coche de los gigolós tuviese un maletero grande, donde cupieron los dos angelitos durmientes sin excesivos problemas. Para meterlos, eso sí, tuvieron que sacar un maletín con el logo de la empresa, que supusieron que eran los atuendos necesarios para dar el servicio.

Llegó la hora de la verdad, Harry y Piotr llamaron a la puerta y abrió Tess.

—Hola —dijo Harry en inglés—. Somos de La fiesta en casa.

—Sí, os estaba esperando, ¿no habláis holandés? —preguntó Tess también en un perfecto inglés, todavía sin abrirles del todo.

—No, lo siento, esperamos que eso no sea un problema —contestó Piotr.

—En absoluto, guapo —contestó Tess que, a continuación, abrió un poco más la puerta y dejó ver su otra mano que empuñaba una pistola.

—Adentro, chicos —añadió mientras les apuntaba con el arma.

No parecían tener otra opción, así que entraron, y Tess cerró la puerta tras ellos.

CAPÍTULO XXIII

Sofía se despertó tres horas más tarde de que Harry se fuese y se quedó un rato en la cama con una resaca considerable y sin ninguna prisa. Le gustaba el piso de Harry y estaba cayendo en la cuenta de que nunca había estado sola en él. Harry se había ido con una maleta, así que en realidad si quería podía quedarse ahí todo el fin de semana. No había que decidirlo en ese mismo momento, por lo que ya lo pensaría. Lo que tenía claro es que le gustaba más el piso de Harry que el suyo y, si se iba a vivir con él, seguro que sería a este piso antes que Harry al suyo.

Comenzó poco a poco su proceso de «verticalización» mientras pensaba en el hambre que tenía. Se hizo el desayuno con lo que pudo, teniendo en cuenta lo que Harry tenía en la nevera y en la despensa. Mientras se lo comía, además de regocijarse en qué bien le habían salido los huevos revueltos, pensó en qué iba a hacer ese fin de semana. Tenía resaca, y su novio se había tenido que ir de improviso, así que cualquier persona en su sano juicio se tomaría el sábado más o menos tranquilo.

Pero Sofía no era cualquier persona y además tenía ganas de «movida». Estaba contenta últimamente, todo marchaba bien. Y cuando estaba así de animada no le gustaba quedarse viendo la tele o leyendo. Cuando acabó de desayunar, se duchó y se tumbó en el sofá un rato. Cogió el móvil a ver qué plan se podía buscar, pero a los dos minutos sonó el timbre de Harry. Miró por la mirilla y era Alfonso. Abrió la puerta, y él se sobresaltó al verla.

—Coño, hola, Sofía. ¿Qué tal?

—Buenas, Alfonso, pues bien. Harry se ha ido de viaje esta mañana, no sé cuándo va a volver, pero se ha llevado maleta.

—¿Otra apasionante búsqueda del arca perdida? —preguntó Alfonso entre risas.

—Pues sí, eso parece —contestó Sofía entre risas pensando que Harry podía estar en ese mismo momento degollando al líder de la mafia albanesa en Madrid perfectamente, y Alfonso estar pensando que estaba en Hellín viendo la cubertería de una familia del siglo XVIII—. ¿Quieres pasar?

—Oh, no, no te preocupes. Venía a ver si Harry se tomaba una cerveza en el bar de abajo.

—¿Te sirvo yo para la cerveza? —preguntó Sofía.

Alfonso no supo bien qué decir durante un par de segundos, no se esperaba esa respuesta.

—Ah, vale, sí, claro. Fenomenal.

—Vale, baja si quieres y voy en cinco minutos o entra y espera que me cambie de ropa —le dijo Sofía pensando que ya tenía un plan para un rato al menos.

—OK, te espero abajo, Sofía. Me siento en la terraza si te parece, que hace buen día.

—Perfecto, ahora te veo, Alfonso —contestó Sofía cerrando la puerta.

Sofía se puso lo que pudo, dado que no tenía mucha ropa en casa de Harry y, cuando bajó, Alfonso estaba en la terraza del Bar Chema como había dicho, con una cerveza y unas olivas. Se sentó a su lado a la misma mesa y allí estuvieron charlando. La verdad es que, a Sofía, Alfonso le parecía un tío divertido, un buen compañero de fatigas. Con la segunda ronda de cervezas, Alfonso comentó:

—Pues se lo iba a contar a Harry, pero como no está, y ya estás en su piso tú sola, lo cual te da relevancia en su vida, pues te lo voy a contar a ti.

—Claro, ¿de qué se trata? —preguntó Sofía intrigada.

—Pues estoy saliendo con una chica y parece que la cosa va en serio —contestó Alfonso con una sonrisa.

—Vaya, eso es fantástico, Alfonso, me alegro. ¿Quién es? —preguntó Sofía, aunque al instante añadió—: Bueno, no es asunto mío tampoco, no hace falta que me cuentes nada.

—Bueno, es una chica que ya conocía de antes. Digamos que hubo algo, pero, por líos que no vienen al caso, acabó todo como el rosario de la aurora. Harry sabe quién es.

Sofía asintió, pero no sabía muy bien a qué se refería Alfonso, había sido un poco parco en detalles. Alfonso se dio cuenta, y añadió al instante bajando el tono de voz:

—Quiero decir que ya nos habíamos acostado antes, pero por culpa mía se fue todo a la mierda, ya que tenía que haber hecho algo antes de empezar y no lo hice.

—Entiendo, no tienes que justificarte conmigo, Alfonso, faltaría más. Bueno, ¿y ahora, entonces, habéis retomado?

—Pues sí, y ya te digo, en plan que va hacia algo serio. Esta tarde vamos al cine, por ejemplo. Hacía muchos años que no iba al cine con una chica. —Alfonso estaba bastante radiante, como un niño con zapatos nuevos, o al menos eso le parecía a Sofía.

—¿No me digas? ¿Y eso?

—Estaba muy bien de soltero. Solo me interesaba el sexo en los últimos años e ir a lo mío sin tener que dar explicaciones ni comprometerme a nada, para qué engañarte —contestó Alfonso.

—Eso está genial, en cada momento, a cada uno le apetece o le interesa una cosa, no es malo. Y yo creo que a todos nos ha pasado.

—Eso pienso yo, brindo contigo, Sofía —dijo Alfonso alzando su cerveza.

Al acabar, Alfonso subió a su casa, y Sofía decidió quedarse en el piso de Harry, pedir a domicilio comida china y echarse una siesta antes de ver qué haría con el resto del sábado. La verdad es que el viaje sorpresa de Harry la había trastocado un poco, pero algo se buscaría. Al despertarse de la siesta, llamó a su amiga Rebeca, que casualmente también estaba libre, y quedaron para tomar un café por el centro de Murcia. Rebeca era una chica de Murcia a la que Sofía conoció nada más llegar a la ciudad en el primer piso en el que se hospedó. Fue su primera compañera y enseguida congeniaron bastante bien. Al principio, trabajaba como camarera en una pizzería y todo le iba bien, tenía un buen sueldo y también un buen horario. Pasaba con Sofía muchos buenos ratos, y era una chica a la que todos sus amigos y compañeros de trabajo querían.

Pero todo se truncó una noche. Mientras abría el portal del edificio donde tenían el piso, de madrugada, al volver del turno de tarde noche del trabajo, un desalmado le puso una navaja en el cuello y la obligó a entrar dentro del portal. Una vez dentro, la violó y se fue corriendo, dejándola allí en la puerta del ascensor con la falda rota y las bragas bajadas. Le costó dos horas más subir a casa y despertar a Sofía para contarle lo que había pasado entre lágrimas. Sofía llamó a la policía y no dejó a Rebeca lavarse para no eliminar pruebas. Lo había visto en la tele y la verdad es que resultó crucial. La llevaron al hospital y allí la reconocieron y tomaron una muestra de ADN, lo que permitió identificar al malnacido que la había asaltado. Se trataba de un acusado de violación en libertad pendiente de juicio. La policía lo detuvo a los pocos días y fue condenado a varios años de cárcel. Rebeca estuvo yendo bastante tiempo a terapia psicológica y durante algunos años no pudo tener ninguna relación e incluso le daba miedo hablar con algún hombre. Se podía decir que, durante ese tiempo, perdió por completo la ilusión por vivir.

Sofía estuvo todo ese tiempo a su lado y fue testigo directo de todo el proceso, apoyándola en todo lo que podía. Cuando poco a poco empezaba a encontrarse mejor, le concedieron a su agresor el tercer grado por buena conducta, y Rebeca, tras consultar con su terapeuta, tomó la decisión de irse de Murcia. Sofía le insistió al principio en que se quedase, que no condicionase su vida por su agresor, que no era justo, pero al final entendió su postura. Rebeca no estaba dispuesta a encontrárselo por la calle un día. Así que, al día siguiente de decírselo a

Sofía, Rebeca cogió un autobús y se marchó a Barcelona, donde tenía una hermana viviendo, y allí se quedó. Al principio, seguía hablando con Sofía, pero al cabo de un par de meses perdieron el contacto. Sofía asumió que Rebeca necesitaba cortar lazos con su vida anterior y respetó su decisión. No supo nada de Rebeca hasta hacía unos dos meses. Rebeca la llamó y le dijo que volvía a Murcia para vivir allí.

—¡Qué bien, Rebe! Genial, ¿no? —le contestó Sofía cuando se lo dijo.

—Pues sí, quiero vivir en mi ciudad. Y mi novio tiene trabajo allí, así que...

—¿Cómo? ¿Tu novio? ¿Qué me dices? —exclamó Sofía.

Resulta que Rebeca había conocido hacía un año en Barcelona a un chico de Murcia, que estaba allí un fin de semana de fiesta con unos amigos, y se enamoraron al instante. Comenzaron la relación a distancia, él iba fines de semana para allá y, como todo iba bien, habían decidido vivir juntos. Ella le contó su experiencia y que por eso no había ido a Murcia todos esos años, pero creía que ya estaba lista. Como ella no tenía trabajo en ese momento, y él en Murcia sí, decidieron ir a Murcia a vivir. Se lo contó todo a Sofía un día que quedaron, recién llegada a Murcia de nuevo, a tomar un café, años después de la última vez que se habían visto. Sofía la vio bastante recuperada, casi podía decir que era la Rebeca de antes.

Todo eso también influyó para que Sofía estuviese contenta. Había recuperado a su amiga tantos años perdida y con quien ya prácticamente había dejado atrás toda esperanza de volver a hablar de nuevo. Pero en su encuentro se dio cuenta de que, por suerte, parecía como si el tiempo no hubiera pasado. Ella le contó lo de Harry (obviando la parte donde decía que era un mercenario a sueldo), toda la historia con Loretta, sus temas de la empresa familiar..., y no podía creer que fuese a Rebeca a quien se lo estaba contando, ya que hacía años que no sabía de ella.

En estos momentos, Rebeca estaba trabajando de peluquera en una peluquería del extrarradio de la ciudad de lunes a sábado por la mañana, había encontrado trabajo rápido. Tenía que trabajar con horario malo y por eso no se veían mucho, pero sí que habían vuelto a recuperar el contacto a través del móvil. Ya habían quedado para presentarse a sus parejas un día, pero todavía entre los compromisos de todos no habían podido concretar. De momento, solo habían quedado ellas dos un par de veces, esta sería la tercera.

Sofía salió del piso de Harry y se dirigió a la cafetería donde había quedado, un sitio muy curioso, La pradera sonriente, con una decoración que a Sofía le parecía muy original, con motivos campestres y luces de colores. Estaba a unos diez minutos andando desde el piso de Harry, el cual cada vez tenía más claro que utilizaría para dormir esa noche, ya que le daba un nivel de pereza inimaginable ir a su coche luego e irse a su piso.

¿Cómo le iría a Harry? Ahora que ya sabía a lo que se dedicaba en realidad, el que Harry estuviese fuera en una misión y no saber dónde era o qué tenía que hacer, hacía que le picase mucho la curiosidad. No es que tuviera miedo de que le pasara algo. Sabía, o por lo menos eso quería pensar, que iba a estar bien y que sabía cuidar de sí mismo, no se trataba de eso. La verdad es que pensaba con un cierto punto de envidia las posibles aventuras que estaría viviendo. Luego le escribiría a ver cómo le iba y esperaría la respuesta con impaciencia. Otra cosa diferente era si podía contestarle, ya que en medio de una misión eso no siempre podía posible. De momento, entró por la puerta de La pradera sonriente y, al no ver a Rebeca todavía, eligió una mesa junto a la ventana y allí se sentó. Había una agradable música ochentena en el hilo musical, y el local estaba a aforo medio, con algunas mesas de sobremesas de copas, otras con parejas tomando un cóctel y también algunas de gente joven tomando café. Se pidió un capuchino mientras esperaba y, a los tres minutos, llegó Rebeca y la saludó sonriente.

La siguiente hora transcurrió entre risas, contándose la una a la otra cómo les había ido en la semana, cómo estaba Sofía ahora en el piso de Harry y cómo el novio de Rebeca siempre se dejaba la tapadera del váter abierta por más que ella se lo decía una y otra vez. Llegó un momento en el que, sin embargo, el tono cambió, y a Rebeca se le transformó la expresión de la cara.

—Sofi, ¿qué pasa si me encuentro al ogro en la calle?

El ogro era como había acordado Rebeca con su terapeuta que iba a llamar a su violador. Utilizaba ese nombre para referirse a él desde hacía años y, por lo visto, así seguía haciéndolo. Lo cierto es que no habían hablado del ogro desde que Rebeca había vuelto a Murcia, y Sofía sabía que ese momento tenía que llegar tarde o temprano, pero no quería ser ella quien sacase el tema, ya que no le parecía lo más adecuado ni lo mejor para Rebeca. Ahora bien, ya que Rebeca lo había sacado, no iba a eludir la conversación.

—No te lo vas a encontrar, Rebeca.

—¿Cómo estás tan segura?

—Porque sé que no te lo vas a encontrar.

—Pero...

—Rebe, ¿recuerdas lo que te dije cuando decidiste irte a Barcelona?

—Sí, claro.

—¿Cuáles fueron mis palabras?

—Fueron exactamente «Vete y cambia de aires, pero que sepas que el ogro no te va a molestar más».

—Correcto, veo que no se te ha olvidado, y tú confías en mí, ¿verdad? —le preguntó Sofía mientras le cogía las manos.

—Sí, claro, Sofi, claro que confío en ti, pero se escapó cuando le dieron el tercer grado, nadie sabe dónde está, ¿cómo sabes que...?

—Pues si confías en mí, no tienes nada que temer, te repito que el ogro no va a molestarte más, ni te lo vas a encontrar por la calle, te lo prometo, ¿OK? —Sofía la miró fijamente y vio cómo el rostro de Rebeca poco a poco cambiaba e iba cogiendo una expresión de más entereza.

—Vale, Sofía, el ogro no me va a molestar.

—El ogro no está.

—El ogro no está —repitió Rebeca.

—El ogro se ha ido.

—El ogro se ha ido.

—Y voy a ser feliz.

—Y voy a ser feliz. —Rebeca comenzó a sonreír poco a poco.

Sofía, mientras tanto, recordaba el momento en el que le había dicho a Harry que todos tienen esqueletos en el armario. Y aunque Rebeca no la vio, también sonrió.

CAPÍTULO XXIV

Tras ese breve episodio de bajón emocional de Rebeca, la situación volvió a la normalidad. Salieron de La pradera sonriente y se dirigieron a dar un paseo por los alrededores, mirando los escaparates para ver las últimas novedades de las tiendas de la zona. Rebeca había quedado con su novio al poco rato y tenía que irse a coger el tranvía que recorría una parte de la ciudad, por lo que Sofía la acompañó hasta la parada, se despidieron cariñosamente emplazándose a cenar un día con sus parejas en cuanto el anticuario volviera (así se refería Rebeca a Harry), y luego se volvió andando hasta el piso de Harry, que estaba a una media hora de camino más o menos. Estaba ya cansada, había empezado el día con energía, pero se le estaba haciendo largo. No había acabado de irse del todo la resaca del día anterior, así que decidió pasar a comprar tabaco, que no tenía, e irse al sofá de Harry a gandulear un rato.

Llegó y se tumbó a fumarse un cigarrillo con un poco de vino que Harry tenía en la nevera. Pensaba en la pobre Rebeca, en si algo como lo que le había pasado llegaría a superarse alguna vez. Aún ahora, después de tantos años, con una pareja que la adoraba, según sus propias palabras (a pesar del asunto de la taza del váter), habiendo vuelto a su ciudad y con una vida más o menos encauzada, se podría decir, acababa de comprobar cómo en su cabeza el trauma que tenía desde aquella noche seguía estando muy presente. Posiblemente, era algo que nunca se llegaría a superar del todo. Y Sofía la conocía muy bien y sabía que durante todo este tiempo no había dejado de querer estar bien, de luchar por encontrarse mejor. No era una persona pusilánime ni mucho menos y había intentado no dejarse arrastrar a lo más profundo de la desesperación, al abismo de la locura y la tristeza, pero había sufrido un suceso desgarrador y era superior a ella. Por eso mismo, el día en que pusieron en libertad al ogro y le vio a ese malnacido una sonrisa de oreja a oreja, Sofía supo que no iba a dejar que se diese la oportunidad de que Rebeca se lo volviese a encontrar por la calle, de que pudiese llamarla por teléfono o de algo peor. Así que hizo lo que pensó que tenía que hacer.

...

(*Unos cuantos años atrás...*). Gracias a los medios de comunicación, sabía que el ogro era vecino de Murcia y, de las imágenes de la plaza y las calles que salieron en su día por televisión, sabía más o menos de qué zona en concreto. Aunque él pudiese intentar pasar desapercibido e instalarse en otro lugar, sus padres, a los que había visto en el juicio, seguramente seguirían viviendo allí. Por tanto, en cuanto se enteró de la noticia del tercer grado del ogro, se fue para esa zona por las mañanas a ver si averiguaba algo. Era una zona de la ciudad donde había bastante venta de droga y un grado importante de delincuencia, pero a Sofía eso no le importaba. El primer día, se acercó a unos jóvenes que estaban sentados en un parque, sacó un billete de veinte y enseguida le dijeron dónde vivía la familia.

—Pero él no está aquí, ¿eh? —le dijo el chico que cogió los veinte euros—. Después de lo que hizo, aquí ya no lo queremos.

—¿Y sabes por casualidad dónde está? —preguntó Sofía.

—Ni zorra, pero como aparezca por aquí, lo revientan, tía —le contestó el joven.

—Acho, claro que lo reventamos a ese cabrón, eso no se hace, aquí somos honrados. Su familia es muy buena gente, pero ese que no venga por aquí. Señorita, si me da otro billete de esos, le digo dónde dicen que está —dijo otro de los jóvenes que estaba sentado en el mismo banco.

Sofía sacó otro billete de veinte y le alargó la mano, pero cuando el joven fue a cogerlo la retiró.

—Pero no me digas mentiras, ¿eh?

—No, señorita, yo le voy a decir lo que dicen por ahí, na más —contestó el joven mientras Sofía le volvía a acercar la mano, y ya sí pudo coger el billete—. Está trabajando en el restaurante de sus padres, fregando platos donde no lo ve nadie. Y duerme en un piso viejo que tenían sus padres por ahí, por el campo, cerca del restaurante. Va en bici.

—Vale, perfecto, gracias —contestó Sofía mientras sacaba un billete de cien euros y se lo daba a sus nuevos amigos guiñándoles un ojo para añadir al instante—: No me habéis visto.

Sofía había investigado un poco en Internet y con el tercer grado se le exigía un trabajo y un domicilio fijo donde tener que estar localizado a ciertas horas del día por las autoridades, por lo que iría de casa al trabajo y del trabajo a casa, lo cual quería decir que tendría una rutina. Esto le facilitaría a Sofía lo que pensaba hacer. El restaurante de los padres no sabía cuál era, pero como sabía dónde vivían los padres, era cuestión de seguir su coche un día. Y eso hizo precisamente al día siguiente.

Sobre las seis de la mañana, ya estaba Sofía enfrente de la casa de los padres del ogro. A las siete, salieron por la puerta (Sofía los reconoció, no había olvidado sus caras) y se montaron en un Peugeot 207 viejo de color granate. Sofía los siguió a una distancia prudencial y enseguida llegaron a un restaurante de huerta, cerca de algunas casas y negocios. En Murcia, hay una agricultura de huerta muy rica y variada y, junto a ella, hay bastantes restaurantes que suelen ofrecer productos de la zona, carne a la brasa, arroces... Suelen ser sitios poco glamurosos pero con mucho éxito, y los padres del ogro tenían uno muy conocido en la zona. Aparcó a una cierta distancia y sacó los prismáticos que se había comprado. Vio cómo había un hombre con una bicicleta esperando en la puerta y, al verlo, la sacudió un escalofrío por dentro. Allí estaba el ogro. Vestido con una camisa blanca y un pantalón negro sin cinturón. Fumándose un cigarrillo, esperaba a que le abriesen para entrar a trabajar. Cualquiera que no lo conociese y lo estuviera viendo en ese momento, pensaría que era un camarero o cocinero normal y corriente esperando que le abriesen para entrar a su puesto de trabajo para poder ganarse la vida honradamente. Pero nada más lejos de la realidad. Y es que mientras el ogro tiraba la colilla al suelo y la pisaba despreocupado de todo gracias a la «reinserción», su amiga Rebeca estaba en tratamiento psicológico. Qué injusto era todo. Sofía apretó las manos contra el volante de rabia durante un microsegundo. De todas formas, ya lo tenía localizado, con lo que había cumplido un paso importante.

Como no quería acercarse más de lo necesario al restaurante por si por casualidad el ogro o su familia la reconocían, miró el horario del local en Internet y vio que cerraba a las cinco de la tarde. Por tanto, imaginaba que, si el ogro hacía el horario completo, saldría a esa hora o un poco después. Pidió la tarde libre en el trabajo con una excusa y después de comer aparcó en el mismo sitio donde había aparcado esa mañana y esperó. Sobre las cinco y cuarto de la tarde, salió el ogro por la puerta empujando la bicicleta por el manillar. Se montó en ella y empezó a pedalear en dirección contraria al coche de Sofía, quien arrancó y empezó a seguirlo otra vez a una distancia cuidadosa. Tras unos diez minutos, donde tuvo que pararse un par de veces para que no sospechase que un coche lo seguía, el ogro se paró y se bajó de la bicicleta junto a una vieja casa de campo, en medio de ninguna parte. «Bien —pensó Sofía—, sin vecinos cerca».

En ese momento, Sofía habría llamado a su puerta y le habría pegado un tiro, si hubiera podido, sin contemplaciones ni remordimientos. Ella creía en la reinserción, pero no para todo tipo de delitos y, desde luego, este era uno de los que no. Pero no había ido a eso. En algo tan delicado como lo que pensaba hacer había que tenerlo todo muy bien organizado y previsto. Ya sabía dónde estaba la casa en la que el ogro vivía su luna de miel en forma de tercer grado, así que se fue a casa.

Al día siguiente, se volvió a pedir el día libre y, a las tres de la tarde, dejó el coche detrás de la casa en una zona que no se veía desde el camino. Forzó la cerradura de la puerta con un imperdible y entró. Había aprendido a hacerlo mirando unos videos en Internet y practicando en su propia puerta y, la verdad es que enseguida lo consiguió, se le dio bien. Cerró la puerta tras de sí y observó lo que tenía ante ella. Había un salón destartalado, con un sofá grande de los de plástico duro, y una televisión de las de tubo de imagen, muy antigua. También había una mesa con dos sillas, y una pequeña cocina de butano abierta al salón. Abrió otra puerta, donde estaba el cuarto de baño, que parecía que llevaba tiempo sin ser limpiado, tenía un espejo roto como puerta de un botiquín, y una bañera. Luego había otra puerta que parecía la habitación principal, pero tenía un armario viejo volcado encima de una cama y dos sillas rotas. Supuso que el ogro dormiría en el viejo sofá. La casa, desde luego, tenía espacio, y con arreglos y muebles nuevos podría quedar muy bien, pero Sofía no había ido allí a dar su opinión como decoradora.

En ese momento, Sofía supo que estaba llegando al punto de no retorno y que todavía no era demasiado tarde. Podría irse en ese mismo instante, y nadie se enteraría de nada. Y durante un momento se planteó marcharse de esa casa. Pero algo hizo que no cambiara de opinión definitivamente. Y es que se fijó en la mesa y vio que había varias revistas con fotos de mujeres desnudas sobre ella. No tenía nada en contra del porno, incluso a ella le gustaba de vez en cuando, pero el porno combinado con un violador en libertad, pensó que quizás no presagiaba nada bueno. El muy cerdo estaba obsesionado con las mujeres y estaba en libertad. Sí, era un tercer grado y tenía que estar localizado. Todo eso que Sofía y toda la sociedad habían oído muchas veces. Pero también había oído muchas veces lo de los violadores reincidentes. Y, aunque no sabía cómo pensaba una persona así, creía que enseguida las revistas no serían suficientes para él y acabaría buscando a la siguiente Rebeca de turno. Quizás lo pillasen antes de poder hacer nada o quizás no y habría una nueva víctima. Así que se quitó de la cabeza la idea de abandonar y siguió adelante con su plan.

Cogió parte de la ropa del ogro que encontró y cosas que le pareció que alguien que pensase huir se podría llevar. Lo metió todo en una bolsa de basura y la guardó en su coche. A continuación, volvió a la casa y esperó pacientemente. Dos horas después, vio por la ventana cómo se acercaba el ogro en su bicicleta. Se puso un pasamontañas y se colocó detrás de la puerta con un cuchillo en la mano. El ogro abrió la puerta y, en cuanto se dio la vuelta y la cerró, Sofía lo cogió por detrás retorciéndole un brazo con una mano y con la otra puso el cuchillo en su cuello.

—Ahora vas a abrir la puerta otra vez, ¿entendido?

—Aaah. —El ogro se lamentaba dolorido—. ¿Qué quieres, zorra?

Sofía le retorció el brazo un poco más y le aumentó levemente la presión del cuchillo en el cuello.

—¿Entendido? —repitió.

—Sí, sí, vale. —El ogro abrió la puerta, y Sofía le puso, con las manos en la espalda, unas esposas suyas que había llevado.

—Muy bien, camina hacia la parte de atrás —le ordenó Sofía mientras lo llevaba cogido de los brazos con una mano y con la otra le presionaba con el cuchillo en la espalda.

Dieron la vuelta a la casa y llegaron al coche de Sofía, y ella abrió el maletero.

—Entra ahí —le ordenó Sofía al ogro.

—Yo ahí no me meto, zorra, ¿quién coño eres? —replicó el ogro intentando soltarse.

Sofía le dio con el mango del cuchillo en la cabeza y lo empujó al maletero. A continuación, le puso cinta americana en la boca.

—A ver si así te estás callado un rato —le dijo antes de cerrar el maletero.

Se montó en el coche y arrancó. Ya tenía la primera parte del plan ejecutada, ahora quedaba la segunda y más difícil, pero Sofía estaba decidida a que ni su amiga ni ninguna otra chica tuvieran que encontrarse al ogro nunca más. Hizo una llamada que tenía que hacer y aparcó el coche en un descampado que estaba vacío.

El descampado estaba a cinco minutos en coche del camino más próximo y ahí se quedó hasta que se hizo de noche, en su coche leyendo y fumando con paciencia. Cuando ya estaba bastante oscuro, Sofía se bajó, abrió el maletero y miró al ogro, esposado y amordazado. Ya no llevaba el pasamontañas puesto, quería que supiese quién era.

—Me recuerdas, ¿verdad? —empezó a hablarle Sofía—. Estaba en el juicio en el que te condenaron por violar a mi amiga. Mi amiga no ha vuelto a ser la misma desde que se encontró contigo, ¿sabes? Ni creo que lo llegue a ser nunca. El día en que te condenaron fue un día feliz para mí, pero diría que para ella fue un día más. Nada puede aliviar su dolor, ni siquiera la venganza o la justicia, como quieras llamarlo. De hecho, la situación puede empeorar contigo fuera. Puede empeorar si te encuentra por la calle, si empieza a oír hablar de ti o, incluso, si cuando te canses de darte pajas con las revistas, violas a otra chica y te vuelve a ver en la tele. Porque eso va a pasar, ¿verdad? Enseguida, no te conformarás y saldrás de caza de nuevo. Quizás no mañana ni pasado. Puede que incluso esperes a que acabe tu condena. Pero lo harás. O, mejor dicho, lo harías, porque yo no voy a dejar que lo hagas. Lo comprendes, ¿verdad?

El ogro la miraba y hacía sonidos como que quería hablar, pero seguía con la cinta americana en la boca y no podía.

—Oh, ¿quieres decir algo? Vaya, cuánto lo siento, no va a poder ser —dijo Sofía mientras lo cogía del brazo y lo ayudaba a salir del maletero.

En cuanto puso los pies en el suelo, le dio una patada en el tobillo y le empujó la cabeza contra el suelo para ponerlo de rodillas. Cuando lo logró, le puso el pie encima de los gemelos y lo cogió del pelo. Entonces, se inclinó un poco hacia delante y comenzó a susurrarle al oído.

—Tsss, no tengo ganas de escucharte, así que no te voy a dejar decir nada. No malgastes fuerzas. O, bueno, malgástalas si quieres, en el fondo da lo mismo.

Sofía notó cómo el ogro empezaba a llorar. Se retorcía e intentaba librarse, quitarse las esposas. Durante una fracción de segundo, le dio hasta lástima. Pero esa fracción de segundo se esfumó en el momento en el cual recordó la cara de Rebeca llamando al piso de madrugada, envuelta en lágrimas, lastimada y medio desnuda.

—Adiós, ya no volverás a hacerle daño a nadie —dijo Sofía mientras le seccionaba el cuello con el cuchillo. En pocos segundos, el ogro se desangró y murió.

Después de asegurarse de que estaba muerto de verdad, Sofía volvió a meter al ogro en el maletero, esta vez muerto. El ogro no era demasiado corpulento, y Sofía estaba en buena forma, por lo que logró levantar el cadáver del suelo y volcarlo al maletero, aunque con dificultades. Cerró el maletero y se apoyó un minuto en el coche a recuperar el aliento. Después, se montó y se dirigió a su destino. Por el camino, encendió la radio a un volumen fuerte y se puso a cantar mientras sonreía como hacía tiempo que no lo había hecho.

Media hora después, llegó al destino. Paró el coche delante de una puerta cerrada en un pequeño polígono industrial. Sacó su móvil y marcó el número al que había llamado antes.

—Soy yo, ya estoy aquí. Estás sola, ¿verdad? ¿Me abres?

—Sí, estoy sola. Voy —dijo una voz al otro lado de la línea.

La puerta se abrió mecánicamente, y Sofía entró. Condujo por un pequeño camino de tierra treinta segundos y llegó a la puerta de una nave con un cartel que decía INCINERACIONES PAQUI SL. La puerta se abrió, y vio a alguien que le hacía señales con el brazo para que metiese el coche dentro. Sofía obedeció y dejó el coche donde le dijo. Entonces, se bajó y fue al encuentro de su amiga.

—Paqui, muchas gracias. ¿Qué tal estás?

Paqui era amiga de Sofía de la universidad. Estudiaba con ella magisterio, pero sus padres tenían un negocio, que fundaron cuando ella era muy pequeña (de hecho, le habían puesto su nombre al negocio), y decidió dedicarse a él. Sin embargo, Sofía y Paqui siguieron siendo muy buenas amigas después de la universidad. Y es que habían compartido momentos importantes, y Paqui se sentía en deuda con ella. El hecho es que Sofía salvó a Paqui de una sobredosis de pastillas un día, en una mala época. Si Sofía no se hubiese preocupado por ella y se hubiese presentado en su piso abriendo con su llave que tenía para emergencias, ahora Paqui estaría muerta. Esa historia sólo la sabían ellas dos y los médicos del hospital, por lo que Paqui, que luego sentó la cabeza y salió adelante, le prometió que haría cualquier cosa por ella. Pues había llegado el momento de «empatar», ya que, casualidades de la vida, el negocio de Paqui era de servicios de incineración para animales. Buena metáfora para referirse al ogro.

—Sofi, ¿qué tal? Cómo me alegro de verte. Dime, ¿qué favor tengo que hacerte? —preguntó Paqui, a quien Sofía no le había dado detalles por teléfono. Lo único que le había dicho era que necesitaba un favor de su empresa esa misma noche.

Sofía no contestó, sino que abrió el maletero. Paqui se tapó la boca con la mano en señal de sorpresa.

—Pero, Sofi, ¿qué has hecho?, ¿quién es este?

—Es el cabrón que violó a Rebeca.

—¿Y tú lo has...?

—Sí —interrumpió Sofía—. Y necesito que sus restos desaparezcan. Sé que te estoy metiendo en un lío y no lo haría a no ser que fuese realmente necesario.

Paqui la miró y le dijo:

—Tonterías. Venga, te ayudo a sacarlo del coche. Espera que vaya a por la carretilla.

Paqui trajo una especie de carretilla eléctrica para transportar cuerpos de animales. Era un poco pequeña, pero el ogro cabría. Lo sacaron entre las dos del maletero y lo echaron a la carretilla con la ropa y todo lo que Sofía había cogido de su casa. Lo echaron todo al horno crematorio gigante que tenía Paqui en la nave, junto con algunas cabras muertas.

—Bueno, pues ya está, con la potencia calorífica de esto, en un par de horas no quedará ni rastro —dijo Paqui.

Sofía comenzó a llorar en ese momento sin consuelo aparente. Paqui la abrazó, y así se mantuvieron varios minutos.

—Venga, ¿te preparo un café y me acompañas este apasionante turno de noche? —preguntó Paqui.

Sofía sonrió mientras se secaba las lágrimas y asintió.

Durante las siguientes dos horas, Sofía le contó cómo lo había planeado todo y cómo lo había llevado a cabo. Paqui escuchaba con atención un poco asombrada, para ser justos.

—¿Piensas que soy un monstruo? —dijo Sofía al terminar.

—En absoluto. ¿Tú crees que eres un monstruo? —preguntó Paqui.

—No. No lo sé. He secuestrado y matado a una persona a sangre fría.

—¿Tú crees que ese tío llegaba al estatus de persona?

Sofía no supo qué decir y Paqui siguió hablando:

—Mira, comprendo cómo te sientes, pero ya está hecho y posiblemente el mundo es un lugar mejor ahora que hace unas horas. Y nadie se va a enterar de lo que ha pasado. No te voy a decir «olvídalo» porque no lo vas a olvidar, pero sí te voy a decir que aprendas a perdonarte y a vivir con ello.

El discurso de Paqui junto con su forma de darlo eran reconfortantes, y Sofía asintió, ya más calmada. Enseguida no quedó ni rastro del ogro, y volvió a casa. Paqui le insistió para que se quedase con ella, tenía un sofá cómodo en su despacho, pero Sofía prefería irse a casa, aunque se lo agradeció mucho. Más allá de que esa noche no pudo dormir ni la siguiente tampoco, a la tercera durmió a pierna suelta.

Todos pensaron que el ogro se había fugado. En su casa no había signos de lucha y habían desaparecido ropa y enseres. No sería el primer preso en tercer grado que se fugaba, con lo que se emitió una orden de busca y captura, pero sin éxito alguno. La orden seguía vigente a la fecha actual, aunque pasó como con todo, la gente ya se había olvidado de él.

...

(*Vuelta al presente...*). Sofía se terminó el cigarrillo en el sofá de Harry mientras rememoraba todo aquello. Con Paqui, con quien aparte de esa noche nunca había vuelto a hablar del tema, había perdido un poco el contacto en los últimos meses. Quizás era hora de recuperarlo. También estaba recordando cómo estuvo unos días rara, pero enseguida volvió a la normalidad. Por supuesto, nunca había vuelto a hacerle daño a nadie desde entonces y estaba en paz consigo misma y con sus esqueletos del armario. ¿Se lo diría a Harry? Pues a lo mejor debería. Dadas las circunstancias, no creía que se fuese a asustar. *«Ay, Harry. ¿Qué estarás haciendo ahora mismo?»*, pensó en ese momento.

CAPÍTULO XXV

A miles de kilómetros de distancia de Sofía, Harry y Piotr entraron a la casa, mientras Tess les apuntaba con su pistola. Ella cerró la puerta y siguió apuntándoles.

—Vaya, vosotros sois nuevos, nunca os habían enviado aquí. Os explicaré cómo funciona esto. Hacéis todo lo que yo diga hasta las ocho de la mañana que acaba el servicio, ¿entendido?

—Sí, señora.

—Oh, llamadme Tess.

—Sí, Tess.

—Excelente. Y ahora quitaos la parte de arriba. Vamos —concluyó Tess mientras seguía apuntándoles.

Harry y Piotr obedecieron y se quitaron la camiseta. Tess se quedó mirándolos con cierto aire lascivo.

—Excelente, chicos. No os asustéis por la pistola, es simplemente para recordaros quién manda. No os he preguntado vuestros nombres, pero como mando yo, tú serás Mark (mirando a Harry) y tú, Robert (mirando a Piotr). Mark, Robert, seguidme, por favor, al salón.

Los recién bautizados como Mark y Robert siguieron a Tess hacia el salón. Mientras lo hacían, Harry observaba la pistola de Tess y le pareció que era auténtica, aunque, sin examinarla más de cerca, no podía estar seguro. Por tanto, la prudencia aconsejaba de momento asumir que era auténtica y tener cuidado con lo que se hacía mientras fuese Tess quien la tuviera en la mano.

Entraron a un salón inmenso, con un rincón con una mesa y unas sillas, luego el sofá *chaise longue* más grande que Harry hubiese visto nunca, que miraba de frente a una televisión gigante, y justo en la otra esquina, visible también desde el sofá, algo que no era muy habitual encontrarse en un salón, un pequeño escenario elevado: un escalón con una barra de *pole dance* como las de los salones de *striptease*. Aparte de eso, el salón estaba decorado de forma bastante ostentosa y quizás algo sobrecargado de adornos. Había muchos portafotos de plata, varios jarrones, candelabros, una pecera grande con peces... No había demasiado espacio libre. A simple vista, no se veía ninguna simbología nazi, aunque tampoco podían observar en detalle.

Piotr le dio a Harry con el codo y le señaló con la cabeza una de las paredes. Ahí estaban colgados los cuadros que habían ido a buscar. «Perfecto, ahora solo falta librarnos de la tía loca esta de la pistola», pensó Harry.

—Robert, abre ese armario de ahí y saca dos vasos y la botella de vodka, ¿quieres? —dijo Tess—. Mark, ven aquí al sofá y siéntate.

Piotr se dirigía al armario que le había dicho Tess cuando ella le dijo, elevando un poco la voz:

—Eh, Robert. —A continuación, se paró y se oyó el sonido de cómo quitaba el seguro de la pistola mientras le apuntaba—. Si te hablo, tú me contestas, ¿entendido?

Piotr enseguida lo entendió y contestó:

—Sí, Tess, lo siento. No volverá a pasar.

—Así me gusta, saca los vasos y el vodka y los traes aquí.

Harry ya se había sentado en el sofá y había visto toda la escena desde ahí. Tess parecía ser un poco inestable, por lo que debían llevar cuidado si no querían que la misión se complicara, sobre todo mientras tuviera una pistola en la mano. Todo parecía indicar que podrían haber subestimado la dificultad de la misión.

Piotr dejó en la mesa del sofá la botella de vodka de una marca que Harry no había visto nunca, con toda la etiqueta con caracteres cirílicos, y los vasos. A continuación, Tess, siempre pistola en mano, dijo:

—Gracias, Robert, ahora corre a la barra y baila para nosotros. —Tess le dio a un botón de un mando que había en el sofá, y comenzó a sonar de fondo una música tranquila.

—Sí, Tess —contestó Piotr, que ya había aprendido la lección, mientras se dirigía a la barra.

A continuación, Tess se dirigió a Harry.

—Es un vodka único y exclusivo, solo hacen diez botellas al año en Rusia. No me preguntes cómo lo consigo porque no te lo voy a decir. Adelante, Mark, echa un par de vasos y dame a mí uno.

—Sí, Tess. —Harry echó dos vasos, se quedó con uno y le dio a Tess el otro.

—Bébetelo de un trago y échate otro —le ordenó Tess. Harry obedeció. La verdad es que él no solía tomar demasiado vodka, pero este tenía un gran sabor, aunque le quemase la garganta.

—Te ha gustado, ¿verdad?

—Sí, Tess, estaba bueno.

—Me alegro —dijo Tess mientras se pegó a Harry en el sofá.

Tess era bastante atractiva. Iba vestida en ese momento con una camiseta de manga corta blanca y una minifalda que apenas le tapaba nada. Además, se le transparentaba un sujetador negro a través de la camiseta. A continuación, Tess le puso la pistola a Harry en el cuello y con la otra mano le agarró sus partes íntimas. Harry estaba descolocado y sorprendido. Intentar quitarle la pistola ahora mismo era arriesgado. Si Tess era rápida de reflejos, o incluso aunque no lo fuese, podía acabar recibiendo un disparo adrede o por accidente. De momento, no podía hacer otra cosa que seguirle la corriente a la espera de que bajase la guardia. Tess se colocó encima de Harry. La pistola seguía apuntando a su cuello.

—¿Te la pongo dura, Mark?

—Sí, Tess, muy dura.

—Así me gusta.

Tess comenzó a moverse encima de Harry y, aunque biológicamente era inevitable que su miembro comenzase a excitarse,

Harry no estaba nada cómodo. De repente, el timbre de la casa sonó, como si alguien estuviese acudiendo a la llamada de socorro mental de Harry. «¿Quién será? —pensó—. ¿Podría ser Martha? Lo estaba viendo todo y seguro que había pensado algún plan, ya que nada estaba saliendo como estaba planeado. Sí, tenía que ser ella».

Tess «se bajó» de encima de Harry, quien continuaba con una importante erección, y se dirigió a la puerta.

—Ahora vuelvo, encanto, no me eches de menos —dijo mirando a Harry mientras seguía apuntándole y le guiñaba un ojo. A continuación, se giró hacia Piotr y cambió la pistola hacia él—. Robert, tú sigue bailando, guapo, ¿entendido?

—Sí, Tess —contestó Piotr mientras seguía bailando.

Tess salió de la habitación y se dirigió a la puerta. Piotr miró a Harry y se encogió de hombros en un gesto que parecía querer decir «¿qué hacemos? A esta tía loca se le cruza un cable, nos pega dos tiros y nos entierra en el jardín». Harry, a su vez, le hizo un gesto con las manos como de tranquilidad, que se relajara. Pero quien no estaba nada relajado era el propio Harry, por lo que ese gesto más que para tranquilizar a su compañero era para autoconvencerse de que saldrían de esta.

¿Qué estaría haciendo Sofía ahora? Siendo sábado noche, o bien descansando en su piso (la conocía y con la resaca seguro que le había dado pereza irse a su casa) o incluso tomándose algo en algún bar con alguna amiga, esta chica era incombustible.

¿Qué pensaría si viese a Harry ahora mismo con una supuesta nazi encima de sus partes íntimas, literalmente hablando, y con muchas posibilidades de que la cosa tuviese que ir a más por el bien de la misión? Desde luego, si esta no era su última misión, poco le iba a faltar. Y todo por unos cuadros.

«Harry, déjate a Sofía, anda y céntrate en ver cómo salir de esta», le dijo en ese momento su voz interior. Desde luego, sería lo mejor, focalizarse en cómo salir vivo de esa casa.

Se oyó a Tess hablar con alguien en holandés un momento y cerrarse la puerta. A los pocos segundos, apareció Tess de nuevo con la pistola siempre apuntando. Junto a ella había otra chica.

Tess le dijo algo en holandés y, a continuación, añadió en inglés:

—Estos son, como te he dicho, solo hablan inglés. Se llaman Mark y Robert. Chicos, esta es Dita, se unirá a nosotros esta noche. Os someteréis a ella igual que a mí, ¿de acuerdo?

—Sí, Tess —contestaron Harry y Piotr casi al unísono.

Lo que faltaba, otra más. La recién llegada Dita, por lo menos, no parecía tener pistola, pero otra persona más podía complicar aún más la misión.

—Bien, yo estaba con Mark, así que quédate con Robert de momento, Dita —dijo Tess.

—Vale, te aseguro que no me supone ningún problema —contestó Dita dirigiéndose al escenario donde estaba Piotr bailando.

Dita no llevaba pistola y no parecía demasiado corpulenta, no debería ser difícil para Piotr poder reducirla. Si Harry lograba reducir a Tess, tendrían la situación controlada, por lo menos en teoría. Pero la pistola parecía una prolongación del brazo de Tess, y siempre estaba con el cañón apuntando a Harry. Para que Tess bajara la guardia con la pistola, Harry sabía lo que tenía que hacer. No era lo que quería hacer, pero no tenía más remedio.

Tess se quitó su camiseta y se volvió a subir encima de Harry.

—¿Por dónde íbamos, Mark? —preguntó Tess mientras comenzó a moverse encima del miembro de Harry.

—Sí, por aquí íbamos, Tess —contestó Harry desabrochándole el sujetador.

Tess sonrió en ese momento y le susurró a Harry al oído:

—Así me gusta, lo vamos a pasar muy bien.

El siguiente minuto, Tess siguió apuntando con la pistola al cuello de Harry, pero llegó un momento en el que dejó la pistola en el sofá y comenzó a desabrocharle a Harry el pantalón.

«*Bingo*», pensó Harry en ese momento. Cogió a Tess de la cintura y la tiró hacia el lado del sofá contrario a donde estaba la pistola. Rápidamente, se fue hacia ella, le retorció el brazo y la inmovilizó poniéndose detrás de ella. Tess gritó cuando le retorció el brazo y entonces Dita, que estaba viendo a Piotr bailar en calzoncillos y metiéndole billetes dentro de ellos, se giró. Ese momento lo aprovechó Piotr para reducirla sin mayor problema.

Ataron a Dita y a Tess a unas sillas y las amordazaron y, a los pocos minutos, apareció Martha con una caja que les habían dejado los compañeros de la delegación de Cork en el hotel, para guardar los cuadros.

—Hombre, ya era hora, ¿no? —le dijo Harry mientras terminaba de vestirse.

—¿Querías que entrase aquí en plan Rambo? Teníais la situación controlada, Harry. Si hubiera interrumpido, habría añadido un elemento aleatorio a la situación, que con una pistola de por medio en manos de una mente un poco inestable no se sabe cómo habría acabado —contestó Martha. A continuación, añadió—: Y lo sabes perfectamente.

Era verdad, Martha tenía razón. Aunque no habían tenido en cuenta la posibilidad de la pistola de Tess, lo más probable era que pasara lo que había pasado, que en algún momento bajase la guardia y pudieran reducirla sin mayor problema. Incluso que pudieran reducir a Dita también si no llevaba arma. ¿A lo mejor, habrían tenido que llevar su papel de gigoló al extremo antes de que eso pasase? Era posible, pero esos eran «gajes del oficio». Lo más prudente y objetivo para el éxito de la misión era no intervenir para evitar eso, como bien había hecho Martha. Y es que no estaban en el salvaje oeste, no podían ir por la vida disparando y matando gente para completar las misiones. Que a Harry no le hiciese gracia tener que echar un polvo con una desconocida no se anteponía a llevar a cabo la misión con éxito y, en el fondo, Harry lo entendía. Lo cual no quiere decir que tuviera que gustarle.

—Bien, vamos a coger los cuadros para que volvamos a casa cuanto antes —dijo Martha.

Cogieron de la pared los cuadros entre los tres y los guardaron en la caja con cuidado de no dañarlos. Mientras lo hacían, se fueron fijando en la decoración de la casa. Todo parecía normal dentro de una gran ostentosidad, exceptuando quizás el escenario de baile en el salón con la barra de *pole dance*. Se preguntaron si alguna de las piezas de decoración distribuidas por la casa sería también herencia de su familia nazi, robada a su legítimo dueño. No tenían manera de saberlo.

Una vez que tuvieron los cuadros guardados, cerca ya de las once de la noche, abrieron los cajones y registraron la casa hasta que encontraron lo que querían.

Entonces, volvieron al salón y les quitaron las mordazas a Dita y a Tess. Como entre ellos hablaban en español, ellas no se habían enterado de nada de lo que estaban comentando Harry, Martha y Piotr mientras registraban la casa.

—Bueno, Tess, ya habrás deducido que ni mi compañero ni yo somos de la empresa de gigolós, ¿verdad? —comenzó a hablar Harry en inglés, a lo que Tess respondió escupiéndole en la cara—. Deberías tratarte esa tos, te aconsejo que vayas al médico —le contestó Harry mientras se limpiaba con un pañuelo.

—¿Qué queréis?, ¿por qué nos hacéis esto? Ni Tess ni yo hemos hecho nada malo —preguntó Dita. Por el tono de voz con el que estaba haciendo la pregunta, a Harry le pareció que Dita no sabía nada de quién era Tess en realidad y que había quedado atrapada en esa situación por pura mala suerte.

—Usted no sabe quién es su amiga, ¿verdad? Su amiga es una nazi —le dijo Piotr a Dita. El tacto a la hora de hablar no era la habilidad más reconocible de Piotr, aunque tampoco había que dar demasiadas vueltas al tema ni suavizarlo.

—Así es —confirmó Martha.

—Dita, no hagas caso a esta gente —exclamó Tess.

—Cállate un rato, anda —dijo Harry mientras le ponía a Tess de nuevo la mordaza.

Dita miraba con cara de incredulidad. Entonces, Harry le enseñó una caja que ponía «*arbeit macht frei*[24]». La abrió y dentro había desde dientes de oro hasta anillos, collares y diamantes. También había un sobre con una carta escrita en alemán firmada al parecer por el abuelo de Tess. Martha sí hablaba alemán, por lo que la pudo traducir, y se dieron cuenta de lo que era.

—No hablas alemán, ¿verdad, Dita? —le preguntó Martha, a lo que Dita respondió negando con la cabeza—. Bueno, te digo en inglés lo que pone más o menos.

Martha comenzó a traducir en voz alta la carta:

—«Querida Tess, debes estar hecha ya una mujercita. Te escribo porque sé que ya me queda poco en este mundo y quiero que tengas un buen recuerdo mío. Sé que lo normal es que no me recuerdes, eras muy pequeña cuando te vi por última vez y ni siquiera hablabas bien alemán. Tu madre hizo lo que tenía que hacer al irse a Holanda, pero tienes que estar orgullosa de tus raíces y tus raíces están en Alemania. Concretamente, en la Alemania más grande de la historia, y no en lo que se ha convertido ahora, de rodillas ante sus decadentes enemigos.

Solo te digo que estés orgullosa de tus raíces, pero que tengas cuidado al manifestarlo. Ojalá conozcas épocas mejores donde puedas expresarlo con libertad, pero de momento hazle caso a tu madre y pasa desapercibida. Te mando una caja con regalos que tu bisabuelo, mi padre, recolectó en su gran trabajo de limpieza y purificación de la sociedad. Guárdalo siempre y abre la caja siempre que tengas dudas de quién eres para que veas la importante labor que hizo tu familia en Auschwitz.

Te quiere, tu abuelo Jürgen».

---

24 «El trabajo os hará libres». Frase en alemán escrita a la entrada de varios campos de concentración y de exterminio nazis.

Martha levantó entonces la vista y vio cómo Dita miraba a Tess con cara enfurecida. Comenzó a increparla en holandés y después se dirigió a sus captores:

—No tenía ni idea, lo juro.

—Te creemos, no te preocupes. De todas formas, vamos a darle la oportunidad de explicarse —contestó Martha mientras le quitaba la mordaza a Tess y le preguntó si tenía algo que decir, a lo que ella asintió.

—Sí, es cierto que mis raíces son nazis. Y que mi abuelo me regaló esa caja con la carta cuando era pequeña. Veo que habéis cogido unos cuadros. Esos cuadros son herencia de mis padres, no tengo ni idea de dónde los compraron o de dónde los sacaron. Pero deduzco que si los habéis cogido es porque no los compraron, ¿verdad? Aunque no me creáis, os digo que no tenía ni idea. Me trae sin cuidado lo que penséis, pero Dita, escúchame, no soy una nazi. Mi familia era nazi, pero yo no soy responsable de los actos de mi familia.

—¿Por qué mantuviste esa caja con objetos arrebatados a la gente del campo de exterminio? —preguntó Harry.

—Porque fue un regalo, ¿a quién le voy a devolver su diente de oro? Probablemente lleve ochenta años muerto. Me ha servido para tratar de entender por qué mi familia participó apoyando a los nazis.

—¿Y lo has conseguido?

—No, todavía no, pero sigo intentándolo.

Harry, Piotr y Martha se miraron entre ellos y, a continuación, Harry dijo:

—Menudo numerito acabas de montarte. A ti te ha convencido, Dita, ¿verdad? Con todo ese rollo de que uno no es responsable de los actos de su familia y blablablá. Que en eso tiene razón, ¿eh? Faltaba más. Bueno, a nosotros lo mismo nos da en el fondo que seas una nazi o no, nos vamos a llevar los cuadros y ya está. No os vamos a hacer nada ni te vamos a denunciar, no es cosa nuestra. Aunque, solo para que quede constancia, déjame decirte que no nos tragamos tu historia para nada.

Recogieron los cuadros y los metieron en su coche de alquiler. Antes de eso, sacaron a los gigolós durmientes y los cambiaron a su coche. En un par de horas o así se despertarían aturdidos sin tener ni idea de lo que había pasado. Tess y Dita seguían atadas y había llegado el momento de asegurarse de que no le dirían a nadie lo que había pasado.

—Bien, chicas —comenzó a decirles Martha—, esto es lo que va a pasar. Os vamos a dejar atadas de espaldas una a la otra. No deberíais tener problemas para desataros en pocos minutos. Nosotros nos vamos a llevar los cuadros para devolvérselos al heredero de sus legítimos dueños. Además de eso, Tess, nos vamos a llevar la caja de tu abuelo, carta incluida. Si se te ocurriera por casualidad denunciar el robo de los cuadros o el asalto, todo saldría a la luz y tu vida pública y social se habría acabado. Tendrías que mudarte. Y, allá donde fueses, nos encargaríamos de que también lo supieran. Y, por supuesto, podrías decirles eso de que no eres responsable de lo que hizo tu familia. A ver cuántos se creen que no eres una nazi. Quizás puedas tener suerte y todo el mundo te crea. Pero yo, si fuese tú, no probaría. Si no denuncias y lo dejas correr, tienes mi palabra de que nada saldrá a la luz, no es asunto nuestro, ¿conforme?

Tess contestó:

—Sí, no voy a decir nada, lo prometo.

—Bien, así me gusta. En cuanto a ti, Dita, no estaba prevista tu presencia. No tenemos nada contra ti. Confiamos en que tampoco vas a decir nada de lo que ha pasado esta noche aquí, ¿verdad?

—No, no, para nada.

—De todas formas, como precaución, tenemos una foto de tu tarjeta identificativa y sabemos tu nombre completo y dirección. Si algo de esto saliese a la luz, siento mucho decirte que podrías tener problemas. Pero no vamos a llegar a eso, ¿verdad?

—No, no, no diré nada, no ha pasado nada.

—Fenomenal. Para que veas que no somos malas personas, aquí tienes mil euros por las molestias ocasionadas. —Martha le puso diez billetes de cien euros en su bolso.

—Ah, por cierto, señoritas, los dos gigolós que tenían que haber venido en lugar de nosotros están durmiendo ahí fuera. No tienen ni idea de lo que ha pasado y en un rato se despertarán aturdidos. Son todo vuestros, ¿OK? Inventaos la historia que queráis y haced con ellos lo que hagáis siempre o lo que os apetezca, no es asunto nuestro —añadió Harry.

Era ya la una de la madrugada del domingo 18 de julio cuando salieron con los cuadros de la casa. Avisaron al alto mando que la misión estaba cumplida, y se fueron al hotel. Pidieron al servicio de habitaciones *gourmet* que tenían contratado, unas langostas y unas ostras para cenar, y luego se bebieron el champán que les habían regalado. En la sobremesa y ya apurando la última copa de champán, Martha les dijo:

—Chicos, habéis estado muy bien. Harry, sé que a ti especialmente te ha costado trabajo, pero lo has afrontado con mucha profesionalidad y anteponiendo la misión a todo. Te felicito.

Harry alzó su copa sin mucho entusiasmo.

Sobre las tres de la madrugada, se fueron a dormir. Otra misión más completada con éxito. Hoy Harry era un poco más rico que el día anterior en términos monetarios. Su profesionalidad en la misión había sido impecable y Martha lo había felicitado por eso. ¿Estaba contento? Esa ya era otra cuestión.

CAPÍTULO XXVI

Sobre las once de la mañana, Harry, Piotr y Martha llegaron al aeropuerto para coger el mismo avión privado que los había llevado. Antes de subir, Harry llamó a Sofía.

—Hola, *bambina*, ¿cómo estás?

—Bien, aquí en tu piso ganduleando, ¿y tú?

—Bien, salimos para allá; sobre las dos o así, llegaré al aeropuerto. ¿Te apetece comer en El Sirena?

—Vale, claro, ¿llamo y reservo y nos vemos allí o tienes que pasar por casa?

—Nos vemos allí, sí, voy directo. Te dejo, que salimos. Te quiero. —A Harry le apeteció decírselo.

—Y yo a ti, Harry, *ciao*.

El vuelo transcurrió sin ningún problema. Aprovechando la comodidad del avión, estuvieron cada uno en un sofá durmiendo casi todo el camino. Nada más aterrizar, Piotr recibió un mensaje de que él, y solo él, tenía otra misión.

«Joder, qué mala suerte tiene el pobre, domingo a mediodía, recién llegado de otra misión», pensó Harry, pero no se lo dijo. Supuso que serían necesarios sus conocimientos de ingeniería y arquitectura en alguna misión. *«Si es que a veces lo mejor es saber hacer pocas cosas»*, pensó Harry para sí mismo y sonrió. Piotr cogió un taxi con Martha hacia el edificio de FAI, y Harry cogió otro en dirección a El Sirena. Martha no estaba llamada a la misión, pero quería terminar de preparar el informe de la misión para que FAI lo cobrase cuanto

antes, y prefería hacerlo allí antes que en su casa. Harry pensó que ya había que tener ganas, que se podía hacer al día siguiente sin ninguna prisa, pero no dijo nada. Pensó que quizás a Martha no le apetecía pasar más tiempo del estrictamente necesario sola en su casa.

Harry llegó a El Sirena y allí lo esperaba ya Sofía en una mesa en un reservado como la última vez. Esta vez no estaba Ana de camarera, pero el camarero que les tocó resultó ser igual de competente.

—Y bien, ¿qué tal la misión? —preguntó Sofía mientras comían.

—Bien, misión cumplida.

—¿Eso es todo lo que me vas a contar?

—Verás, Sofía, tampoco creo que sea conveniente que entre en detalles específicos de las misiones.

—OK, como quieras, pero como ya te dije, no me importan los esqueletos que tengas en el armario. Me dijiste que no son inocentes nunca y con eso me basta. No creo que sea bueno guardarse para uno mismo eso, Harry, pero respeto tu deseo. Cuando quieras contarme cosas, puedes hacerlo.

—Tienes razón, Sofía, pero necesito tiempo para eso, ¿vale? Ahora mismo no me apetece mucho hablar del trabajo.

—Vale, claro que sí, pásame el vino, por favor.

—Claro, oye, está bueno, ¿eh?

—A ver si te piensas que yo elijo cualquier vino...

—Y, ¿qué tal por aquí?, ¿qué has hecho tú, *bambina*? Aparte de ocuparme el piso, claro.

—Ja, ja, ja, pues el sábado me tomé el aperitivo con tu amigo Alfonso y me contó cosas muy interesantes, que lo sepas.

—No te creas la mitad de lo que te diga ese cabronazo. —Ambos se rieron.

—Es simpático. Te estaba buscando porque quería contarte algo, pero como no estabas, me lo contó a mí. Dice que está saliendo en serio con una chica.

—Coño, ¿qué me dices? ¿Mi Alfonso? —Harry casi se atraganta.

—Tu Alfonso, sí. Es más, dice que tú conoces a la chica.

—¿Sí? ¿Quién es?

—No me dijo mucho, solo que ya se habían acostado antes, pero que no hizo lo que debía y se fue todo al garete.

—Buff, con eso que me dices, podría ser cualquiera. —Se rieron de nuevo, y Harry añadió—: Yo le preguntaré a ver.

—Pregúntale y luego me cuentas, que estoy intrigada.

—Claro, oye, mi rodaballo está espectacular.

—Pues no te digo nada de mi langosta.

—Bueno, ¿y qué más has hecho?

—Pues también estuve con mi amiga Rebeca, ¿te acuerdas de que te he hablado de ella? ¿Que a ver si quedábamos con ella y su novio? Que vivía en Barcelona y...

—Sí —interrumpió Harry—, la pobre chica esa a la que le pasó lo que le pasó. ¿Cómo está?

—Bien, la veo bien, aunque sigue teniendo sus momentos por más que ya hayan pasado tantos años.

—Joder, es que qué cosas. Pues cuando quieras quedamos, claro. Me gusta conocer a tu círculo.

—Vale, a ver esta semana si lo organizo, salvo que te manden por ahí.

—Ya, eso nunca se sabe, pero de momento estoy libre.

Acabaron de comer y no quisieron ni café ni postre. Fueron al piso de Harry y se echaron una siesta tras la cual tuvieron sexo. Al principio, Harry no estaba muy receptivo, pero enseguida superó esa fase y se acabó animando. Se dio cuenta de que Sofía le ponía mucho. Tras el reciente episodio con Tess, no pudo evitar la comparación en su mente, aunque con Tess no había tenido sexo como tal hasta el final. Y aunque objetivamente Tess era una mujer muy atractiva y claro que le había gustado y se había excitado, la diferencia comparada con Sofía era abismal para él a nivel mental. No sabría explicar la causa con palabras, pero tenía que ser que Sofía era para él LA PERSONA, con mayúsculas, y eso repercutía en el sexo y en todo lo demás. Aunque el hecho de que Tess le estuviese apuntando con una pistola y todo fuese obligado hacía que la comparación fuese un tanto absurda.

Al acabar, mientras yacían en la cama tranquilamente, Harry le dijo a Sofía:

—¿Por qué no te vienes a vivir conmigo?

Sofía lo miró incrédula.

—¿Tanto te ha gustado el sexo hoy?

Ambos se echaron a reír durante unos segundos a carcajada limpia.

—Hablo en serio, *bambina*.

—Pues no me lo había planteado, la verdad, pero creo que es buena idea. Sí, me apetece, Harry —contestó Sofía.

No había sido premeditado, pero a Harry le había salido de dentro y había decidido preguntarlo en ese momento. Sintió que era el paso natural dadas las circunstancias. Estuvieron hablando un rato y decidieron que, como para ninguno de los dos el dinero era un problema, buscarían la casa que les gustase sin importarles si se vendía o se alquilaba. Cuando viesen su casa ideal, la comprarían o alquilarían en ese momento a partes iguales y ya está. Lo que sí tenían claro era que vivirían en Murcia capital, ya que les encantaba la ciudad a los dos. En poco tiempo, a Harry, en concreto, lo habían enamorado su centro histórico, sus bares, sus zonas para pasear, su gente. En esos momentos, no se veía viviendo en otro sitio, trabajase en FAI o no. Y Sofía ya llevaba varios años allí, por lo que para ella ya era su hogar.

—De todas formas, Harry, si te parece, para empezar a buscar piso, vamos a esperar a volver de La Toscana. Si sobrevives a ese fin de semana con mi familia y todavía quieres que vivamos juntos, entonces, comenzamos la búsqueda, ¿te parece? —dijo Sofía mientras se levantaba de la cama para vestirse.

—¿Crees que lo conseguiré?

—Te aseguro que será más difícil que cualquiera de tus misiones.

—Oye, ¿a dónde vas?

—Tengo que ir a mi piso, Harry, ya no tengo ropa limpia que ponerme y tengo comida que gastar y esas cosas.

—Ah, claro, tienes razón —dijo Harry, y a continuación añadió—: De todas formas, aunque empecemos a buscar casa después de La Toscana, coge del segundo cajón del mueble de la entrada la segunda copia de la llave de este piso. Para ti, para que vengas cuando quieras.

—Vale, *handsome*, claro que sí. Vamos a hacer una cosa. Mañana por la mañana, me hago una maleta y me vengo para acá, ¿te parece?

—Fenomenal.

Sofía se fue a su piso, y Harry se levantó a leer un rato a Agatha Christie al sofá. Sobre las ocho de la tarde más o menos, le escribió a Alfonso: *«Me han dicho que tienes algo que contarme»*. Alfonso le respondió: «Bájate, anda». A Harry le dio un poco de pereza, pero la curiosidad desequilibró la balanza hacia el sí, así que se vistió y bajó a casa de Alfonso.

—Hombre, dichosos los ojos, Indiana Jones, ¿has encontrado ya el arca perdida? —lo saludó Alfonso al abrir la puerta.

—Sí, estaba bajo tu culo, capullo —le contestó Harry. Se echaron a reír y se dieron un abrazo. Harry pasó al salón y se sentó en el sofá.

Alfonso tenía la casa bastante ordenada y eso no era nada habitual. La funda del sofá estaba en su sitio, los mandos a distancia de los diferentes aparatos no estaban desparramados en la mesa o dispersos por el salón, sino que estaban todos en la caja que tenía al lado del sofá destinada a ese propósito y, lo que era más, incluso estaban todos los platos y vasos fregados. Sin duda, algo importante estaba pasando.

—¿Cerveza? —preguntó Alfonso desde la cocina.

—No, agua, gracias —contestó Harry.

Alfonso vino y se sentó con una sonrisa evidente.

—Bueno —comenzó a hablar Harry—, me ha dicho un pajarito que tienes algo que contarme.

—Ah, ¿sí? Pues no sé quién te habrá dicho eso —contestó Alfonso irónicamente.

—Venga, corta el rollo, anda.

—Vale. Pues eso, Harry, que estoy saliendo con una chica. Saliendo en serio. Se llama María.

—Fenomenal, tío. María... —Se quedó pensativo Harry por unos momentos—. Me dijo Sofía que le dijiste que yo la conocía, pero no me suena una campana[25] ese nombre ahora mismo.

—Se dice no me suena, no tienes que decir lo de la campana. —Harry seguía teniendo algún problema con algunas expresiones en español, y Alfonso lo corrigió antes de explicarse—. ¿Te acuerdas de Bárbara, la del supermercado? Pues su hermana.

—¿Su hermana? Su hermana, ¿la que yo pienso?

—La misma —sentenció Alfonso.

—¿La que te dio una bofetada porque...?

—La misma.

—Joder, tío, ¿y eso cómo ha sido?

—Pues me llamó un día y me dijo si tomábamos un café sin más, que a ella le apetecía. A mí me sorprendió, pero le dije que sí, pensaba que no tenía nada que perder tampoco y además me picaba la curiosidad. Y el café fue bien, agradable. Antes, lo que se dice hablar, no había hablado demasiado con ella, ya sabes...

—Ya, ya, ya me imagino.

—Pero congeniamos bien. Aparte de que la tía es un espectáculo, ya la has visto...

—Hombre, es agradable a la vista, sí.

—El caso es que quedamos también al día siguiente, esta vez a una cerveza antes de cenar. Y la cosa fue muy muy bien. Acabamos cenando y luego pasamos aquí la noche. Y nada, pues que puedes decir que somos novios formales —concluyó Alfonso.

—Fenomenal, tío. Si ha servido para que tengas los platos fregados, solo por eso merece la pena. —Ambos se rieron de la broma de Harry.

---

25 Traducción literal de la expresión en inglés «it doesn´ t ring a bell». En español, podría ser «no me suena de nada».

—Oye, pero ¿y Bárbara? —se interesó Harry.

—Pues es raro, porque al parecer ahora mismo no se hablan —contestó Alfonso.

A Harry tampoco le extrañó demasiado, no entendió muy bien por qué Alfonso lo veía raro. En su mente entraba dentro de lo razonable que, si después de enterarte que tu hermana estaba acostándose con el tío con quién que te estabas acostando tú a la vez y mandarlo las dos a paseo, averiguas que empieza a salir con él, te entrasen ganas de dejar de hablarle a tu hermana.

—Hombre, Alfonso, lógico que a Bárbara no le apetezca hablar con su hermana al enterarse de esto, ¿no te parece?

—No, no, Harry, si es que esto no tiene nada que ver. Dice María que es que ha desaparecido del mapa. Según me ha dicho, lo último que sabe es que una amiga iba a quedarse con ella unos días. Después de eso, un día recibió un mensaje indicando que se iba, que no la buscase, que necesitaba cambiar de aires y aclararse la mente, y ya no supo más. Fue a su piso y estaba vacío y había presentado su dimisión irrevocable en el trabajo.

—Joder, macho, vaya historia.

—Pues sí, la semana pasada me lo contó. Fue a la policía a denunciar, pero le dijeron que era una persona adulta que había dicho que se iba, que salvo que pudiese probar que le había pasado algo, no podían hacer nada.

Harry escuchaba atentamente. No era el único al que le pasaban cosas raras. En ese momento, pensó que puede que no todo el mundo fuese un mercenario mientras fingía ser un anticuario, pero desde luego que cada persona tenía historias para escribir un libro, a cual más extravagante. Alfonso siguió hablando:

—Así que al final María se ha convencido de que la policía tenía razón y ha dejado de preocuparse. Dice que, si su hermana Bárbara quiere algo, ya la llamará, que al final es ella quien se ha ido. Además, dice que su mensaje acabó diciendo que la llamaría cuando llegase el momento, así que eso le vale.

—Eres un rompecorazones, ¿eh?

—Qué va, si yo no he hecho nada, hombre.

—Bueno, Alfonso, pues yo también tengo que decirte algo. Sofía y yo vamos a buscar una casa para vivir juntos.

—¿Sí? Joder, fenomenal, tío, me alegro. Pero, en Murcia, ¿verdad? No te me vayas a New Hampshire.

—Sí, sí, de esta ciudad no tengo intención de moverme. Buscaremos opciones, pero por aquí. Tranquilo que no te vas a librar de mí tan fácilmente. Por cierto, tú dices un estado de Estados Unidos al azar y te quedas tan a gusto, ¿eh? —preguntó Harry riéndose.

—El primero que se me viene a la cabeza en el momento, soy así de capullo —contestó Alfonso dándole una palmada en el hombro mientras se reía.

Estuvieron un rato más charlando, y Alfonso le contó cómo María había creado su propia empresa de asesoría de *marketing* y redes sociales, y le estaba yendo bastante bien de momento. La verdad es que a Harry esas cosas le interesaban bastante poco, pero entendía que era algo muy actual, que estaba ahí, que no podía hacer nada por evitarlo y que cada vez más gente se dedicaba a esos temas. El futuro estaba en las redes y no en los anticuarios. Y si su amigo le estaba contando algo de la chica con la que acababa de empezar a salir, tenía que fingir un poco de interés.

Harry y Alfonso se emplazaron a quedar un día para cenar los cuatro y hacer la presentación oficial de María a Harry y a Sofía. Harry se fue a su piso y se pidió una *pizza* para cenar. «Qué historia tan rara la de María y Bárbara», pensaba Harry mientras se comía la *pizza*. De repente, desaparece sin dejar rastro, dimitiendo de su trabajo y diciéndole a su hermana que no la busque, que ya la llamará. Estaba claro que la historia se salía de la normalidad. Pero tampoco era él quién para juzgar a nadie, aparte de que las circunstancias de cada uno son diferentes y no podía saber las de Bárbara en este caso. Bueno, más allá de lo curioso de la historia, la dejaría estar. Al fin y al cabo, su propia hermana parecía que había pasado página, así que no iba a investigar ni quién era esa amiga ni dónde podía estar Bárbara, sobre todo después de que la propia policía no lo hubiera hecho. Además, él ya tenía suficientes cosas en qué pensar. Iba a empezar a vivir con otra persona, enseguida conocería a sus padres y tenía que decidir si quería seguir como mercenario de FAI. Aunque eso lo tenía casi decidido del todo.

CAPÍTULO XXVII

Por fin había llegado el viernes 30 de julio, y Sofía estaba bastante nerviosa. Estaba segura de que al hacer la maleta se le había olvidado meter la mitad de las cosas que quería llevarse a La Toscana para el fin de semana. Pero ya no había vuelta atrás. Estaban en el aeropuerto esperando a que se abriese la puerta de embarque de su vuelo a Florencia y, si se había olvidado coger bragas, sujetador o el cepillo de dientes, ya no tenía remedio.

—Sofía, tranquilízate, mujer, todo va a salir bien —le dijo Harry mientras le tocaba la pierna para tranquilizarla.

—Vale, tienes razón, es que no sé si lo llevo todo, seguro que se me ha olvidado algo y...

—Bueno —la interrumpió Harry—, si se te ha olvidado la ropa interior, pues más fresca vas, y si se te ha olvidado el bikini, pues a la piscina en pelotas. ¿Qué más da?

—Eres tonto, ¿verdad?

—Sabes que sí. —Harry le sonrió y, a continuación, la cogió de la mano y añadió—: Yo les voy a encantar a tus padres y seguro que ellos a mí también. Además, empezamos las vacaciones, anímate.

Así era, tenían todo un mes por delante de vacaciones los dos. A Harry siempre era posible que lo llamasen para alguna misión urgente, pero el Conglomerado le daba a FAI el mes entero en un principio y cualquier cosa que pudiese surgir se cubría con otras delegaciones. España prácticamente se podría decir que se paralizaba en agosto, lo cual a Harry le llamaba mucho la atención, pero FAI no iba a ser menos.

Salvo ese fin de semana en La Toscana, no tenían nada planeado, lo cual no tenía por qué ser malo. A ninguno de los dos le parecía mal ni se agobiaban en exceso por dejarlo todo a la improvisación. Había que vivir el momento.

En los últimos días, Sofía ya estaba viviendo con Harry en su piso, y le había dicho al arrendador del suyo que se iba. Al principio no le había hecho mucha gracia, ya que en agosto le iba a ser difícil encontrar nuevo inquilino, pero con un par de meses de alquiler extra que Sofía le había regalado, todo se solucionó sin mayores problemas. Había optado por eso antes que por decirle a Harry que le partiese las piernas como buen mercenario.

La convivencia en esos primeros días estaba siendo bastante buena. Como a Sofía le gustaba cocinar y además tenía las mañanas más o menos libres, ella se encargaba de hacer la comida muchos días. El horario de Harry era más caótico por motivos obvios, pero procuraba encargarse de las cenas, mucho menos elaboradas que las comidas de Sofía. Por lo demás, una persona iba dos veces por semana a limpiar y ordenar la casa, así que todo estaba siendo fácil en ese sentido. Estaban en fase de acostumbrarse el uno al otro en el día a día y de momento todo iba bien. A eso también ayudaba todo el sexo que estaban teniendo en los primeros días de convivencia.

Al tercer día de estar ya Sofía viviendo con Harry, ella le contó el episodio de años atrás con el ogro y cómo había acabado, con pelos y señales. Harry la escuchó sorprendido, pero sin ningún tipo de reproche como no podía ser de otra manera, teniendo en cuenta lo comprensiva que había sido ella cuando él le había hablado de sus quehaceres reales. No le solicitó ningún tipo de explicaciones ni a él le suponía ningún problema que su novia hubiese eliminado a un violador de la faz de la tierra. Ella le aseguró que estaba bien, así que para Harry era suficiente. Comprendió que la expresión que ella le había dicho de los esqueletos en el armario era más real que figurada.

Por lo demás, Harry se había decidido por fin y, tras comentarlo con Sofía y recibir su apoyo incondicional, mandó un *e-mail* al departamento correspondiente con su dimisión. Si todo iba bien, le contestarían remitiéndole un «amigos para siempre» para él y Sofía y, una vez devuelto con la firma de ambos, se acabaría su relación con FAI y con el Conglomerado. Ahora bien, el Conglomerado no se regía precisamente por el Estatuto de los Trabajadores ni por la normativa laboral del país, así que podían contestar cuando les viniese en gana. Podían tardar tres días, dos semanas, cuatro meses... Pero Harry ya había dado el paso. Ya había decidido del todo que quería dejar atrás esta vida y dedicarse a otra cosa más «normal» y compatible con una pareja. Todavía no sabía a qué, pero tenía todo el tiempo del mundo para pensarlo.

Antes de solicitar formalmente la dimisión, se lo había comentado a Martha. Creía que se lo debía por cortesía profesional y personal. Podía haber esperado a que le contestasen, pero prefería contárselo antes y así lo hizo. La invitó a un café y se lo contó. Martha le dijo que ya se lo imaginaba y que, contando con que tenía dinero de sobra, hacía muy bien. Ella, por su parte, le dijo que se había cogido unas vacaciones largas que le habían concedido, de alrededor de un año. Iba a volver a Estados Unidos un tiempo y luego no sabía qué iba a hacer. Harry se alegró por ella, se merecía descansar. No la vio demasiado mal de ánimo. Martha era una persona fuerte, superaría lo de Tom y saldría adelante, a Harry no le cabía ninguna duda. Le preguntó si sabía, entonces, qué iba a pasar con FAI, pero Martha no supo decirle nada. Ya se enterarían ambos, probablemente cuando pasara agosto.

Y allí estaban ahora, en un aeropuerto atestado de gente como buen viernes 30 de julio, como cualquier otra pareja normal que iniciaba sus vacaciones. El vuelo salió en hora y aterrizó en Florencia un par de horas después sin ninguna novedad reseñable, salvo un rato de turbulencias que había pillado a Harry en el cuarto de baño y había acabado dándose un golpe en la cabeza con la puerta, pero nada serio. En el aeropuerto había un chófer esperando con un cartel en la mano que ponía «Sofía Lombardi». Les esperaba una hora de viaje más o menos hasta la finca.

Sofía parecía haberse tranquilizado un poco, al menos eso creía Harry. Él, por su parte, estaba un poco expectante, pero tranquilo. Le daba vueltas en su cabeza (todavía dolorida por el golpe del avión) mucho más a cuándo y cómo contestaría el Conglomerado a su petición de dimisión que a ver si a los padres de Sofía les iba a caer bien o no. Estaba bastante seguro de sí mismo.

Harry nunca había estado en Italia y el paisaje desde el coche le estaba pareciendo bastante bonito. Había mucho césped y pasto verde, con pocos árboles, eso sí. Y se veían pequeños pueblos de piedra antiguos a lo largo de la carretera. Lo malo es que hacía bastante calor y eso no lo llevaba muy bien.

—Qué temperatura más buena, ¿eh? Han pillado buen tiempo —les dijo el chófer en un perfecto inglés en un momento del viaje, ya casi llegando.

«Sí, sí, buen tiempo. A ver si no me derrito de aquí al domingo», pensó Harry, pero no dijo nada.

A los pocos minutos, llegaron a la villa, y Francesco y Arianna salieron a recibirlos. Abrazaron a su hija y la saludaron en italiano, que les contestó algo que Harry no entendió y, acto seguido, les presentó a Harry.

—*Piacere di conoscervi*[26] —les dijo Harry en el mejor italiano que pudo para tratar de apuntarse un tanto a su favor.

—Sofía ya nos ha dicho que no hablas italiano, no te preocupes. Pero gracias por el detalle, es un placer, Harry —le dijo Francesco saludándolo.

—Qué alivio, señor, porque no sé decir nada más —contestó Harry, y todos se rieron. Parecía que había entrado con buen pie.

—¿Os apetece daros un baño? Hace bastante calor, ¿verdad? —preguntó Arianna.

—Eso sería estupendo, señora. Sí que hace, sí —contestó Harry.

---

26 «Un placer conocerlos», en italiano.

—Bañaos un rato si queréis. Y no me llames señora, Arianna está bien. Y mi marido es Francesco, nada de señor. Somos italianos, pero no mafiosos, no perpetúes estereotipos, por favor. —Todos se rieron.

A Harry le parecieron muy agradables desde el primer momento. Mucho sentido del humor y muy hospitalarios, no entendía muy bien el nerviosismo de Sofía.

Sofía lo llevó a su habitación, que estaba en el piso de arriba y era bastante grande. Su ventana daba a la piscina y a un paisaje con montañas a lo lejos y todo verde. Aquí sí que había más árboles que a lo largo de la carretera por la que habían ido.

—Mira, Harry, mira allá al fondo —le indicó Sofía señalando por la ventana al horizonte.

Harry se asomó y vio a un grupo de gamos pastando sin ninguna preocupación. Serían unos ocho o diez, como a unos cien metros de la piscina, cerca de la valla que delimitaba la propiedad. Era un paisaje espectacular, desde luego.

Se pusieron ropa de baño y bajaron a la piscina y se bañaron un rato, antes de cenar. A los padres de Sofía les encantó el bañador de Harry, que era de la película de *Regreso al Futuro*. Harry sentía que ya los tenía en el bolsillo. La celebración del cumpleaños sería al día siguiente y durante la cena (las mejores *pizzas* al horno de leña que Harry había comido nunca), además de preguntarle a Harry por su trabajo como anticuario, comentaron el plan del día siguiente. Iban a ser unos ciento cincuenta invitados, con algunos primos de Sofía, sus tíos, y muchos amigos de la familia y empleados de la empresa. La vestimenta sería informal, ya que hacía calor, y la gente se bañaría en la piscina. Había también un grupo de camareros y un cocinero contratado que vendrían a preparar y a servir carne de barbacoa y aperitivos (o como decían en Italia, *antipasti*) para todos los invitados. Y después de la tarta, copas para todos los que quisieran y, por la noche, algo de cena fría. Lo que más le sorprendió a Harry fue que hubieran contratado también un servicio para decorar la villa por la mañana temprano y que, al parecer, el lunes fueran a quitar esa decoración. Le pareció curioso, cuanto menos. El cumpleaños se iba a celebrar por todo lo alto, desde luego, menudo despliegue.

Sobre las once de la noche, los padres de Sofía se fueron a dormir, y se quedaron los dos a la mesa de al lado de la piscina reposando un poco las *pizzas* con un café *espresso* descafeinado.

—Estoy haciendo un montón de cosas italianas, ¿eh? *Pizzas*, café *espresso*, el aperol[27] que me he tomado antes... No te quejarás, *bambina* —le dijo Harry.

—Ja, ja, ja, desde luego, pareces de Milán de toda la vida.

—Oye, puedes estar tranquila, tus padres me han caído genial.

—Ya veo, ya, te los has metido en el bolsillo enseguida. Eso es que están mayores y están bajando la guardia.

—O que yo soy un encanto y soy irresistible.

Ambos se rieron.

—Bueno, tú no te confíes, el día clave es mañana —dijo Sofía mientras se levantaba de su silla y, acto seguido, añadió—: Me voy a dormir, Harry, estoy cansada, ¿vienes?

Harry asintió con la cabeza y se levantó también. Había sido un día largo y ya era hora de descansar.

Al día siguiente, la fiesta transcurrió muy bien. Harry conoció a Giancarlo y a Manuela, que eran los tíos de Sofía, y a varios primos y otras tantas primas cuyos nombre no recordaba. Salvo los padres de Sofía, poca gente hablaba inglés o español, por lo que no pudo socializar demasiado. Por otro lado, Arianna se emocionó cuando le llevaron la tarta y dio un pequeño discurso que Harry no entendió, pero pareció bastante emotivo a juzgar por la expresión de las caras de los invitados. Sofía le regaló una gargantilla de oro a su madre que le gustó mucho o por lo menos eso dijo. Y el momento clave para Harry fue cuando, en un momento de la tarde, Francesco se le acercó y le comentó que veía a su hija muy feliz por lo que le daba las gracias.

---

27 Bebida popular italiana.

—Yo también estoy muy contento, Francesco, ella es una maravilla, habéis criado a una hija estupenda.

—No hace falta que te diga que como le hagas daño a mi hija te mataré, ¿verdad? —le respondió Francesco con una cara que a Harry le pareció de una mezcla entre broma y verdad.

—No hace ninguna falta —respondió Harry tratando de sonreír. Francesco le dio una palmada en el hombro y se marchó satisfecho de la conversación.

Harry no le dio la mayor importancia, debía ser el sentido del humor de la zona o de Francesco en particular. Pensó que Francesco no sabía hasta qué punto su hija era capaz de defenderse sola.

La verdad es que Harry estaba a gusto, pero no del todo. Por una parte, hacía un día muy bueno y eso siempre le levantaba la moral. Aunque hacía excesivo calor para él, en la piscina se estaba de lujo, sobre todo cuando los camareros se acercaban a ofrecerles cervezas. Y aunque no podía hablar mucho con la gente por la barrera idiomática, eso tampoco lo incomodaba. Estaba con Sofía, con sus padres, y algún primo, que sí hablaba inglés, y tampoco necesitaba más. Además, la comida estaba increíble y no le faltaba nada. Pero, al mismo tiempo, no podía dejar de pensar en su dimisión presentada y en que cada vez tenía más ganas de que llegase el momento de recibir la contestación afirmativa para poder iniciar una nueva vida, sin tener que estar atado a ese mal necesario, como había llamado al trabajo su amigo Alfonso. Y eso le provocaba cierto desasosiego cuando, en circunstancias normales, estaría disfrutando bastante de un día como ese.

—Harry, ¿estás bien? Vuelve a la Tierra, hombre —le dijo Arianna en un momento determinado de la tarde.

—Eh, sí, lo siento, me he quedado pensando en mis tonterías —contestó Harry mientras su cara se ponía roja como un tomate, y Sofía se reía.

—Harry, cariño, ¿estás bien? —le preguntó Sofía ya sin que los oyese nadie mientras estaban apoyados en un borde de la piscina.

—Sí, *bambina*, estoy bien, solo estaba un poco en mi mundo, pero estoy bien. Me lo estoy pasando bien, de verdad. Está todo de lujo, y la gente es muy agradable.

—Si no entiendes nada de lo que hablan.

—Bueno, a veces, es mejor así, ¿no crees? —Ambos se rieron y la conversación siguió.

—Oye, mañana el vuelo de vuelta era a las seis de la tarde, ¿verdad? ¿O era a las siete? ¿Te acuerdas tú? —preguntó Harry.

—A las cinco y media. Oye, eso te iba a decir, ¿qué vamos a hacer? Estamos de vacaciones y no tenemos nada planeado. Tú no conoces Murcia en verano, pero enseguida muchas cosas cierran y, como has visto estos días, por la calle no se puede estar. La gente se va, parece una ciudad fantasma.

—Pues no sé, podemos ir donde queramos en realidad.

—Pues podríamos ir pensándolo.

—Pues sí, voy a ver si con otro *gin tonic* y después de pasar por el aseo se me ocurre algo, ¿vale? —dijo Harry que le dio un beso a Sofía y salió de la piscina dando por finalizada la conversación sobre la planificación de las inmediatas vacaciones.

Sobre las once de la noche, la gente comenzó a marcharse y a las doce y media ya se habían ido todos, y Harry y Sofía se retiraron a su habitación.

—Bueno, ¿qué tal te lo has pasado? ¿Qué te ha parecido todo? —le preguntó Sofía ya en la cama.

—Bien, muy bien. Menudo despliegue ha hecho tu familia, ha sido una celebración muy por todo lo alto, ¿no crees? —contestó Harry mientras la acariciaba con cariño.

—Sí, mis padres son así, somos mediterráneos, Harry, nos gusta la fiesta. Oye, por cierto, he pensado una cosa. ¿Por qué no pensamos qué hacemos este mes en Londres en vez de en Murcia? Hay un vuelo que sale pasado mañana a las nueve y media de la mañana desde Murcia. Llegamos mañana, hacemos una maleta, y a la mañana siguiente nos vamos y te enseño nuestro piso de allí. Y ya nos quedamos lo que queramos y vemos adónde vamos, ¿te gusta la idea?

—Oye, puede estar bien.

—Me alegro de que te guste la idea. De todas formas, ya había comprado los billetes, así que... —contestó Sofía riéndose.

—¿Qué dices? ¿Cuándo?

—Esta noche, cuando he ido al servicio una vez, se me ha ocurrido y lo he mirado en el móvil y los he comprado. Así soy yo, Harry Fernández, así que vete acostumbrando —contestó Sofía mientras se acercaba a Harry.

—Entonces, Londres, otra ciudad donde vamos a tener sexo.

—Aquí todavía no lo hemos tenido.

—Eso tiene fácil solución.

Al día siguiente y con una resaca considerable, tras comer y darle las gracias por todo a Francesco y Arianna, Harry y Sofía se fueron al aeropuerto para volver a Murcia. Sofía le comentó a Harry que a sus padres les había encantado, que se lo habían dicho, lo cual enorgulleció a Harry en cierta manera, aunque no tenía demasiadas fuerzas para expresarlo en ese momento. El día anterior habían bebido bastante, además, al final, la noche había sido «fiestera» y ahora mismo estaba recién comido, con lo que quería dormir tres días seguidos en ese momento. Y Sofía, podría decirse, que sentía en ese momento algo muy parecido.

Se pasaron el vuelo durmiendo. Llegaron al piso de Harry sobre las nueve y media de la noche. Era domingo 1 de agosto y había poco abierto, pero los restaurantes chinos no fallaban, y pidieron cena a domicilio, que llegó enseguida, sobre las diez. Cenaron casi sin hablarse de lo cansados que estaban y a las diez y media estaban los dos durmiendo a pierna suelta. A las siete se levantaron, desayunaron, hicieron una maleta en tiempo récord y tres cuartos de hora después llamaron a un taxi para que los llevase al aeropuerto para coger su vuelo a Londres.

Los recibió la lluvia en Londres, como era previsible según lo que habían mirado en el parte meteorológico. Con su chubasquero puesto, cogieron un taxi en el aeropuerto de Stansted hasta el piso de Sofía en Earl´s Court. A Harry le fascinaba lo de conducir por la izquierda, así como todo lo británico en general, por lo diferente que era a España o incluso a Estados Unidos en muchas cosas. Había atasco en la entrada a Londres y tardaron un poco más de lo esperado, con el consiguiente aumento en el coste del viaje.

Por fin llegaron. Sofía se había encargado de avisar el día anterior al servicio de limpieza y lo habían dejado todo listo. Harry quedó impresionado.

—Entonces, ¿tú llamas y te lo limpian todo? ¿Te hacen la cama y te llenan la nevera con lo que tú quieras? —preguntó incrédulo.

—Así es, ¿impresionado? ¿Crees que los mercenarios sois los únicos que sabéis montároslo bien? —contestó Sofía sonriendo.

A Harry, desde luego, le pareció fantástico tener disponible un apartamento en pleno Londres listo para ser utilizado en cualquier momento, viviendo en una ciudad como Murcia donde había vuelos a Londres a diario. *«Definitivamente, esta es la mujer de mi vida»*, pensó Harry en tono cómico.

Si no tuviese un trabajo como el de FAI, donde no sabía en qué momento podía estar en qué parte del mundo y además su vida podía correr peligro, en cualquier día libre de Sofía o festivo, podían ir a Londres a «su casa». Ya no era como ir a un hotel, era una casa propia. Le encantó la idea.

¿Cuánto tardarían en contestarle a su dimisión? No podían negársela. En los últimos meses, había comandado con éxito misiones por valor de millones de dólares. Habían acabado con el terrorista más buscado, habían recuperado obras robadas por los nazis. Era evidente que había cobrado por eso, pero se merecía que le dejasen vivir su vida, lo habían rentabilizado ya bastante. Sólo era cuestión de tiempo, hacía pocos días que lo había dicho y además estaba de vacaciones, no había razón para preocuparse. Ese mismo día por la tarde, se fueron a Picadilly Circus a beberse unas pintas y a comentar su próximo destino de vacaciones. Harry pensó que le vendría bien, para no pensar en su dimisión, meterse en un ambiente de *pub* británico, con fútbol de fondo, borrachos jugando a los dardos y una decoración con paredes y pilares de madera oscura.

A los dos les apetecía playa, así que se pusieron pronto de acuerdo. El dinero no era un problema, pero que los sitios para reservar estuviesen completos sí podía serlo. La filosofía de no planear y de vivir el momento tenía estos pequeños problemas. Pero en apenas una búsqueda rápida, que duró aproximadamente tres cuartos de pinta de Guinness, reservaron en un resort con todo incluido en la isla de Tórtola, en las Islas Vírgenes Británicas. Volarían al día siguiente por la noche desde Londres a San Juan de Puerto Rico y de allí a su destino, donde estarían tres semanas tumbados en la playa, bebiendo mojitos, cogiendo motos de agua y tratando de no estresarse ni de pensar más allá del día en el que estuvieran. Todo lo reservaron con seguro por cancelación de viaje, ya que, con FAI, Harry nunca podía estar seguro de que tenía días libres.

No tenían ropa de playa en Londres, así que decidieron que irían al día siguiente por la mañana a unos grandes almacenes a hacerse con bañadores, toallas y bikinis. Pues ya estaría todo planeado y listo, rápido y sencillo. Esa noche fueron a cenar a un *pub* en Carnaby Street, que era una zona que estaba muy animada. No obstante, se volvieron pronto al piso para descansar, ya que al día siguiente tenían que ir a primera hora a comprar y luego tendrían muchas horas de aeropuerto y de avión. Harry leyó un poco de un libro que tenía a medias, pero apenas un par de páginas fueron suficientes para decidir dejar el libro en la mesilla y tratar de dormir junto a Sofía, que ya hacía rato que había sucumbido a Morfeo.

Le apetecía la playa, la verdad. Sobre todo, porque no tendría que preocuparse de nada, nada más que de tener al camarero localizado cerca de las tumbonas para pedir los mojitos que quisiera. Sería agradable tratar de relajarse y no pensar en nada. Se durmió plácidamente imaginándose ya tumbado en una hamaca en una playa paradisíaca.

Llegaron al aeropuerto con bastante tiempo de antelación, como le gustaba a Harry. Facturaron la maleta y se dispusieron a pasar el control de seguridad. El aeropuerto de Heathrow estaba hasta los topes de gente, como era de esperar, así que vieron que tardarían un rato, pero no había problema, para eso habían llegado con antelación. Lo pasaron sin mayor problema y se dirigieron al control de inmigración. Al enseñar su pasaporte, el oficial de policía miró a Harry, miró la foto del pasaporte y lo pasó por una máquina que devolvió una luz roja y un sonido bastante grave.

—Señor, este pasaporte no es válido —le dijo el policía.

—¿Cómo dice? Si ayer mismo lo validaron aquí, cuando vinimos desde España —contestó Harry.

El oficial llamó por *walkie* y a los pocos segundos una pareja de policías, un hombre y una mujer, aparecieron.

—Acompañe a mis compañeros, por favor. Su acompañante puede esperar aquí si quiere.

—Bueno, *bambina*, pues espera aquí, voy a ver qué pasa con mi pasaporte —le dijo Harry a Sofía, mientras ella ponía cara de aceptación (no tenía otra opción) y se sentaba en unos asientos que había.

Harry acompañó a los policías hasta un cuarto con un escritorio, un ordenador portátil y un par de sillas. La mujer policía se sentó en el escritorio delante del portátil mientras el policía hombre permaneció detrás de Harry de pie.

—Siéntese, señor... Fernández, ¿verdad? —le dijo la policía a Harry.

—Sí, Fernández.

—¿De dónde es usted?

—Soy americano, pero de padre español.

—Ya veo, ¿su lengua materna es el inglés entonces? Lo entiende y lo habla bien por lo que veo, ¿correcto?

—Sí, sí, es mi lengua materna, no hay problema.

—Bien, fenomenal, ¿y qué lo trae a usted por Reino Unido, señor Fernández?

—Pues mi pareja..., la chica que estaba conmigo fuera, su familia tiene un piso aquí y estamos de vacaciones. Ahora nos vamos tres semanas a las Islas Vírgenes Británicas.

—Ya veo.

—¿Hay algún problema, oficial?

—El viaje que me está comentando no debe ser barato, ¿verdad?

—Pues bueno, se puede hacer usted una idea, pero, perdone que le diga, pero eso no creo que sea asunto suyo, ¿hay algún problema con mi pasaporte?

—Pues lo cierto es que, señor Fernández, su pasaporte es perfectamente válido y no hay ningún problema con él. Lo dejaremos marchar enseguida. Hemos recibido órdenes de nuestros superiores de que lo trajésemos aquí. Una vez hechas nuestras preguntas de control, ahora nos han dicho que salgamos y que usted espere aquí un momento, ¿entendido?

Harry no entendía qué estaba pasando. Habían simulado que existía un problema con su pasaporte para llevarlo a una habitación aislada, donde le habían hecho las preguntas pertinentes de control y ¿ahora lo iban a dejar solo? ¿Para qué? Como de todas formas no podía hacer demasiado al respecto dijo un *«vale, bueno»* y siguió sentado, aunque alerta.

Los policías salieron del cuarto con el portátil en la mano, y Harry se quedó solo. Se levantó de la silla y se puso mirando hacia la puerta. Un par de minutos después apareció un tipo vestido con unos pantalones oscuros y una camisa rosa, de más o menos la edad y la altura de Harry. No saludó. El tipo llevaba una *tablet* que encendió al entrar al despacho y giró la pantalla para que Harry la viese. En la pantalla empezó a reproducirse un video donde había un hombre mayor sentado en un despacho. Harry lo reconoció al instante. Era el mismísimo rey de Inglaterra.

CAPÍTULO XXVIII

El video era muy corto, apenas llegaba al minuto. En él, el rey de Inglaterra le daba las gracias a Harry en nombre de todo el pueblo británico por haber recuperado el Juego Real de Ur para el Museo Británico y también le pedía que hiciese extensiva la felicitación a sus compañeros. La verdad es que Harry no sabía muy bien qué decir en ese momento, estaba anonadado. Cuando el video acabó, el tipo apagó la *tablet* y, ahora sí, le habló a Harry:

—Disculpe todo el numerito, señor Fernández, pero cuando detectamos que estaba en Inglaterra, Su Majestad quiso hacerle llegar su felicitación. No ha podido hacerlo públicamente porque ya sabe usted que es un secreto que la pieza se había robado del museo. Por esa razón, tenía que enseñarle este video en secreto y a continuación desaparecerá. Esperamos no haberle causado muchos problemas. No va a perder el avión, ¿verdad?

—Oh, no, no, tengo tiempo de sobra. Pues nada, denle las gracias al rey por su felicitación, la verdad es que ha sido todo un detalle inesperado —contestó Harry.

Harry no es que tuviese demasiada estima por el rey de Inglaterra ni por ninguna monarquía en general. Desde Estados Unidos eso se veía como algo muy raro, exótico, en cierto sentido, y un poco de otra época. Pero también pensaba que él no era quién para imponer esa creencia en nadie y que si había países que estaban contentos con esa forma de gobierno o esa institución simbólica, adelante. Y si ahora un rey, que no deja de ser un jefe de estado, lo felicitaba «personalmente» por un trabajo, desde luego le producía una gran satisfacción. ¿Un motivo para no renunciar a FAI, recibir felicitaciones reales? Bueno, tampoco era para tanto, ¿o quizás sí?

Harry le estrechó la mano al tipo de la *tablet*, que a continuación se fue del despacho. Le dijo a Harry que contase hasta quince antes de salir, y Harry obedeció. Seguramente, era un oficial del servicio secreto del gobierno y no quería ser visto con él por razones de seguridad.

Sofía se levantó al ver a Harry, y Harry le hizo una señal con el pulgar hacia arriba.

—¿Qué ha pasado Harry?

—Luego te cuento, que no te lo vas a creer.

Pasaron el control de pasaportes ya sin problemas y se montaron en su avión. A pesar de que Sofía insistió, Harry no le contó nada enseguida. No se fiaba de que alguien del avión pudiese oírlo y era algo que podía poner en peligro su identidad.

Durmieron todo el vuelo y aterrizaron en Puerto Rico cuando amanecía. Ahí hicieron el transbordo corriendo hasta Tórtola, donde llegaron a las pocas horas bastante cansados.

Una vez en el *bungalow* del resort que habían reservado, Harry le contó a Sofía por fin lo de la felicitación del rey de Inglaterra, y Sofía alucinó.

—¿Me estás vacilando?

—Créetelo o no te lo creas, pero eso es lo que ha pasado.

—Eres el puto amo, Harry, ¿te das cuenta?

—La verdad es que me ha gustado, para qué te voy a engañar.

—Está genial. Joder, la lástima es no poder decírselo a nadie.

—Y tanto que no, ni se te ocurra, ¿eh?

—No, no, pero que estaría bien fardar un poco.

—Bueno, no sé tú, pero yo me voy al agua —concluyó Harry el tema.

El *bungalow* estaba en la misma playa, así que solo tenían que abrir la puerta, bajar los tres escalones del porche y ya estaban en la arena. Tenía una habitación de matrimonio, un salón con una mesa, cuatro sillas, y un sofá con una televisión enfrente, que era el sofá más cómodo que Harry había probado nunca. Además, había una pequeña cocina con un frigorífico y un par de fuegos y un cuarto de baño grande con bañera de hidromasaje. La verdad es que estaba muy bien equipado y era bastante espacioso, aunque, después de lo que les había costado, tampoco esperaban menos. Había un puesto de bebidas y otro de comida en la misma arena con una persona en cada uno y un camarero que se encargaba de llevar lo que la gente pedía a sus tumbonas, a la arena o al porche del *bungalow*, lo que prefiriesen. Luego además había otra zona por detrás con varias piscinas, restaurantes y bares.

Y así estuvieron tres semanas. De la playa de aguas cristalinas a la piscina, de ahí a otra piscina, a un restaurante, al *bungalow* a hacer el amor mirando el mar, de ahí a la playa y así. Salieron un par de días de excursión a algunas islas cercanas, pero en general estuvieron en el resort.

Desde luego, las vacaciones le sirvieron a Harry para desconectar. No supo nada de FAI en todo ese tiempo, aunque tampoco recibió respuesta a su petición de dimisión. Tres semanas después de su llegada, volvieron a España vía Madrid. El miércoles 18 de agosto estaban ya de vuelta en Murcia, con unos días por delante todavía de vacaciones que, para seguir con su tónica habitual, no sabían cómo ni dónde los iban a pasar.

Casi recién aterrizados, Alfonso llamó a Harry y estuvieron hablando un rato. Los invitó al día siguiente a que bajasen a cenar a su piso, y así conocerían a María. Harry, tras consultarlo con Sofía, aceptó la propuesta. La verdad es que Harry tenía curiosidad de ver a Alfonso con novia formal, era una situación totalmente nueva para él. Y también tenía ganas de conocer a María, a ver cómo era la chica que había invitado a su amigo Alfonso a salir y que había logrado que él renunciase a su vida de casanova por ella.

Sobre las siete y media de la tarde del jueves, bajaron a casa de Alfonso con una botella de vino que Sofía había elegido en el supermercado para no llegar con las manos vacías y ser unos buenos invitados. Hacía mucho calor en Murcia en agosto, así que Harry se había puesto una camiseta de manga corta un poco arreglada y unas bermudas vaqueras con unas sandalias, mientras que Sofía llevaba un vestido corto de verano con un estampado de colores.

Llamaron al timbre, y Alfonso les abrió a los pocos segundos.

—Bienvenidos, amigos, adelante. —Le dio un abrazo a Harry y dos besos a Sofía y añadió—: Joder, estáis morenos, ¿eh? Vaya, gracias por el vino, no teníais por qué.

Pasaron al salón y allí estaba María sentada en el sofá; cuando los vio entrar, se levantó y fue hacia ellos.

—Hola, yo soy María, encantada.

—Hola, María, yo soy Harry, y ella es Sofía, el placer es nuestro. —Se saludaron de manera amigable.

María iba con una minifalda vaquera y un top blanco de tirantes, y a Harry le pareció bastante atractiva. La recordaba de los pocos segundos que la había visto junto a su hermana al salir del ascensor aquella noche fatídica para Alfonso, pero ese día no se había fijado mucho.

—Bueno, sentaos, ¿cerveza, vino? —preguntó Alfonso mientras traía una bandeja con embutidos de varias clases cortados y una cesta de pan, y las dejaba en la mesa enfrente del sofá.

El aperitivo de la cena transcurrió muy bien. María contó sus comienzos montando su empresa de *marketing* y lo difícil que le había resultado, pero cómo ahora iba el negocio bastante bien, y mostró ser una chica muy sencilla y agradable. A Harry le cayó bastante bien. Y en un momento en que se quedaron solos los dos, confirmó que Sofía compartía su pensamiento.

Sobre las nueve y media o así, se sentaron a la mesa, y Alfonso trajo una ensalada con tomates cherri, lechuga, rúcula, pepinillos, huevo cocido y atún. Nada demasiado complicado o exótico, pero muy rico y fresco para la época del año en la que estaban.

Mientras se comían la ensalada, les vino un olor que a Harry le pareció excelente y procedía de la cocina.

—Qué bien huele lo que sea que se esté haciendo —exclamó Sofía.

—Es un costillar a la barbacoa que se está acabando de hacer en el horno. La salsa barbacoa la he hecho yo, así que no tengáis las expectativas muy altas —contestó María, y todos se rieron.

—Seguro que está estupenda —contestó Harry.

—Por cierto, Harry —comenzó María a preguntarle—, Alfonso me ha comentado el negocio que tienes de anticuarios y la verdad me ha parecido muy interesante. Si quieres podemos ver un día tú y yo el tema de cómo impulsarlo un poco en redes y demás, que es un negocio poco común y puede tener potencial.

A Harry le importaban una mierda las redes sociales y le importaban una mierda las redes sociales de FAI porque no necesitaban clientes para anticuarios. Pero tenía que disimular, por su tapadera y por no ofender a María.

—Muchas gracias, María, lo tendré en cuenta —contestó.

—Vale, sin presiones. Por cierto, recuerdo que conocías a mi hermana Bárbara del super, ¿verdad?

—Sí, sí. ¿Cómo está? —Harry se hizo el tonto como si no supiese nada.

—Pues está muy bien, dice. Anda por Vietnam ahora, dice que está con una amiga, pero no me ha dicho mucho más. Ni siquiera sé el nombre de su amiga. El caso es que dice que está bien y que ya volverá —contestó María.

—Vaya, eso es estupendo, me alegro. —Harry no sabía muy bien qué decir.

Alfonso trajo la bandeja del horno con el costillar y la puso en el centro de la mesa. El costillar llevaba varias horas en el horno a baja temperatura y se deshacía apenas lo tocaba el cuchillo de lo tierno que estaba. Y la salsa barbacoa estaba perfecta, con su punto dulce y picante, pero no demasiado empalagosa ni fuerte. Desde luego, María tenía buena mano para la cocina.

Acabaron la cena y tras una sobremesa agradable, Harry y Sofía se despidieron y se emplazaron a devolver la invitación otro día.

Harry le guiñó a Alfonso un ojo al despedirse como diciendo *«no la dejes escapar, capullo, es fantástica»*, a lo que Alfonso respondió sonriendo y asintiendo de manera casi imperceptible.

Cuando ya estaban en la cama los dos, Sofía le preguntó a Harry:

—Oye, ¿entonces la hermana de María se llama Bárbara?

—Sí, así es, ¿por qué lo preguntas?

—Y, ¿qué paso? ¿Se fue de repente?

—Sí, al parecer desapareció del mapa y se fue con una amiga que se iba a quedar con ella unos días. Es una historia rara, pero ya ha dicho que habló con ella y está bien. Supongo que a cualquiera se nos pueden cruzar los cables.

—¿Y cuándo fue eso?

—Pues no lo sé, hace unos meses, supongo, porque yo a esta chica la vi una vez en mayo, que fue cuando Alfonso la conoció. Y allí estaba Bárbara, ¿qué estás pensando?

—Que la amiga misteriosa es Loretta seguro.

—¿Qué dices?

—Joder, Harry, vaya un espía estás hecho. Las fechas cuadran, la amiga de Loretta con quien se iba a quedar y que me escribió se llamaba Bárbara, ambas desaparecen del mapa...

Tenía sentido lo que Sofía decía, no había caído él en relacionarlo todo. Desde luego, Sofía tenía madera de detective o de investigadora. Ya sabía que era inteligente, pero es que además tenía otro tipo de inteligencia que escaseaba en la población general, en opinión de Harry, la inteligencia ocurrente, el ingenio, el sentido común.

—¿Quieres...? —comenzó a preguntar Harry cuando sin darle tiempo a decir nada más, Sofía lo interrumpió.

—No, me da igual, no quiero saber nada de Loretta, no tengo ningún interés en averiguar nada. Me ha resultado curioso, nada más.

—Qué lista eres, Sofía.

—¿Crees que hubiera sido una buena mercenaria? —preguntó Sofía mientras lo acariciaba.

—La mejor. Y la más sexy —contestó Harry mientras Sofía se reía.

Harry se durmió pensando en cómo sería Sofía trabajando en FAI. Desde luego sería un gran activo, no tenía ninguna duda. Sofía ya había matado antes y aunque ella pensaba que ya lo había superado, y él no iba a decirle nada al respecto, sabía que eso no era verdad. Eso no se olvida, una vez que matas, eres capaz de volver a hacerlo. Pero no solamente era que hubiese matado ya (el tipo se lo merecía, sin duda alguna), sino que lo había hecho planificándolo y llevándolo a cabo ella sola, salvo por la ayuda para la eliminación del cuerpo, para lo que contó con la ayuda de su amiga, cosa que también se le había ocurrido a ella. Es decir, se podía decir que había llevado a cabo una misión que podría haber sido una misión de FAI sin ninguna duda. Joder, si es que FAI y cualquiera de las divisiones del Conglomerado había llevado a cabo misiones mucho más fáciles que la eliminación del ogro por parte de Sofía. Podría nombrarla miembro de FAI honorífica. Quizás era mejor mantener eso en secreto, ahora que Sofía tenía una vida «normal», no quería hacerla rememorar experiencias pasadas que no venían al caso.

Harry y Sofía pasaron los días restantes de agosto entre el piso de Harry, un par de excursiones para conocer las playas de la zona que Harry no conocía todavía, y paseos por el monte a horas a las que aún se podía soportar el calor murciano de agosto. En las horas centrales, comenzaron a mirar casas para, en septiembre, visitarlas. A Sofía le daba una pereza increíble lo de tener que llamar a agencias inmobiliarias, ir a ver las casas, andarse con mil ojos a ver dónde estaría el truco de la casa (siempre hay truco, pensaba ella) y aguantar los típicos comentarios del agente inmobiliario que serían ciertos en un cinco por ciento de las veces: «Si estáis interesados, me lo tenéis que decir rápido, ¿eh? Que esta casa se vende sola y ya tengo varios interesados». *«Claro, hombre, claro, voy ya a hacerte la transferencia de la reserva. Dame un minuto que vaya a mear antes si acaso, capullo»*. Pero sí que tenía ganas de tener su casa con Harry, pagada por los dos. Y a Harry le hacía ilusión, se le notaba, así que haría todo lo posible por ser agradable. Pero esperaba que no tuvieran que ver demasiadas casas tampoco, que el proceso fuese rápido. Eso de mirar casas... era demasiado aburrido para ella.

Con la tontería de la noche de la cena en casa de Alfonso se había quedado pensando, en algunos momentos, esos últimos días, ¿y si hubiera sido mercenaria de FAI ella? Desde luego, lo habría hecho bien, y no le tenía miedo a nadie, de eso no tenía ninguna duda.

El 1 de septiembre tenían la primera cita por la tarde para ver una casa. Esa mañana, Harry se dirigió a FAI, ya se habían acabado las vacaciones y, como no tenía respuesta a su dimisión, tocaba vuelta al trabajo. Era el primer día y seguía haciendo un calor de mil demonios, así que iba en bermudas y camiseta de manga corta. Martha, en teoría, estaba de vacaciones largas, así que estarían Piotr y él, ya que Ángela seguía en Estados Unidos de instructora.

Llegó a FAI y saludó a Pepe. Estuvo hablando diez minutos con él de cómo le había ido en el verano, de temas triviales varios, y subió al primer piso. Al meter la llave, la puerta se abrió directamente, no estaba cerrado con llave, lo cual quería decir que Piotr estaría ya dentro esperándolo. Entró y cerró la puerta tras de sí, pero no se encontró a Piotr.

Martha estaba en el sofá sentada y miró a Harry.

—¿Qué te pasa, Martha?, ¿qué haces aquí? —preguntó Harry acercándose a ella y sabiendo que algo no marchaba bien. Martha tenía una expresión en la cara entre enfadada e incluso triste, diría Harry. Tenía unas ojeras que no se había molestado en disimular con maquillaje.

—Harry, siéntate.

Harry obedeció y se sentó en el sofá al lado de Martha.

—Dime qué pasa. Y Piotr, ¿no ha llegado todavía?

—Piotr ha muerto, Harry —le dijo Martha mientras le cogía la mano.

CAPÍTULO XXIX

—Martha, ¿se puede saber qué estás diciendo? —preguntó Harry atónito.

—Lo que oyes, Harry, estaba anoche aquí en Murcia, en casa, por casualidad, recogiendo unas cosas y me avisaron del Conglomerado. Como hoy sabía que ibas a venir a la oficina, me he venido a decírtelo en persona —contestó Martha.

Harry se levantó del sofá de un salto.

—Pero ¿qué es lo que ha pasado, Martha?

—Un accidente, Harry.

—¿Un accidente? Venga ya, hombre, ¿cómo que un accidente?

—Iba con su hija por una carretera en Varsovia, y un camión que venía de frente los arrolló. Él murió en el acto, y su hija Anka está en el hospital. El conductor del camión también ha muerto. Yo pensé lo mismo que tú, pero si hubiera sido un asesinato no creo que el asesino quisiese morir también, así que en principio doy por buena la teoría del accidente.

Harry no sabía qué creer. Tenía sentido lo que Martha decía, pero aun así... Le costaba creer que después de haber realizado misiones de élite, usando tácticas paramilitares, matando terroristas..., uno pudiese morir de una manera tan trivial.

Harry se sentó en el sofá todavía incrédulo, y Martha le contó lo que le habían dicho del Conglomerado de cómo había pasado todo.

Al parecer, Piotr y su hija Anka se dirigían a pasar el día a un pueblo cercano a Varsovia, donde Piotr conocía un restaurante muy bueno cerca de un paraje natural que le gustaba mucho en su infancia.

Anka, la hija de Piotr, tenía quince años y vivía en Varsovia con su madre, la exmujer de Piotr. Pasaba poco tiempo con su padre y el verano era de las pocas ocasiones en las que podía estar con él varios días seguidos. Al contrario de lo que pasa muchas veces, y tal y como debería de ser siempre, la madre de Anka no le hablaba mal de su padre ni mucho menos. Las cosas entre ellos dos no habían funcionado, pero eso no quería decir que Piotr fuese mala persona y que no quisiera a su hija, y así se encargaba de recordárselo cada vez que hacía falta, con lo que la relación entre los tres era bastante buena a pesar de la separación. Por eso, aunque estaba en una edad difícil, como lo es la adolescencia, siempre que podía le gustaba pasar tiempo con su padre.

Así pues, el lunes 30 de agosto sobre las diez de la mañana, ambos se dirigían en el coche que Piotr tenía en Polonia hacia su destino. Piotr mantenía además un pequeño apartamento en Varsovia, al que se escapaba desde Murcia cuando tenía días libres y en vacaciones para estar con Anka.

Según el atestado policial, cuando ya quedaba poco para que llegasen a su destino, en una carretera con un límite de velocidad de sesenta kilómetros por hora, un camión que venía de frente invadió el carril contrario con la mala suerte de que venía el coche de Piotr y Anka. La causa de la invasión, al parecer, tras la primera exploración forense fue por exceso de velocidad y posiblemente cierta somnolencia en el conductor, que no tenía restos de alcohol ni de drogas.

Piotr giró el coche e intentó esquivar el camión al vérselo encima, pero no pudo, y este los golpeó, los sacó de la carretera y se estrellaron contra un árbol justo por el lado del conductor, lo que le provocó la muerte instantánea a Piotr al no activarse el mecanismo del *airbag* y darse un golpe fuerte en la cabeza. El de Anka sí se activó y eso fue lo que le salvó la vida, aunque el golpe no había sido de su lado.

En cuanto al conductor del camión, al perder el control, se dio un fuerte golpe que le provocó una hemorragia interna en el hígado e hizo que muriera en el hospital a las pocas horas.

Los médicos consideraban que Anka necesitaba un día más de reposo en el hospital, por lo que el entierro se había retrasado. El Conglomerado les había reservado un vuelo privado a Varsovia para dentro de un par de horas. Harry llamó a Sofía, quien inmediatamente le dijo que lo iba a acompañar. Ángela volaría desde Nueva York y los vería en Varsovia, de hecho, estaba ya en el aire.

Esa misma noche, estaban ya en Varsovia Sofía, Harry y Martha. Se volvieron a encontrar con Ángela en un reencuentro muy emotivo. Se fueron al hotel, que el Conglomerado había buscado para ellos, porque ya era tarde y no podían ir al hospital a ver a Anka a esa hora, la verían al día siguiente en el cementerio. De hecho, la conocerían, puesto que no la habían visto nunca, salvo en alguna foto que Piotr les había enseñado.

Dejaron el poco equipaje que llevaban en sus habitaciones y bajaron a cenar al restaurante del hotel, a una mesa para cuatro en una esquina, lejos del resto. Ninguno de ellos tenía hambre, pero hicieron el esfuerzo más que nada por estar todos juntos en ese momento.

Se pidieron algo suave para llenar el estómago y, al acabar, Harry decidió pedirse un *whisky*, y todos lo siguieron. Hasta entonces, la cena había transcurrido en un silencio casi sepulcral, donde parecía que cada uno estaba reflexionando sobre el momento que estaban pasando. Con el primer trago de *whisky*, Ángela rompió el silencio alzando su vaso.

—Por Piotr, donde quiera que estés.

Todos alzaron su vaso para brindar y, acto seguido, Harry dijo:

—¿Os acordáis cuando el cabronazo casi se ahoga con un trozo de *pizza*? —dijo sonriendo.

—Ah, sí, en Almería, qué bruto, no podía tragar primero y luego hablar —contestó Martha también sonriendo.

—¿Qué pasó? Contadme —preguntó Sofía.

Y así estuvieron media hora más recordando anécdotas de Piotr, riéndose incluso con algunas. Hasta Ángela, que parecía la más afectada, acabó riéndose también.

Harry había iniciado la ronda de anécdotas totalmente a propósito, él era así. Sabía que todos necesitaban su momento de duelo como todo el mundo, él incluido. Pero seguro que Piotr prefería, donde quiera que estuviese, que recordasen con cariño momentos agradables con él. Y creía que debía tratar de animarse él y de animar a Martha y, sobre todo, a Ángela. No sabía cómo de intensa era su relación con Piotr en términos de afectividad, pero en apariencia estaba muy afligida. Harry no se fiaba de la gente en general, pero de sus compañeras sí. Y a la gente de la que podía fiarse la quería, y quería que estuviese lo más animada posible.

Subieron a las habitaciones a dormir. Harry no pensaba que podría pegar ojo, pero por lo menos tenía que intentarlo. Se acostó en la cama de la habitación, que parecía bastante incómoda y lo que parecía se confirmó nada más tocar su espalda el colchón.

«Su puta madre», pensó Harry. Sofía, en cambio, se acostó a su lado y en dos minutos estaba ya roncando a pierna suelta.

Harry no pudo dormir en toda la noche. En parte por el colchón, pero también porque no paró de pensar y de darle vueltas a cómo el pobre Piotr, con el trabajo en FAI, no había tenido todo el tiempo que se merecía para disfrutar con su hija. Él no tenía hijos, ni entraban ahora mismo en sus planes, pero la idea que subyacía era la misma, poder tener tiempo para disfrutar de la vida. En cualquier momento, te sucede una desgracia y lo único que te llevas es el tiempo disfrutado de verdad. Cada vez estaba más convencido de la gran decisión de dimitir de FAI.

El entierro fue a las diez de la mañana de ese jueves 2 de septiembre. La ceremonia fue al aire libre. Hacía un día precioso, climatológicamente hablando, con un sol brillante y ni una nube en el horizonte. Fue toda en polaco por lo que no entendieron nada, pero pareció bastante emotiva y no entender las palabras no evitó que todos se emocionasen bastante.

Había poca gente. Harry supuso que el hecho de que Piotr viviese en Murcia, desde hacía bastante tiempo, ocasionaba que ya no conociese a demasiada gente en su Polonia natal. Estaba su hija Anka, a la que reconocieron de las fotos, con una mujer que supusieron que era su madre. Y luego habría unas veinticinco personas más aparte de ellos, que se pusieron a una distancia prudencial, ya que no querían llamar demasiado la atención. Cuando la ceremonia acabó y todos los asistentes le habían dado el pésame a Anka y a su madre, los miembros de FAI junto con Sofía se acercaron. Harry tomó la palabra.

—Eres Anka, ¿verdad?, ¿hablas inglés?

Anka lo miró mientras se limpiaba las lágrimas.

—Sí, sois los compañeros de mi padre, ¿verdad?

—Así es, yo soy Harry y ellas son Martha y Ángela. Y mi novia Sofía, que no era compañera, pero también lo conoció.

Anka prácticamente cayó sobre Harry envuelta en lágrimas, y él la abrazó durante un rato. Luego, tras presentarse a su madre, se sentaron todos en unas sillas que había allí. Su madre no hablaba nada más que polaco, así que Anka le dijo que se fuese, que cuando acabase, la llamaría, pero que quería conocer mejor a los compañeros de su padre. La madre, aunque al principio se mostró reticente en dejar a su hija, al final le dijo algo en polaco, se despidió de todos con la mano y se alejó de la zona caminando.

Se sentaron todos en lo que parecía una especie de semicírculo, con Anka en el centro. La adolescente, tras secarse de nuevo las lágrimas, comenzó a hablar en un inglés bastante correcto, con acento del Este de Europa.

—Mi padre me ha hablado mucho de todos vosotros y de lo que hacía realmente. Sé lo que hacéis en realidad, lo que mi padre hacía.

Todos se miraron con cara de no saber muy bien qué decir, pero Anka siguió hablando.

—Ya sé que no debería haberlo hecho, que va contra las normas. Pero mi padre decía que yo siempre he sido muy madura para mi edad, no sé si por la separación de mis padres o por qué, pero que lo era. Y que estaba preparada para el mundo real y que esto era el mundo real.

Todos pudieron ver en ese momento por qué Piotr pensaba así de su hija, desde luego era una muchacha muy hecha para su edad.

—Anka, no sé muy bien lo que tu padre te ha contado que hacemos, pero... —Harry comenzó a excusarse ante Anka, pero ella lo interrumpió.

—Me lo ha contado todo, Harry, cómo ganáis un montón de dinero con encargos que pueden incluir matar gente, que habéis matado terroristas, que habéis recuperado cosas robadas y todo eso.

—Tu padre era un buen hombre, Anka —le dijo Martha.

—Lo sé, mi madre también me lo dice siempre y, por lo que me ha dicho siempre mi padre, vosotros también lo sois. Siempre ha defendido que, mercenarios o no, es fundamental rodearse siempre de buenas personas, de gente dispuesta a todo por ti y que él, por suerte, lo había hecho. —Anka comenzó a emocionarse de nuevo.

Allí estuvieron un largo rato más. Desde luego, todo lo introvertido y poco hablador que era Piotr, lo tenía su hija de todo lo contrario. La verdad es que a todos les cayó genial, se hacía querer, y les pareció un encanto. Quedaron en que iría a España una temporada, cuando estuviese lista, para aprender español y ver dónde trabajaba y vivía su padre. Todos le ofrecieron su casa para quedarse en Murcia el tiempo que quisiera y se dieron números de teléfono y direcciones de *e-mails* para estar en contacto. Se podía decir que habían ganado todos a una especie de hija o hermana pequeña sin ninguna duda. Antes de la hora de comer, la madre de Anka la recogió y se despidieron de ella. El grupo de FAI al completo, junto con Sofía, cogió un taxi hacia el aeropuerto, ya que tenían el vuelo de vuelta a Murcia y volvían todos juntos. Estaban tristes, pero a la vez reconfortados. El haber conocido a Anka e intercambiado ese rato tan intenso con ella les había sentado bien. Estaba claro que esa chica tenía un carisma innato y era especial, sería una buena líder en el trabajo, o en el área, al que se fuese a dedicar.

De camino al aeropuerto, Harry recibió respuesta a su petición. La verdad es que con todas las emociones del momento hasta se le había olvidado. El *e-mail* de respuesta era bastante largo, pero Harry se fue directamente al final. Ya sabía que la respuesta estaría al final, lo demás era relleno, se podría decir. Y al final ponía lo siguiente:

«Por tanto, dadas las circunstancias actuales, no aceptamos tu dimisión y queremos seguir contando contigo, estando siempre dispuestos a escuchar cualquier propuesta para que tu pertenencia a FAI sea lo más de tu agrado posible».

EPÍLOGO

Tras unos días de cierta rabia, Harry comprendió que la decisión del Conglomerado era la lógica dadas las circunstancias. FAI acababa de perder a un miembro de manera trágica y no podían desprenderse de su líder. Durante los siguientes cinco meses, Harry y Martha (a quien le anularon sus vacaciones largas) se quedaron solos como responsables y agentes de FAI a la vez. Fueron unos meses agotadores porque dos personas solas, a veces, se hacían escasas para algunas misiones, pero como se compenetraban tan bien, al final siempre las sacaban adelante. Durante ese tiempo, es verdad que Harry volvía a casa a veces muy cansado y a veces malhumorado, aunque procuraba no pagarlo con Sofía.

Harry vivía con Sofía en un ático espectacular muy cerca de donde vivía antes. Se lo compraron tres semanas después de volver del entierro de Piotr, y Alfonso, la primera vez que fue, quedó tan impresionado que preguntó dónde estaba su habitación.

A principios de febrero del año siguiente, Ángela volvió a FAI con una vieja joven conocida que se incorporaba como agente en prácticas, Melinda. Todo ello ayudó a que las misiones fuesen más llevaderas. Más o menos para esas fechas, Harry y Sofía, que eran más felices que nunca, se casaron por todo lo alto en la villa de La Toscana de la familia Lombardi en una ceremonia a la que asistió FAI al completo, como no podía ser de otra manera, así como la joven Anka, que quedó con Harry y Sofía en que iría a Murcia al año siguiente a acabar el bachillerato y se alojaría en su casa, donde había espacio de sobra.

En cuanto a Sofía, seguía dando clases en la escuela de idiomas, aunque de vez en cuando y siempre de manera extraoficial, sin que el Conglomerado se enterase, ayudaba en alguna misión a FAI a la hora de aportar ideas, como una especie de consultora. Todos se dieron cuenta de que podría ser uno de ellos sin ningún problema, de hecho, Ángela y Martha la llamaban en broma «la miembro honorífica de FAI».

Harry, poco a poco, fue asimilando que seguía como mercenario y que era joven todavía, ya tendría otras oportunidades para retirarse. Con la ayuda de una sesión de terapia psicológica semanal, lo fue asumiendo, y acabó estando en paz con seguir más tiempo con su mal necesario y acumulando esqueletos en el armario. Por lo menos de momento.

www.ingramcontent.com/pod-product-compliance
Lightning Source LLC
LaVergne TN
LVHW030406290726
844417LV00037B/373

* 9 7 8 8 4 1 0 2 4 5 9 5 2 *